# 新 松平定安公伝

寺井　敏夫

# 「雲州松江藩・広瀬藩・母里藩 歴代藩主」

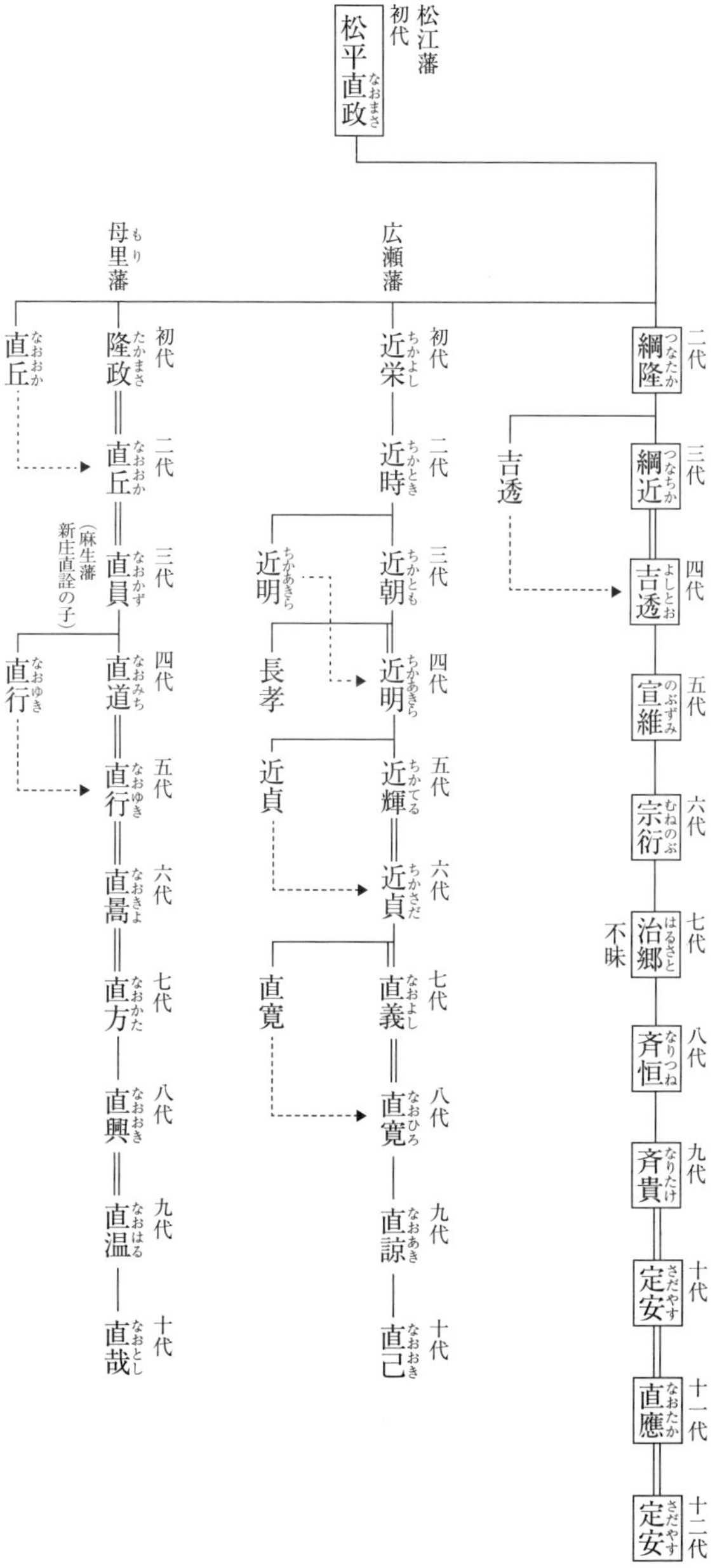

# 新松平定安公伝　目次


はじめに……8
一章　雲州松平家……10
一　結城秀康……10
二　忠直卿行状……15
二章　岳父・松平斉貴……20
一　洋　学……20
二　捕　鯨……33
三　行　状……40
四　宿老諌死……46
五　片山騒動……48
三章　海軍創設……58
一　藩主着任……58
二　軍艦購入……62
三　定安の決断……65
四　八　雲　丸……77

四章　長州との戦　93
一　慶事・弔事　93
二　長州藩の蠢動　99
三　第二次長州征伐　106
四　戦　闘　118
五　浜田藩士の松江駐屯　129
五章　鎮撫使事件　135
一　鳥羽・伏見の戦　135
二　八雲丸拘禁事件　140
三　鎮撫使事件　155
（一）鳥取藩の周旋　155
（二）大橋筑後の自刃覚悟　167
（三）鎮撫使松江城に入城　177
六章　隠岐騒動　185
一　予　兆　185
二　事件の勃発　190
三　蜂　起　198
四　他藩の介入　206

五　事後処理……214
六　廃仏毀釈……219
七章　明治維新……227
一　秋田出兵……227
二　版籍奉還……242
三　藩債（藩札）の処理……253
四　廃藩置県……261
五　秩禄の処分……266
終章……273
一　ご家族……273
二　離　郷……277
あとがき（松平直亮―松平農場）……287
番外―トセ（雨森精翁）のこと……290
一　出　生……290
二　部屋住み……293
三　女中奉公……295
四　祝　儀……300
五　長男のこと……303

# はじめに

松江藩のお殿さまは、初代の直政《なおまさ》さまや不昧公《ふまいこう》の名で知られる七代の治郷さまなどは語りつがれていますが、松江藩の最後のお殿さま十・十二代定安さまについては、余り語られていません。わたくしは、定安さまこそ歴代藩主の方でご立派な方で、またご苦労なさった方はおられないと思っています。そこで少々長くなりますが、「従三位・松平定安」さまのお話をわたしの知るところをお話しようと思います。

定安さまは、ご親戚筋にあたる、津山藩からご養子に入っておられ、先代斉貴《なりたけ》さまの長女熙姫《ひろひめ》さまと結婚なさっておられます。そののち斉貴さまに男子が生まれられ、その方を世子にしておられ、体調がすぐれなかったのか熙姫とはお子さまを得ておられません。どこか米沢藩主の上杉鷹山《ようざん》さまに似ているところがあるように思われます。

お話をいたしますわたくしは、雨森トセといい雨森精翁《せいおう》（妹尾謙三郎）の妻でございます。雨森精翁さまは松江藩士妹尾清左衛門さまの三男に生まれておられますが、長男の方が早く亡くなられ藩への届け出は次男ということになります。従って部屋住みでしたが学問に秀で、定安さまから厚い信頼をいただき、定安さまの生母の雨森《あめのもり》家が絶えていたので祀《まつ》りごとを頼まれ、姓を「雨

贈従三位 松平定安公傳
松平直亮編纂

森」とされたのです。明治維新後は東京にでて松江藩を代表して公議所の議員にも推され活躍していましたが、明治十一年（一八七八）に体調がすぐれずすべての官職を退き、平田で私塾を開いています。

わたくしは、大原郡三刀屋町の給下《きゅうした》の農家の生まれで、その頃は百姓の娘がお武家さまの妻になるなど考えられない世の中でした。第一、部屋住みの次男や三男の方は、結婚はおろか公には妾《めかけ》でさえ持てない時代でした。そうした中で私が武家の妻となったのは、ひとえに精翁さまの慈愛によるものです。精翁さまは学識が深く、藩主の定安さまの信頼を受けておられ、それにも増して謙三郎さまが誠実な心根《こころね》の持ち主でありました。

それらのことは末尾に番外の章を設けておりますので、興味のある方はそちらから読んでいただいてもよろしいかと思います。

では本題の松江藩最後のお殿さま「贈従三位松平定安」さまのお話に入りましょう。

お断り——『松平定安公傳』は昭和九年に松平直亮さまにより出版されています。著者は足立栗園となっています。

# 一章　雲州松平家

## 一　結城秀康

定安さまの話に入る前に、松江藩の生い立ちに触れておきましょう。と、いいますのも雲州松平家を立ち上げられた松平直政さまは、将軍徳川家康《いえやす》さまの孫、しかも父の秀康《ひでやす》さまは家康さまの二男なのですが、徳川幕府を支えるご三家に比べると扱いが低いように思います。その疑問から話に入りましょう。

家康さまには九人の男のお子さまがおられ、三男の秀忠さまが将軍家を継いでおられ、七男の義直《よしなお》さまが尾張家、八男の頼信《よりのぶ》さまが紀州家、九男の頼房《よりふさ》さまが水戸家を興され、このお三方が徳川家の「ご三家」で将軍家に跡継ぎがいない場合はこの「ご三家」から将軍家を引き継ぐことになっています。

例えば八代の吉宗《よしむね》さまは紀州家から入っておられ、紀州家の二男の宗武《むねたけ》さまが田安家を、三男の宗尹《むねただ》さまが一橋家を興し両家からも将軍家を継げるように定めておられます。初代の家康さまを真似られたのでしょうか。そういえば徳川幕府の最後の将軍となられた慶喜《よしのぶ》さまは水戸の徳川斉昭《なりあき》さまのお子さまですが、一橋家に養子に入られ、十五代の将軍となっておられます。

家康さまの長男の信康《のぶやす》さまは、武田氏と通じた疑いをもたれ織田信長《のぶなが》さまの命で自刃《じじん》なさっておられますから、本来なら二男の秀康さまが世子になられてよいのですが、秀康さまは越前松平家を興され江戸を離れておられます。

その辺りの事情はわたくしにもよく分かりませんが、二つの理由があるように思います。

一つは、秀康さまは、家康さまとお万の方との間にお生まれなのですが、しばらく家康さまが認知《にんち》されず、ご家来の方が匿《かくま》って成長なさっています。家康さまに認知の仲立ちをなさったのは、長男の信康さまだったといいます。秀康さま二歳の頃といいますから信康さまが自刃なさる前のことになります。家康さまが秀康さまの認知をためらっておられたのは、生母お万の方の身分によるものではないかと思います。噂では湯殿《ゆどの》の洗い女であったともいいます。

もう一つは、成人なさって、秀吉さまの養子になっておられます。だからお名前も「秀吉」と「家康」から一字を取り「秀康《ひでやす》」を名乗っておられる事情があったのです。

こんな話が残されています。

天正八年（一五八〇）の元日、家康さまは竹千代（秀忠《ひでただ》）を膝の上に置いて家臣の賀詞《がし》を受けておられましたが、竹千代さまが家康さまの膝から離れ、下段にいる於義丸《おぎまる》（秀康）の側へ行かれました。その時、家康さまが、

「竹千代、戻ってまいれ、ほら、飴《あめ》をとらすぞ」

と申され、竹千代さまが於義丸さまの手を取って敷居のところまでくると、家康さまは、

「於義丸、そなたは、そこまで」

と、於義丸さまが上の段に上がることを差し止められたといいます。

凡庸《ぼんよう》な性格であった秀忠さまに比べ、秀康さまは武勇に優れていたといいます。秀吉さまと家康さまがたたかわれた長久手《ながくて》の戦は決着がつかず、その講和《こうわ》の折りに家康さまを秀吉さまへ養子にだされ「羽柴《はしば》秀康」と名乗られたのです。その時家康さまには、四人の男の子がおられたのですが、家康さまは秀康さまを指名なさっておられます。

秀吉さまに男子の鶴松さまがお生まれになると、関東の十万石結城家《ゆうきけ》に追いやられ「結城秀康《ゆうきひでやす》」となり、鶴松さまが幼い時に亡くなられると秀康さまは再び大坂に呼び戻されます。

秀吉さまが亡くなられると、豊臣家と徳川家の対立が深まり秀康さまは微妙な立場に立たされます。

慶長五年（一六〇〇）六月、家康さまは会津の上杉討伐を理由に大坂を出られ、その隙に石田三成さまが兵を挙げられ関ヶ原の戦がはじまります。家康さまは引き返され三成さまとの決戦に挑《いど》まれますが、その時、家康さまは上杉氏の行動を封じるための理由で秀康さまを残され、秀康さまは天下分け目の関ヶ原の戦に参加されていません。

一方の二代将軍となる秀忠さまは、甲州路《こうしゅうじ》を通り関ヶ原に向かわれますが、甲州の真田《さなだ》攻略に手間取《てまど》り関ヶ原に着いたのは戦が終わったあとでした。家康さまはご立腹で、秀忠さまが詫《わ》びを申されても面会謝絶《しゃぜつ》だったといいますが、ご家来衆のとりなしでおさまったといいます。

関ケ原の戦が終わり、家康さまの天下となり知行の配分が行われました。秀康さまは、結城領の七万石に越前六十八万石を加え、七十五万石に封ぜられます。その時、豊臣家の秀頼《ひでより》さまは摂津《せっつ》、河内、和泉《いずみ》三ヵ国で六十五万石でしたから、大名の筆頭になられます。

当時は、豊臣家の秀頼さまも健在でしたから、秀頼さまと秀康さまは義兄弟の間柄になります。なお困ったことに豊臣恩顧《おんこ》の大名さまたちが、秀頼さまや秀康さまのもとに足しげく参られ、そのことが家康さまに疑念を抱かせ、「獅子身中《しししんちゅう》の虫」と思われたのかもしれません。

噂では、秀康さまは関ケ原の戦で敗れた、石田、小西、宇喜多《うきた》、大谷さまたちの家臣を配下にしたとか、高野山に隠棲《いんせい》していた真田昌幸《まさゆき》さまや幸村《ゆきむら》さまの父子とも通じているとの情報が家康さまの耳に入ります。人を陥《おとしい》れる時にはよくある話です。

こんな話も残されています。

慶長八年十月のこと、秀康さまは越前《えちぜん》北ノ庄（福井）から軍を率いて江戸に向かっておられ、横川の関所に差し掛かるとで、鉄砲改めと称して秀康さまを通しません。家臣の方が、

「秀康卿《きょう》であるぞ」

と申しますが、関所を守る方は、

「たとえ、秀康卿であれ、何人であれ、公より鉄砲改めるべし、と置かれた関所、通すべきにあらず」

といった押し問答になります。そのやりとりを聞いた秀康さまは、

「天下の関所において、秀康に無礼なる振舞いは天下を軽蔑《けいべつ》するものなり、そのまま捨て置くべからず、ことごとく討ち殺せ」

と一喝《いっかつ》され、役人はびっくりして門を開き、事の次第を将軍秀忠さまに報告されたとのことです。

慶長九年（一六〇四）には秀康さまは、家康さまから結城の姓を松平の姓に替えるよう達しがあって、翌十年には従三位権中納言《ごんちゅうなごん》に昇進され、併せて秀康さまのご長男の忠直《ただなお》さまも従四位下侍従三河守に任じられます。忠直さまは松江藩初代藩主松平直政さまのお兄さまです。

「たぬき親爺《おやじ》」と評された家康さまのこと、秀康さまを持ち上げて様子を見計らっておられたのかもしれません。それに比べ二代将軍を継がれた秀忠さまは、世間では温和な方で二代目の鈍《どん》重《じゅう》な、頼りない「泥人形」だとの評判ですが、わたくしはそうは思いません。と、申しますのは、自分の立場を脅かす方を葬《ほうむ》られているからです。

そのことは、まず弟にあたる六男の忠輝《ただてる》さまの処遇にみることができます。忠輝さまは武闘派でそこに目をつけたのが、これも野心家の伊達政宗《まさむね》さまです。政宗さまは娘を忠輝さまの奥方に送り込み、忠輝さまの後ろ盾となって機あらば将軍家を乗っ取ろうと虎視《こし》眈々《たんたん》としておられます。大坂夏の陣の折り、伊達政宗さまは忠輝さまを危険な前面にださず温存されたのです。これも古狸《ふるだぬき》と噂されている家康さまは、そのことを見抜いて忠輝さまを謹慎処分《きんしんしょぶん》にされます。翌年、

家康さまが危篤におちいられ、忠輝さまは家康さまのおられる駿府《すんぷ》（静岡）に駆け付けられますが、側にいた秀忠さまは家康さまに会うことを許されませんでした。死の間際《まぎわ》に謹慎を許されてはのちのちに禍根《かこん》を残すと思われたのでしょう。

その二ヵ月のちに家康さまは亡くなられますが、秀忠さまは忠輝さまの領地を没収・改易《かいえき》し、身を伊勢の国に流し、二年のちには飛騨高山《ひだたかやま》へ、寛永三年（一六二六）に信州上諏訪へ、天和《てんな》三年（一六八三）にその地で亡くなられています。最後まで許されない九十一年の生涯でした。

秀康さまも有力な将軍家を狙《ねら》う武将でした。ご存命なら何かの口実をもって成敗されたかもしれませんが、秀康さまは慶長《けいちょう》十二年（一六〇七）閏《うるう》四月三十四歳で亡くなられます。

後は将軍家を脅かす武将はいないと思われますが、その矛先は秀康さまの長男忠直《ただなお》さまに向かいます。忠直さまは雲州松江藩の初代直政さまのお兄さまで、忠直さまには将軍秀忠さまの娘勝姫さまが嫁いでおられます。その忠直さまが秀忠さまの標的になったのです。

そこで忠直さまの顚末《てんまつ》に触れておきましょう。

松平直政公の銅像より松江城天守閣を望む

## 二　忠直卿行状

武勇の優れた松平忠直さまは大坂夏の陣に出陣され、越前（忠直）勢は天王寺から茶臼山《ちゃうすやま》に陣取る真田幸村の軍に殺到し、幸村さまを討ち取るなど功績を挙げておられます。この時に我が松江初代藩主松平直政さまも出陣され、敵将の幸村さまから、

「天晴れな武者ぶり」

と扇を投げかけられました。その扇は今も残されています。

さて、そのように手柄をたてた忠直さまへのご褒美《ほうび》は、なんと「衝《はつはな》の肩付《かたつき》茶碗」一個だったといいます。そのことが原因かどうか分かりませんが、忠直さまは将軍秀忠さまに反抗的な態度をとられるようになり、良からぬ噂が流れるようになります。

『続片聾記《ぞくへんろうき》』という書き物にその行状が次のように記されています。

真田幸村が、松平直政に与えた軍扇

忠直さまの寵愛《ちょうあい》を受けていた一国御前の方は、お笑いになりません。ある時御前は、

「人の殺されるところが見たい」

そう申され、忠直さまが咎人《とがにん》を御前の前で首を刎《は》ねられたところ、御前は顔をほころばせになられました。ところが次第にエスカレートして、孕《はら》みの女を臼《うす》で突いて胎児を飛び出させ、ご覧に

なった忠直さまは、

「喜悦《きえつ》少なからず」

と手を打って大笑いなさった。


とあります。そのような噂を流し、忠直さまを窮地《きゅうち》に陥《おとし》いれようとなさったのでしょうが、度がすぎると思います。これらの話は事実ではないようにわたくしは思っています。なぜそういいますかとお尋ねでしょうが、次のような事実があるのです。

第百十一代後西《ごさい》天皇の女御《にょうご》の明子さまの注記に「母越前宰相忠直卿女」と記されています。明子さまは忠直さまの娘亀子と、後水尾《ごみずのお》天皇の弟高松宮好仁《よしひと》親王さまとの間に生まれておられ、妹の鶴子さまは摂政《せっしょう》九条道房《みちふさ》さまのもとに嫁いでおられます。もし、忠直さまが以上述べましたご乱行が事実なら、とても天皇家に入内《じゅだい》されるようなことはありますまい、そう思うからであります。


元和九年（一六二三）二月、忠直さまは幕府から呼び出され、

「国中、政道も穏やかならず」

との理由で隠居を申し渡され、九州の豊後《ぶんご》（大分県）へ配流なされました。三月十五日に越前北ノ庄（福井市）を発たれ、敦賀《つるが》で髷《まげ》を落とされ、豊後の萩原《はぎわら》へ向かわれましたが、忠直さまに

は一人の愛妾《あいしょう》の方が添われ、その方は切支丹《きりしたん》であったといいます。

慶安三年（一六五〇）、その地で五十六年の生涯《しょうがい》を終え、跡は秀康さまの二男の忠昌《ただまさ》さまが五十万五千石で継ぎ、この時地名を「福井」と改めておられます。三男の直政さま（のちの松江藩主）は大野五万石、四男の直基《なおもと》さま（のちの前橋藩主）は勝山三万石、五男の直良《なおよし》さま（のちの明石藩主）は木本《きのもと》二万五千石があたえられ、忠直さまの世子光長さまは跡を継がれた忠昌さまの旧領の越後《えちご》高田二十六万石を与えられました。

その結果、秀康さま系の大名は五家になり、石高は合わせて八十七万石になり、世間からは「ご一門衆、御仕合《おしあわ》せの儀」と羨《うらや》まれたそうであります。こうしてご一門安泰《あんたい》かと思われましたが、光長《みつなが》さまが入られた越後でお家騒動が起き（越後騒動）、光長さまは伊予の松山にお預けになり、許されたのが貞享《じょうきょう》四年（一六八七）七十三歳の高齢でしたので、四男直基さまの孫の長矩《ながのり》さまを迎え世子としておられます。

この長矩さまが、元禄《げんろく》十一年（一六九八）に、

「作州津山城　御預、拾万石　下し置かれる旨《むね》」

との上意を頂き、津山に入られました。わたくしがお話をすすめます松平定安さまの実の父上の斉孝《なりたか》さまは長矩さまから数えて七代目に当たります。こうしてみますと秀康さまの血筋は津山藩が本家のように思われますが、領地からみますと福井藩が本家のようにもみえます。福井藩か

らは幕末に松平慶永《よしなが》（春嶽《しゅんがく》）さまがおいでになり、幕閣で実力を発揮されます。幕末の動乱のさなかに、定安さまは松平春嶽さまに時局について何かと指示を仰いでおられます。

なお、松江藩と津山藩の関係を付け加えますと、津山藩四代藩主の長孝《ながかた》さまは松江藩六代藩主宗衍《むねのぶ》さまの弟君で松江藩から養子に入っておられます。このことが定安さまの松江藩にご養子に有力な手立てとなるのです。

そうして、定安さまの時代・幕末を迎えますが、その頃の松江藩の御親戚《ごしんせき》を図示しますと次のようになります。

秀康―長男の忠直《ただなお》―光長《みつなが》さまの流れの津山藩
　二男の忠昌《ただまさ》さまの流れの福井藩
　三男の直政さまが興された松江藩
　四男の直基《なおもと》さまの流れの川越藩
　五男の直良《なおよし》さまの流れの明石藩

それに、松江藩の支藩の広瀬と母里藩、この両藩は直政さまのお子さまが興しておられます。直政さまは兄の忠直さまから受けられた恩義が、こういう形で現れたのでしょう。

これから定安さまの話に入り、これらの藩の名がでますが、こうした親戚関係にあることを承知おきください。

# 二章　岳父・松平斉貴

## 一　洋学

これまでお話したように、定安さまは津山藩からご養子に入っておられます。その事情に触れるためにはどうしても岳父の斉貴《なりたけ》さまの話をしなくてはなりません。この斉貴さまは良い面と悪い面が混在する個性の強い方で、結局、ご存命中に致仕《ちし》（隠居）され、津山藩から定安さまをお迎えなさることになります。

斉貴さまは文化十二年（一八一五）三月十八日に、八代藩主斉恒《なりつね》さまの長男として生まれておられますが、幼い頃は病弱であられたようです。

お父さまの斉恒《なりつね》さまは、文政《ぶんせい》五年（一八二二）三月二十一日、三十二歳という若さで、それも急な病《やまい》で亡くなられます。ご重役の方は、ひ弱い斉貴さまお一人では跡継ぎが心細いと思われ、斉恒さまの喪を伏して斉貴さまの控えの方を心配され、ご親戚の津山藩主松平斉孝《なりたか》さまの次男信《のぶ》進《ゆき》さまを養子に迎え、その手続きをすませて斉恒さまの逝去を幕府に届けておられます。雲州松江のお殿さまは初代の堀尾さま、二代の京極さまともに世継ぎがなく断絶しておられますから気を使われたのでしょう。

津山藩主の松平斉孝さまには四人の男のお子さまがおられ、今申しましたように次男の信進さまが松江藩にご養子で入られましたが、のちに離縁になって、あらためて四男の定安さまが十代松江藩主としてお座りになります。

この辺りのお殿さまの継承については、斉貴さまの致仕（隠居）とからみますから、その折にお話しましょう。なお蛇足ですが斉孝さまの三男直温《なおはる》さまは九代母里藩主として入っておられます。

ご養子に入られた信進さまはのちの名前で、松江藩に入られますと、斉貴さまの弟、「駒次郎《こまじろう》」として幕府に届け出ておられ、駒次郎という名は、松江藩では代々藩主の控えの方に用いられていたものです。

八歳で藩主を継がれた斉貴さまの後見人は、先代斉恒《なりつね》さまの遺書によって塩見宅共《たくとも》小兵衛さまが就かれました。斉恒さまの遺書には次のように記されています。

「汝をもって鶴太郎（斉貴）のお家の断絶を後見となす。鶴太郎は一《いち》に汝に委《い》す。汝国にあって政を執《と》れ。かつ、汝、年すでに高かし。入朝《にゅうちょう》するにすべからく杖を用うるべし」

この頃、お殿さまから登城する時に杖を使ってよいとお許しが出ることは大変名誉なことで、塩見さまが如何に斉恒さまの信頼が篤かったかがうかがえます。塩見さまには次のようなお話も語り継がれています。

さる高家の方から呼ばれ、供をつれてまいられましたが、たまたま煙管《きせる》をお忘れになり、お側の方が取りに帰られました。その間、供の方が別の煙管をすすめられました。その煙管は銀製で、手にとられた塩見さまは、顔色を変えて、

「お前はどこでこのものを得たか」

と詰問《きつもん》され、奢靡《しゃび》を戒《いまし》められたとのことです。勿論用いられます煙管は無名のもの、生活そのものも質素であられました。

年が明けた文政《ぶんせい》六年（一八二三）正月に松江藩では次のような布告を出しておられます。

「公、幼稚《ようち》に在り、大議重裁《じゅうさい》は、広瀬、母里二侯、公に代って群臣に命ず」

広瀬、母里の両藩は松江藩の支藩（分家）です。この布告は塩見さまが、臣の身分でお殿さまに代わって、藩を束ねるのは畏《おそ》れ多いと思われて起案されたものでしょう。

ただ、残念なことに、塩見さまはその年の六月に亡くなられました。斉恒さまが亡くなられて一年余のことです。これも蛇足《だそく》ですが、小泉八雲さまの奥方になる小泉セツさまのお母さまのチエさまは塩見家からおいでで、小兵衛さまはチエさまの曾祖父にあたられます。

さて、塩見さまの次の後見役には朝日重邦さまが就かれました。

表の後見役はそのように決まりましたが、実質身の回りの世話をされていたのは主人妹尾《せのお》謙三郎さまの実の祖父津田武平太さまでした。武平太さまの役割は一層おもくなり、また幼くして父

を亡くされた斉貴さまも武平太さまを慈父《じふ》のように慕っておられたようです。武平太さまはのちに番頭《ばんがしら》にまで昇進しましたが、天保二年（一八三一）に隠居しておられます。でも斉貴さまは懐かしく思われていたのでしょう、武平太さまは天保四年（一八三三）五月から隠居料七十俵をいただいてお伽役《とぎやく》を仰せつかり、お城から時々迎えのお駕籠《かご》が参っていたことを主人は記憶していると言います。

わたくしの主人妹尾謙三郎（雨森精翁《せいおう》）さまは幼い頃から斉貴さまの学友としてお側に上がっていました。またご養子に入られた信進（駒次郎）さまとも年頃が同じであったこともあり親しくしていました。ことに駒次郎（信進）さまは学問がお好きでしたから仲がよく、松江藩を去られ駿府（静岡）の小島藩一万石の藩主になられてからも、参勤交代の折などで、定安さまは立ち寄られた記録があります。どのような理由で信進（駒次郎）さまが離縁されたのか分かりませんが、想像すると結婚の相手の熙姫《ひろひめ》さまは嘉永三年（一八五〇）の生まれですから、定安さまと十六歳違い、信進（駒次郎）さまは定安の兄上ですからさらに年が離れます。それ故のことかもしれません。それと表にはでませんがお家騒動に似たことがあったようです。（お家騒動については二章五・片山騒動で触れます）

話を斉貴さまのことに戻しましょう。斉貴さまは八歳で藩主に就いておられます。幼い頃は病弱であったといいますが立派に成長され、成年の頃になりますと蘭学《らんがく》に興味をもたれるようになります。斉貴さまの奥方は開明で名高い佐賀の鍋島家《なべしまけ》のお生まれでしたから、そちらの影響があったのかもしれません。

斉貴さまがいつ頃から蘭学に興味をもたれたかは分かりません。どうもはじめは西洋の器機に関心をもたれたようで、江戸では斉貴さまは「時計マニヤのお殿さま」と評判だったようで、集めておられた西洋の時計が三百六十個におよんだとも聞いています。

その蘭癖は、薩摩の島津重豪《しげひで》さまや島津家から中津藩へ養子に行かれた奥平昌高《まさたか》さまに劣らぬものであったとの噂でした。

大槻如電《にょでん》という方の著書『新撰洋学年表』に、

「新西洋時辰儀定刻活測《しんせいようじしんぎていこくかっそく》　小川友常撰　出雲人」

とあります。ここにある小川さまは松江藩士で、この本は斉貴さまが藩の費用で出版されたもので、板木は松江神社に所蔵されているそうです。

斉貴さまの興味は時計ばかりでなく、測量術や砲術などにもおよび、多くの蘭学者《らんがくしゃ》を藩士に抱えておられます。

その中の一人、藤岡雄市《ゆういち》という方は十八石五人扶持の松江藩士で、弘化《こうか》二年（一八四五）に『算法円理通』という本を出版され、それが斉貴さまの目にとまり、弘化三年（一八四六）に蘭学者の箕作阮甫《みつくりげんぽ》さまのもとで地理学を学ぶよう命じられ、さらに高野長英《ちょうえい》さまの門人の内田弥太郎さまのもとで天文や測量を学ばせておられます。

高野長英さまは『戊戌《ぼじゅつ》夢物語』を出版して幕府ににらまれ、「蛮社《ばんしゃ》の獄《ごく》」で捕えられ牢《ろう》に入れられますが脱獄、幕吏《ばくり》に追われて終には自殺されます。

　さらに、斉貴さまは藤岡さまに、内田さまに従って浦賀海域の測量に協力するよう命じておられます。しかし、藤岡さまは病のためその測量に加わっておられず、嘉永二年（一八四九）に亡くなっておられます。

　このことは大変幸運なことでした。と云うのは天保《てんぽう》八年（一八三七）にアメリカの商船モリソン号が、漂流民をつれて浦賀沖にきましたが、幕府はこれを砲撃して追い返しました。しかし、危機感をいだいた幕府は江戸湾の海図をつくることを思い立ち、これを保守派の鳥居耀蔵《ようぞう》さまを正使に副使に開明派の江川英竜《ひでたつ》さまを任命され、作図を申しつけられたのです。

　鳥居家は、代々儒学をつかさどる家、そのうえ大の西洋嫌い、保守派の代表的な方です。一方の江川さまは渡辺崋山さまや高野長英さまと親しい開明派の方です。意見のあわないお二人は別々に海図を作成され幕府に出されましたが、勿論江川さまが作られたものがすぐれていました。

　鳥居耀蔵は面目まるつぶれです。ところが、天保十二年（一八四六）に鳥居さまは南町奉行に昇進され権力を握られます。権力を握られた鳥居さまは、面子《めんつ》をつぶした開明派の弾圧に踏み切り、これが「蛮社の獄」に発展し、渡辺崋山、高野長英さまの逮捕、そしてお二人を死に追いやられるのです。だからもし斉貴さまの命で藤岡さまが浦賀《うらが》海域の測量に加わっておられたら、ただではすまなかったと思います。

　なぜここでこのようなことを長々とお話するかといいますと、これらのことが斉貴さまの引退

（隠居）にかかわっているように思うからです。

のちにまたくわしくお話しますが、斉貴さまはご存命中に隠居を申し渡されているのです。その理由はいろいろと取り沙汰されています。世間では斉貴さまの道楽でそうなったといわれていますが、しかしそうとばかりいえないところがあります。『松平定安公伝』（以下『公伝』と記す。）では、斉貴さまのことを次のように述べておられます。

「その性豪放闊達《ごうほうかったつ》、而《しか》もその思想やや進歩的なりしを以《も》って、夙《つと》に細事に拘泥《こうでい》せず、断固として内外の国事を視、また自らその好む所を行えるに似たり。これ一世の耳目《じもく》を聳動《しょうどう》せる所以《ゆえん》にして、また幕府の指斥《しせき》する所となれるものの如し、否むしろ当時の消極的なる幕府の政策に反対し、……これ、その終《つい》に当局の忌憚《きたん》に触れ、退隠をよんだところなきにしもあらず、遂に隠居至し所以《ゆえん》ならん」

この『公伝』は、定安さまの四男で松平家を継がれた直亮《なおあき》さまのもとで編纂《へんさん》されたものです。ここに挙げてあります「幕府の指斥する所」また「当局の忌憚に触れ」たことは何であるのか分かりません。ただわたくしはこれを蘭学であるように思うのです。このようなことで今しばらくお殿さまの蘭癖《らんへき》についてお話することをお許しください。

藤岡さまが亡くなられますと、その年に金森建策《かなもりけんさく》さまを藩士に迎えておられます。金森さまは備中のお生まれで、長崎でオランダ人から蘭学を学ばれ、緒方洪庵《おがたこうあん》、川本幸民《こうみん》さまと三人でマートシカッペイの『文法篇』と『文章篇』を翻訳されています。この金森さまの教えを受けられたのが、間宮繁之丞、望月菟《と》毛《も》、正司郡平《しょうじぐんぺい》さまたち、勿論松江の藩士です。

そうして天保《てんぽう》十年（一八三九）に「蛮社の獄」が起こりますが、罰せられたその蛮社のグループ三十人のなかに松江藩にかかわる方が四人おられます。まず藩士では二人、望月菟毛さまと正司郡平さま。関係の深い方では、安積艮斎《あさかごんさい》、奥村喜三郎、内田弥太郎さまたちです。

斉貴さまは内田さまのもとへ藩士の藤岡さまを遊学させて天文学や測量学を学ばせておられますが、その内田さまは高野長英さまが逃亡されているとき、その逃亡を助けたキーマン的な役割を果たしておられ、内田さまが捕えられなかったのは奇跡《きせき》だとのことです。

そのうえ斉貴さまご自身が砲術家の下曾根《しもそね》金三郎さまのもとに弟子として入っておられたともいいます。下曾根さまは蘭学者、幕府の砲術の師範《しはん》でこの方も蛮社の獄をまぬがれておられ、のちに幕府の軍制改革に参画しておられます。

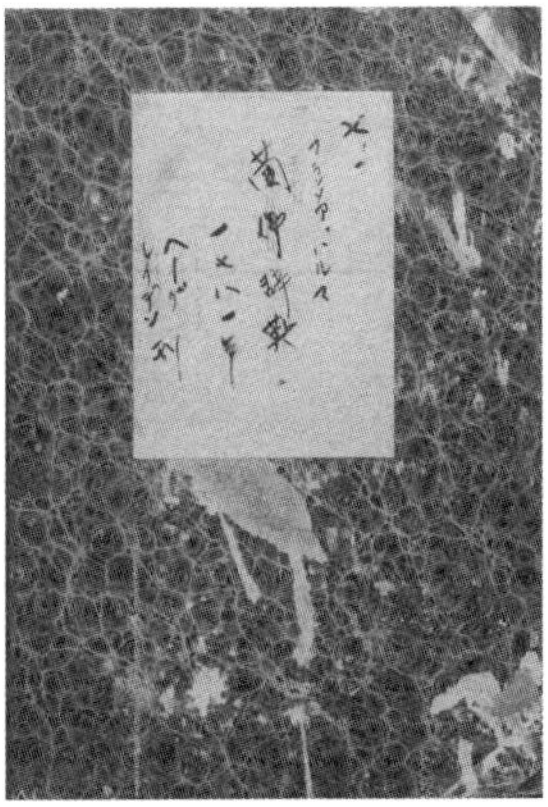

島根県立図書館に蔵書されている「ハルマ和解辞書」

それほど蘭学に熱を入れておられる斉貴さまですから手元に買い入れられた洋書はおびただしいものです。

島根県立図書館には、蘭仏辞書と仏蘭辞書の二冊からなる『ハルマ和解辞書』があります。他に『長崎ハルマ』

の写本や桂川甫周《ほしゅう》校訂の『和蘭字集（彙）』などなど、これらはみな斉貴さまが手に入れられたもののようです。これらの洋書のなかには、ローマ字で「ｋｏｍｏｒｉ」という蔵書印が押されたものがかなりあります。「ｋｏｍｏｒｉ」小森とは、小森桃塢《とうう》さまのことで、小森さまは名を玄良《げんりょう》と云いシーボルトさまと親交があり、『解観大意《かいかんたいい》』や『解臓図賦』など多数の著書を残しておられる高名な蘭医です。松江藩はこの小森さまと深いかかわりがあったようで、中国地方の門人四十三人のうち松江藩の方が二十人を占めておられます。

これら高価な洋書は斉貴さまが買い入れられたもので、松江藩の蘭学者望月菟毛、庄司郡平、金森建策、間宮繁之丞、布野雲平さまなどが活用され、のちに松江藩に納められたもののようです。その量は長持ち三棹《みさお》におよんだといいます。

斉貴さまがそれらの洋書を購入された時期は天保十年（一八三九）から十三年（一八四二）の頃であろうと思われます。そうしますと幕府の洋書の取締りがはじまるのが天保十一年（一八四〇）ですから、斉貴さまは幕府の取り締まりに抗《あらが》うように買い入れておられたことになります。

もう少し斉貴さまの蘭癖について触れておきましょう。これも余り語る方がいませんが、松江に反射炉《はんしゃろ》が建設されていたのです。嘉永三年（一八五〇）頃、幕府は江川太郎左衛門さまに命じて、伊豆の下田に反射炉の築造に着手されました。しかし、嘉永六年（一八五三）に下田にアメリカの軍艦がくるというので、目につかないようにと建設の場所を韮山《にらやま》（伊豆）に変えておられます。それほど幕府にとっては重要な施設だったのです。

日本では、佐賀、鹿児島、韮山と建設され四番目に築造されたのが松江藩のものです。場所は神谷備後さまと三谷権大夫さまの下屋敷の間、いまでいう横浜町の湖岸、「横浜舟つき」といわれている辺り、釜甑方《ふそう》があったところとのことです。

安政二年（一八五五）四月五日付で、松江藩から次のような触れ書が出ています。

安政２年（1855）に設けた反射炉　小村成章画（一部）（松江歴史館提供）

「コノ度、釜甑方ニ造筒製造ノ為、反射竈《かま》ト申スモノ出来ニ付、火ヲ焚《た》キ候ヨシ、時ニ寄リテ、夜中ニ煙立チ申スベク候トコロ、火気ニ見ヘ候コトモコレ有ベク候間、心得ノ為、相達シ置キ候」
この松江藩の反射炉の設計ならびに築造にあたられたのは、宮次群蔵さまです。宮次さまは松江の雑賀町のご出身で、享和三年（一八〇三）生まれといわれますから、安政《あんせい》年間は五十歳を過ぎておられます。役席は三人扶持、人参方の下働きをしておられましたが、のちに長崎に駐在しておられますから、海外との薬用人参の取引にたずさわっておられたのでしょう。
宮次さまは、そこで幕府の役人高島秋帆《しゅうはん》さまと親交をもたれるようになります。高島さまは、砲術の大家で幕府に西洋砲術の採用を提言され、幕臣の下曾根金三郎さまや江川太郎左衛門（英竜《ひでたつ》）さまに伝授されています。しかし高島さまは「蛮社《ばんしゃ》の獄《ごく》」をおこした鳥居耀蔵《ようぞう》さまの嫌疑《けんぎ》をうけられ一時岡部《おかべ》藩に預けられておられます。

宮次さまは長崎で高島さまや、高弟の手塚謙蔵《けんぞう》さまたちと当時の国際情勢などについて論議を交わされ、その影響で憂国の情を抱いておられたようです。

反射炉の建設となりますと、相応の人材と技術がなくてはなりません。わが国で最初に作られたのは佐賀《さが》藩ですが、まず千数百度の高熱に耐えるレンガを用意するため、原料の粘土《ねんど》を探すことからはじめておられます。結局有田や伊万里《いまり》の陶磁《とうじ》の技術にたよられたようです。また炉には高度な火力が必要で、良質な木炭を方々あたっておられます。また原料となる銑鉄《せんてつ》は石見から入手したとの記録がありますから、石見や出雲の産地でおこなわれていた「たたら」の製品だったのでしょうし、のちには輸入ものも扱われたようです。

書き物によりますと、試作は一次から十三次にいたったとありますから試行錯誤《しこうさくご》が繰り返されたのでしょう。

製作の指揮をとられた本島藤太夫という方の記録には、

「百折不撓《ひゃくせつふとう》の精神で日夜刻苦勉励《こっくべんれい》して試験研究を尽くし、歳月を経て終に竣工《しゅんこう》した」

とありますから大変な苦労であったようです。完成したのは嘉永五年（一八五二）といいます。

ここまで傾けられた情熱はひとえに憂国《ゆうこく》の情でありました。

ではここで、当時、松江藩で反射炉の建設や西洋式砲術をすすめられた藩士の方を紹介しておきましょう。

荒川扇平さま、この方は藩の砲術師役で八十石取り、弘化二年（一八四五）に幕府の砲術師の下曾根金三郎《しもそね》さまのもとに修業に行っておられます。

佐々六郎さまも嘉永《かえい》四年（一八五一）に下曾根さまのもとへ留学しておられます。他に山田順兵衛さまの記録には「大筒鋳立御用」の書付がありますから、これらの方が中心になられ、これに釜甑方《ふそうかた》の方々が協力されて反射炉が完成されました。

ただ、松江藩でも製品が完成するまではかなり試行錯誤が繰り返されたようで、『反射釜之事』という書物に次のような記録も残されています。

「宮次群蔵の建白によって乃木口鋳場の辺りに工場を建設し、高き煙出し（煙突）を構い、国産の鉄をこの器械にて錬鉄とし、短筒の鉄砲を鋳《い》る所とし、多数の軍用方の武器とせり。

しかるにその頃、村松幸左衛門という鉄砲鍛冶あり。かつて鉄の大砲を鋳り古志原において火通しの撃ち試《ため》しあり。幸左衛門自身、発砲するにいかなる訳かその鉄砲破砕《はさい》して、八方に散乱す。そのため幸左衛門即死す。その破片、近辺の人屋などへ飛びきたり、誠に危ういことなれど、幸い死怪我人《しけがにん》これ無く候。

この出来事により反射釜製の分といえども鉄の鋳筒《ちゅうとう》のことなれば破裂のわざわいありては御道

具にならず、破裂するものならば、破裂するもしかずと、経験かたがた荒和井《あらわい》に据付、強薬（火薬）にて安部山を目指して砲術方の士、通しをつけては遠さがり発砲するに、幾度撃っても具合よく発砲する故、これならば大丈夫とて元のごとく仕舞になられ候こと。

豆州韮山《にらやま》の代官江川太郎左衛門、同所に反射炉を建設し、間近く貴顕《きけん》の御上覧ありしとかや」

定安さまがお殿さまとして松江に入られたのが嘉永七年（一八五四）一月八日のことですが、『公伝』のなかにも、

「同年（嘉永七年）二月晦日月照寺に詣《けい》して祖廟《そびょう》拝するや、帰途堂形に指矢遠的棒火矢の術を覧す」とあります。この「指矢遠的棒火矢《しやえんてきぼうかや》」は、大砲だったのではないでしょうか。

注（嘉永七年は十一月二十七日から安政改元）

勿論、この反射炉は奥出雲のたたらとかかわりがあるもので、たたらで作られた銑鉄を木炭などで不純物と混じりあった鉧《けら》などを純化するもので、操業《そうぎょう》は明治二年頃まで続いていたようです。松江周辺には鉧の残骸が捨て置かれています。

のちにお話しますが、松江藩は西洋の軍艦二艘を購入しています。こうした革新的な政策がとられたのは宮次さまたち開明派の方々の憂国の情が藩政を動かされたのでしょう。そうしますと、当時の松江藩では近代科学を取り入れ、諸外国に対抗しようという攘夷《じょうい》の思想が旺盛《おうせい》であったことを物語っており、そして何より藩主であられた斉貴さま、またつづいて藩主に就かれた定安さ

まの英知によるところが大きいと思うのです。世間では松江藩は攘夷思想に立ち遅れ、これにより明治維新の改革に取り残されたといいますが、その考えは見直さなくてはなりません。その先陣を切っておられた斉貴さまは、こののち隠居に追い込まれます。不可解なことが多いのですが、そこの辺りのことに触れていきましょう。

## 二　捕鯨

斉貴さまはいろいろなことに挑戦されていますが、そのひとつに鯨《くじら》の捕獲に熱中されたことがあったようで、後の世の「美保関町史資料」に次のような記述があります。

「天保《てんぽう》二年（一八三一）六月七日、当四月以来お殿様より細民御救済のため、当所と日御碕両所に鯨網《くじらあみ》の御趣向《しゅこう》にて、九州平戸より鯨師大右衛門と申す人をお招きにつき、四月以来、度々松江よりお役人出郷。御瓦場《かわら》所にお定めになり、畑などお買上げ、民家二軒所替え。九州より巧者の網子《あみこ》三百人ばかりお雇いと申すこと。ご当所近村よりも二百人ばかり、都合五百人のお手当。上様（斉貴）元より太《ふと》き儀にて、金何万両と申す由。御仕入れは木ノ実方《このみかた》、薬草方役所よりとか申し、郡役人も度々出郷」

なんとも壮大な起業ではありませんか。しかし、この鯨網の事業もはじめの頃は順調でしたが、八年の営業で幕を閉じておられます。先の資料によれば、

「天保九年（一八三八）八月十一日、鯨組方お上御趣向にて、七年以前天保三年（辰）冬より始

まり、当春までこれあり候ところ、莫大のご損分の由にて、当年より御止メに相なり候由。組始まり候より当、組上りまでに、鯨数大概左に記す」

と、年ごとの捕獲数があげてあり、この間の捕鯨は百三本と記録されています。『出雲私史』には、

「（天保）七年正月、公、三保関に遊び、捕鯨を観る」

とあります。村は大変な賑《にぎ》わいで、九州から魚師が三百五十人、それに地元からも魚師、役人それに勢子《せこ》など千人、その方たちが界隈《かいわい》に宿をとっておられ、そのうえ鯨が捕れますと、諸国から商人が集まります。その様子を『出雲の国鯨網ならびに太守美保関参詣』という書き物には次のように記してあります。

「山を崩し広々と場所をとり、役人出張の小屋を建てる。あるいは、鯨を引き寄せ細く切りて入れ置く小屋、油を取る小屋ならびにお蔵を三四ケ所建てる。

この三保関と申すところは、日本に三、四ケ所の港にして上り舟下り舟毎日絶え間なし。かの鯨取りの大将分は大金を儲けし者なれば、金銀を土砂の如くに三穂関《みほのせき》にてまき散らしければ、遊女などをはじめ祝うもの、三穂関一流にてかぎりなし」

とありますが、赤字になった原因は盗難や横流しなど、杜撰《ずさん》な経営にあったようです。はじめられたのが天保二年（一八三一）で、止められたのが同九年とありますから、斉貴さまの年は十六歳から二十二歳の頃のことになります。そうしますと若いときから剛毅《ごうき》なことをされたもので

す。

斉貴さまは、天保八年（一八三七）に二十二歳で結婚なさっています。相手の方は佐賀の鍋島斉直《なりなお》さまの娘充姫《あつきひめ》さまで、鯨の捕獲事業から手を引かれ、また蘭学に傾倒されていた頃になります。

鍋島斉直《なりなお》さまの後を継がれたのが、開明で名高い鍋島閑叟《かんそう》（直正《なおまさ》）さまです。斉貴さまの蘭癖《らんへき》もこの方の影響があったのかもしれません。何分、斉貴さまと閑叟さまとは義兄弟ということになり、江戸城での控えの間も同じであったと聞いています。

斉貴さまの結婚のことでは面白い話がありますのでおつなぎしましょう。

ときの将軍の家斉《いえなり》さまは三十歳でお子さまが十五人、四十七歳で年の数に追いつき、五十五歳で泰姫さまがお生まれになったときも丁度歳の数とおなじ五十五人目であったといい、記録では一妻二十一妾《しょう》で、手の付いた方は数知れずとの噂です。

五十五人のお子さまのうち成人なさったのは男十三人、女十二人でしたが、このお子さま方の養子先や嫁ぎ先を探すのが幕閣の人たちは大変だったといいます。いってみれば将軍さまの淫乱《いんらん》の始末を大名家に押し付けるということで、押し付けられる側はたまったものではありません。

定安さまのお生まれの津山藩も、家斉さまのお子さま斉民《なりたみ》さまが藩主に入っておられます。この場合は少し事情が違って、お父さまには定安さまをはじめ、跡を継ぐお子さまはおられたのですが、津山藩はご親戚の福井藩が三十二万石、松江藩が十八万石に比べ五万石で低いので、斉民さまを迎えて十万石に加増されています。

　こういったことを頭において、次の書き物を読んで下さい。（安藤優一郎著―『江戸城・大奥の秘事』―文春新書）

「大名側は将軍の娘が輿入《こしい》れてくるのを何とか逃れようとする。家斉の子沢山は有名だが、その分輿入れの可能性が高くなるわけで、諸大名側は幕府からの打診に戦々恐々となる。出雲松江藩主松平家に輿入れの内示があった時、松江藩は固辞したが、当然ながら、ただでは済まなかった」

　前後の事情から、輿入れのお相手は斉貴さまであることに間違いはありません。将軍家から奥方を迎えますと大変なもの入りです。江戸屋敷に専用のご守殿あるいはご住居を用意しなくてはなりません。有名な東大の赤門《あかもん》も、加賀の殿さまが将軍綱吉《つなよし》さまの養女松姫さまを迎えられたとき造られたものです。加賀藩では家斉さまの娘溶姫《ようひめ》さまを迎えておられますが、毎年二万両を出費しておられます。さらに文政十一年（一八二八）三月十三日、家斉さまが加賀さまの屋敷にお越しになると、たったの八時間の滞在だったのに、その折の費用は七千両に及んだといいます。幕府からの化粧料は年に二千両と米五百俵だそうですから、とてもまかなえるものではありません。

　そのうえ、姫さまが住まわれるご守殿（住居）には、江戸城の奥女中が入られ、さらに用人の方も加わり、藩内に幕府の出先が駐屯しているようなもので、情報も筒抜け、藩士の方とのいさかいも絶えなかったといいます。

ご夫婦の仲も並みのものではないようで、天下のお殿さまも「ムコ殿」のような形になられたようです。ここに広島藩の最後の藩主であった浅野茂勲《もちこと》さまが書き残された記述がありますから、その辺りの事情をおつなぎしましょう。

「将軍家から降嫁された方を、私の方ではご住居様と称し、末姫様と申しました。……ご住居の方へ参るには、少し小高くなった段がある。それを上がると待合の間というものがあります。そこへ通って待っていると、年寄という女中が来る。それについてご住居のおられる次の間まで来ると、上臈《じょうろう》、年寄、中老などという者が、そこに並んで坐っている。……ここで脇差を抜いて置いて、一応膝をついて挨拶をしなければならん。向こうは坐ったなりで挨拶する。殆んど対々です。それから敷居の手前で、扇子を抜いてお辞儀をしていると、ご住居がはいれと言われる。中へはいると打解けて、いろいろおねんごろなお話があるのです。」

当の佐賀の鍋島さまも、家斉さまの十三番目の盛姫さまを、年額三千両米五百表の化粧料で迎えておられます。しかし、御守殿の造作などで支出がかさみ、ついには参勤交代の費用にも事欠き、息子の嫁取りで隠居されるはめにおちいられたとのことです。

佐賀藩の破産は、噂では嫁とりの費用ばかりではなく、お父さま自身の浪費もかさんで台所が苦しかったともいいます。お父さまの斉直さまの生活はかなり派手で、正室と側室の間に四十六人の子供がいたといいますから、将軍の家斉さまに負けてはおられません。

鍋島藩に入られた姫さまのお相手の方、いわゆる婿《むこ》どのは閑叟《かんそう》（直正）さまです。その閑叟さまのご兄弟の充姫さまを、斉貴さまが娶《めと》っておられるのです。

閑叟さまは天保元年（一八三〇）、隠居されたお父さまのあとを継いで十七歳（満十五歳）で藩主についておられます。閑叟さまが藩主につかれ、晴れてのお国入りで上屋敷《かみやしき》をたたれましたが、品川の宿で止まったまま動きません。閑叟さまが不審に思ってお尋ねになると、江戸屋敷で商人の方の取立てがきびしく供揃《ともぞろい》いができず出立できないとのこと、閑叟さまは愕然《がくぜん》となさいましたとのことです。このことがのちの佐賀の藩政改革の原点になったのでしょう。

松江藩に幕府から嫁入りの話を聞いて、断られたのは、財政難などもあったでしょうが、実のところは斉貴さま自身が、

「おらー、そんな嫁はいらねェーよ」

と、無碍《むげ》なく袖に振られたのではないかと思います。あるいは、義兄の閑叟さまが、

「よせよせ、それより、俺の妹はどうだ」

と申されたのかもしれませんが、いずにせよ松江藩では内示を断られました。しかし、それを許しておいたのでは他の藩に示しがつきません。そこのところを、先の書き物では次のように述べています。

「雲州《うんしゅう》松江侯へご主殿を賜らんとの内意あるけるに、内々にてこれを断りければ、その咎《とが》にて武州《ぶしゅう》川越に国替あらんとの内沙汰ありけり。松江藩これを聞きて驚愕《きょうがく》し、急に八万両をその筋々

の諸役方に賂《まいな》うて、国替の沙汰止みを嘆願しけるに、黄金光を生じて無理も道理も同時に消滅し、無事にその局を結びけるとぞ。八万両の贈遺は雲州侯の財政上においても容易ならざる大金なれども、ご主殿を拝受して際限なき濫費《らんぴ》を費やすに比すれば、その害を被ること浅少《せんしょう》なれば、かく取計らいたるものなりと云う」

ここに国替えの候補にあげてあります川越藩は、松江藩とご親戚ですが、江戸に近いため城の修理とか、江戸湾防衛のための工事の負担など多額の出費を求められ、財政が苦しく、幕府に転封を願い出ておられたようです。もし松江藩が川越にまいりますと、それらの負担の外に引越しの費用など莫大なものになります。ことはそれでおさまりましたが、もとをただせば将軍家斉さまの淫乱《いんらん》から生じたこと、たまったものではありません。

献金のことは、『島根県史』に、

「天保《てんぽう》五年（一八三四）八月、金六万両を幕府に献ず。これ朝日貴邦（重邦斉貴から「貴」を授かる）の建議による」

とあります。金額は違いますがこのようなことがあったのは事実のようです。ただこの献金は『出雲私史』では紅葉山遷宮や増上寺《ぞうじょうじ》の火災の見舞いとあります。つづいて天保七年（一八三六）に三万両、同九年にも三万両を献金、この三回にわたる献金で、斉貴さまは佩刀《はいとう》および時服《じふく》を賜ったとあります。

これらの献金のおかげでしょう、斉貴さま天保九年（一八三八）には少将に任じられておられます。そこのところを、『出雲私史』には「老中、命を伝えて曰く」として次のようにしてあります。

「汝、年なお少しといえども、特旨を以って少将に任ず」

斉貴さまにとってはこの頃が一番華やかな時期でありました。佐賀の鍋島閑叟さまの兄弟の充姫さまと結婚なさったのも天保八年（一八三七）で、美保関で派手に鯨取りをなさっていたのもその頃でした。

斉貴さまが幕府内のまつりごとについて、勉強されたのもこの頃のことで、少し面倒なことが起こると、

「雲州さまに聞け」

と、皆さまがそのように申しておられたそうです。弘化四年（一八四七）には、将軍の名代として天皇即位のお祝いに京都にくだっておられ、その功績で従四位上をいただいておられます。

## 三　行　状

斉貴さまはこのように幕政に励まれましても、ご家門の家系では、将軍に選ばれることは勿論、幕閣に加わる道も閉ざされており、空しさを感じ、遊興《ゆうきょう》に転じられたのではないでしょうか。『出雲私史』に次のような記述があります。

「弘化二年（一八四五）九月二十六日、砂村の新田を購《かわ》んことを官に請う。（官）之を許す。砂

村は江戸城の東に在り、その地六百九十七歩有余（約二三〇〇平方メートル）なり。以て下邸となす。公、放鷹を好む。蓋《けだ》し、以て放鷹の地となすなり」

　これは斉貴さまが二十九歳の頃のことになります。砂村は隅田川の手前で今もその地名が残っています。ここに「官」とありますのは、勿論幕府のことでしょう。

「これを許す」とありますから、砂村に放鷹のために土地を買い入れたことが幕府の忌憚《きたん》に触れ仕致（隠居）の原因になったとは思われません。

ただ、この話が持ちあがりましたとき、これに反対されたのが重臣の神谷さまと仙石さまのようです。続いて『出雲私史』には、

「斉貴大酒かつ酒癖《くせ》悪《あ》しきをもって、仕置《しおき》神谷源五郎、仙石城之助など極諫《ごくかん》せしも、その効なきをもって、二人は職を去れり」

　斉貴さまの酒癖はよくなく、お側の方も困っておられたとの話はよく聞きます。このように、奔放《ほんぽう》な行動をとることができたのは、お側に家老の朝日貴邦さまがおられたからだと思われます。それというのも『出雲私史』に次のような記述があるからです。

「汝の祖父（朝日丹波）以来、力を度支《たくし》（出納をつかさどる役）に竭《つく》し、……許多の献金もよく速やかにこれを納め、佩刀《はいとう》して眉尖刀（なぎなた）を用うるを許すを賜るに至るは、実に汝の力なり。」

　として、三千八百石に増額されています。ここにある「佩刀《はいとう》して眉尖刀（なぎなた）を用うる

を許すを賜るに至る」は、文言の流れから推して、朝廷からのお許しでしょう。祖父の朝日丹波さまは、不昧公に仕えて藩の財政を建て直した方です。朝日貴邦さまの禄《ろく》は天保五年にも増額されていますから、破格のことと、そのうえお名前も重邦から、斉貴さまから一字を頂いて、貴邦さまと改名しておられます。先の六万両献金のときも、末尾に「朝日貴邦の建議による」とありました。どうも斉貴さまの派手な行いを許容されたのは朝日さまのようですが、そのことを頭において、斉貴さまの芳《かんば》しくない方の評判をおつなぎしましょう。

まず、江戸での評判は、『幕末百話』という書き物から拾ってみましょう。

「(雲州松平斉貴は)何を申すも家康公の直系統と、越前家(福井藩)のご近親……というところから諸大名もご老中達も一目置く、ソコで我儘から道楽にことを欠いて、馬鹿囃子《ばやし》がお好き、中目黒《なかめぐろ》や道玄坂《どうげんざか》辺りから馬鹿囃子の名人が五人十人と昼夜詰め切りで囃し立てる」

またある書き物には、

「出雲国松江藩の松平出羽守斉貴という殿様はこれ(馬鹿囃子)が好きでたまらず、町方から五人、十人と名人上手を呼寄せ、昼夜詰め切りでトンチキトンチキと囃し立てる。こうなるとほとんどビョーキだ。国許ではこの音色が聞けないとダダをこね、参勤交代もせず江戸に居続ける」

ところが、国許での評判はさらに芳《かんば》しくありません。のちの世のことですが、『松江市誌』には、「斉貴の時代は雲国民の不平の声も聞こえしほどに、藩主は殺生《せっしょう》を好み、鷹狩《たかが》りさかんに行われ、神門《かんど》、出雲両郷をはじめ松江近在に数多の鷹場《たかば》を設け、御殺生方御用と唱え、鷹匠《たかしょう》餌差《えさし》師権威

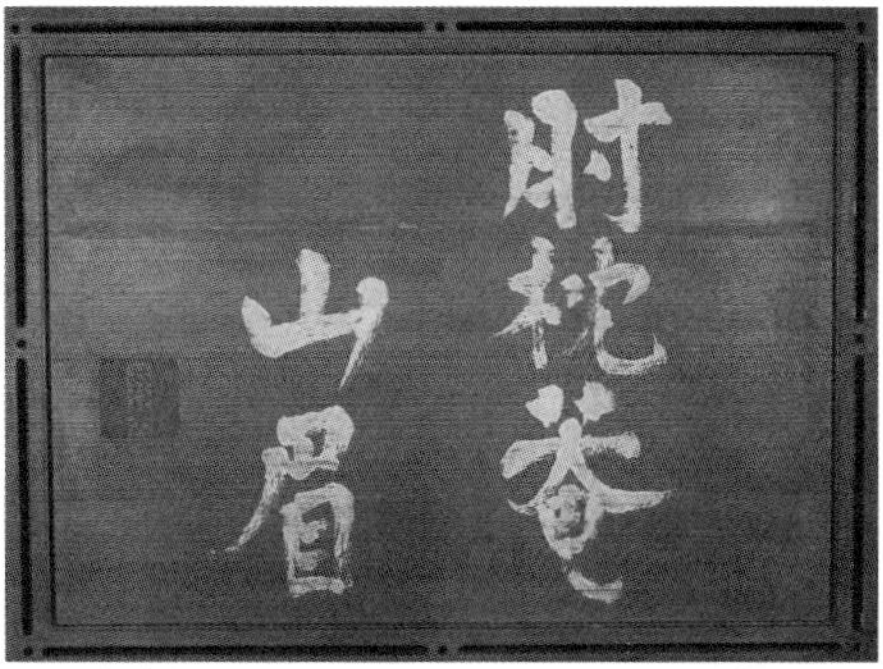


九代斉貴《なりたけ》の筆になるもので、庵号に肘枕《ひじまくら》と名付ける感覚は、まさに「やんちゃ殿様」と言われる所以《ゆえん》か。残念ながら肘枕庵《ちゅうちんあん》がいかなるものかは不明である。
日御碕神社 蔵

を揮《ふ》い、郡村の負担も少なからず」
などと書かれています。鷹狩りともなりますと、狩場のまわりは出入りを禁じ、お殿さまの趣向をたてに、鷹匠ことに鷹の餌をまかなう餌差師などは傲慢《ごうまん》な振る舞いがあったようです。

つづいて、

「藩主また相撲《すもう》を好み、稲妻《いなずま》、鳴瀧《なるたき》、小松山などの力士を抱え、朝日氏もまた相撲を好み、大寄せの節は、松江町《ちょう》家《か》富有の家に扶持《ふち》を命じたり」

ここで注目したいのは、朝日さまのことが触れてあることです。捕鯨の指揮をとられたのも朝日さまでしたし、幕府への献金をすすめられたのも朝日さま、そしてご自身も相撲に興味をもっておられたようにも記してあります。別の見方をすれば、斉貴さまを遊興におとし入れ、我儘放題をさせていたのは朝日さまということになり、ご自分も力士などを抱え楽しんでおられたようです。

斉貴さまは天保五年（一八三四）には国に帰り、翌年が参勤交代で江戸へ発たねばならないのに、病に罹《かか》り江戸から医者を呼びよせ治療にあたらせ出立《しゅったつ》されません。医者ならともかくついには江戸から芸人を藩に雇入れ、酒宴を設け馬鹿囃子を演じられる始末です。

また、江戸より狆《ちん》を取寄せ三味線に合わして踊らしたりなさいます。狆の飼育は江戸城大奥ではやっていたといいます。その狆の飼育にせよ、囃子方の滞在にせよ、力士の扶持など大変な費用がかかります。

そのようにお殿さまは豪勢なお暮らしですが、天保の頃といいますと、八年（一八三七）に大坂で幕臣の大塩《おおしお》平八郎という方が乱を起こしておられるように、天保期は打ち続く天候不順で国は大変疲弊《ひへい》していました。

松江藩も例外ではありません。冷害や水害、それに蝗《いなご》の害とありますが、これはウンカなのでしょうが、これらの災害がつづき直訴や強訴《ごうそ》が絶えません。そのうえ各所に火災が発生して世は不穏な情勢です。

『出雲私史』からその様子を書き上げてみましょう。

天保三年三月九日、宍道湖疾風《しっぷう》あり、船を覆《くつが》え溺死《できし》する者十九人とあり、九月十一・二日、疾風甚雨あり、加えるに洪水を以ってし、穀二万七千五百二十一石餘を害す。

天保四年には時期不順にして穀稔《みの》らず、また常額（平年）より減ずること八万六千二十三石餘なり。

天保五年には楯縫《たてぬい》郡古井津浦、火を失し民家百六十一、土庫八、神祠一、寺一、仏堂一を焼失し、火に死する者男一人、女二人あり。（この年、幕府へ六万両の献金をしている）

天保六年には六月淫霖《りんう》あり、……秋に至るまで屢々甚雨《しばしばじんう》在り、洪水害をなし、穀九万九千百三十七石餘を損す。

天保七年にはこの年、夏、甚雨《じんう》洪水あり、平地の出水、二丈三尺に至り、山崩れ七千五所、諸穀稔らず、秋収、常より減ずること十三万八千六百三十六石餘、米価一升二百五十銭に至り、国、餓びょう（飢え死するもの）多し。

天保八年には六月三日、能義郡安来町、火を失し、二百九十九戸を延焼す。死する者四十四人。十二月二十六日、松江、白潟、灘町《なだまち》火を失して、天神町に及び、家七百五十一戸、神祠《しんし》一、寺十五、土庫二十九を焼き、死者各々一人ありき。（この年、二月、斉貴さま結婚。同じ月には大塩平八郎の乱が起こる）

天保九年には時期不順にして、大雨洪水頻《しき》りに至り、害する所甚だ多く、秋収、常より減ずること六万四百五十三石餘なり。（この年、幕府へ三万両献金する）

このように、天保年間は天候が不順でした。弘化《こうか》元年（一八四四）には、江戸城の本丸が火災にあい、この見舞金として松江藩から二万両が支払われましたが、老中から、

「献金甚だ多し」

とし、一万石に五百両でよいとの達しで、九千三百両を支払っておられます。二万両支払うと申しでて、九千三百両でよいといいなされるのは、何とも不恰好《ぶかっこう》なことですが、お上に対していい顔をとり繕《つくろ》っておられたようです。

しかし、下々の方へは厳しく、度々倹約令をだしておられるのです。

嘉永《かえい》四年（一八五一）に斉貴さまは三十六歳になられますが、九月七日、幕府へ、

「青山畑谷の両下邸を夫人に授け、自ら砂村の下邸を受く」

と報告しておられ、砂村の屋敷を増改築のようです。わたくしどもの解釈では、今まで住んでいた屋敷を夫人に与えて、自分は砂村に別邸をつくって住まうということになりますが、そう解してよいのでしょうか。

この別邸の増改築のことが『島根県史』には次のように記してあります。

「三谷忠太郎これを賛《さん》し、二万両を以てこれ（屋敷）を買受け、海岸には堤を築き、池を掘り、楼台亭榭《ていしゃ》を築き、簾硝子《すだれがらす》金銀張付、朱欄黒階、眼を驚かすばかりなり」

注—亭榭はあずまや、朱欄は朱塗りの欄干、黒階は黒檀。

二万両の支払いを許されたのは朝日さまでしょう。ここにでています三谷忠太郎という方は、翌年、家老を仰せつけられておられます。

## 四　宿老諫死

この砂村の屋敷の改造から二ヵ月のちに事件が起きました。そこのところは『出雲私史』の記述でおつなぎしましょう。

「十一月二日夜、当職鹽見《しおみ》宅廣（増右衛門）江戸邸に暴死す。急病を以て聞《もん》す。……その日その歿（没）を告ぐ。或いは曰く、故あって自殺せしなり……」

『島根県史』では、

「大酒、美食、淫蕩《いんとう》度を超えければ、鹽見増右衛門、強諫の余、終に切腹せしという」

とあります。強諫とはお殿さまを強く戒《いまし》めることをいい、諫死とは死をもって諫《いさ》めることをいいます。また、別の資料では次のようにも記されています。

「同年（嘉永四年）十一月二日、当職鹽見増右衛門宅広諫死を遂げた、その辞世に曰く

　君のため思う心は一筋に

　　はや消えて行く赤坂の露」

赤坂は松江藩の上屋敷のあるところ。（今でいう紀尾井坂付近で、跡地は参議院議員議長公舎に使われています。）これらの記述から、塩見さまが諫死（自刃）されたのは間違いありません。

塩見さまとは、先代の宅共（小兵衛）さまは、先の殿さまの遺言で斉貴さまの後見役を仰せ付けられ、一年後に亡くなられ、後を朝日さまが引き継いでおられます。なお蛇足ですが、塩見増右衛門さまは小泉八雲を支えた妻のセツの母方の祖父にあたります。

『出雲私史』をつづけましょう。

「公（斉貴）、側医および扈従《こじゅう》をしてこれを問わしめ、且つ物を賜う」

扈従とは小姓のこと、「物を賜う」とありますが、この場合は薬物あるいは手当ての衣類でしょう、斉貴さまの狼狽《ろうばい》ぶりが手にとるようにうかがえます。またある方は腹を切り、斉貴さまに諫言《かんげん》なさり、部屋に下がって途絶なさったともいいます。

諫死だと介錯《かいしゃく》の方はおられず、医者を呼ばれたくらいですから即死ではないようで、塩見さまは息絶え絶えのなかで諫言を繰り返されたのでしょう。最後に、

「先ずは、国許へお帰り下され。」

そう申されたと思います。斉貴さまはそれからひと月満たない十二月十四日に江戸を発ち、国許へ向かわれ、正月五日に松江に着いておられます。

塩見さまの目には、国許では容易ならない事態が起きていたのでしょう。その塩見さまが命を掛けて訴えられた「国許の容易ならない事態」とはどんな事態なのでしょうか。

その謎に迫る手がかりに、広瀬藩で起きました「片山騒動」から糸口を求めていきましょう。

## 五　片山騒動

片山騒動は広瀬藩で起きています。広瀬藩は、初代松江藩主松平直政さまの次男の近栄《ちかよし》さまが、長男の綱隆《つなたか》さまから三万石をいただいて興されたものです。はじめは土地をもたないで、蔵米《くらまい》の支給だけだったようですが、のちに広瀬の地を得ておられます。

先に話しましたように、津山藩は秀康さま（家康の二男・直政の父）の長男忠直さまのゆかりの地です。忠直さまの長男の光長さまは、父の忠直さまの行状が悪かったことから伊予の松山に預けられますが許された時、お年は七十三歳でしたので家督を孫の長矩《ながのり》さまに譲り、この長矩さまが元禄十一年（一六九八）に津山藩十万石の城主に入っておられるのです。

　このようにみますと、越前藩（福井）は石高でいうと松平家の宗家のようにみえますが、血筋のうえでは津山藩といって誤りではないかもしれませんが、津山藩が十万石なのに、（享保十一無嗣《むし》となって五万石、後に将軍家斉の子斉民を迎えて元の十万石となる）弟の忠昌《ただまさ》（直政の兄）さまが継がれた越前（福井）藩は三十二万石です。津山藩では石高の増加が悲願だったようです。そこら辺りに騒動の起こる遠因《えんいん》があったのでしょう。

　さらに、広瀬藩七代藩主の直義《なおよし》さまは津山藩からきておられますし、広瀬藩三代藩主の近朝《ちかとも》さまの次男長孝さまは、一度本家である松江藩五代藩主信維《のぶずみ》さまの養子となって津山藩へ藩主として入っておられます。つまり、広瀬藩は津山藩とつながりが深いのです。ところが、斉貴さまの頃の広瀬藩の藩主松平直寛《なおひろ》さまは、かなりの実力者でご活発な方であったようです。

　直寛は越後騒動（高田騒動―光長）に介入《かいにゅう》し失敗し一万五千石を召し上げられましたが、貞享三年（一六八六）加増して元の三万石に返り、のちに譜代衆《ふだいしゅう》取締役、城主格にもなり、もともと策士であったようです。

　こうした血筋から、この幕末に起きた松江藩のお家騒動は、津山藩の勢力拡張の野心が原因だという方もありますが、こうした事情を頭において、広瀬藩で起きた「片山騒動」に踏み込んでいきましょう。

　では、『雲藩遺聞』という書き物から「片山騒動」というところをそのまま引用させていただきましょう。

広瀬藩の主席家老片山主膳《しゅぜん》は、寛文《かんぶん》六年（一六六六）、松平近栄《ちかよし》が広瀬三万石を創設した時、松江藩から附家老として差し向けられたもので、代々主席家老として全藩から畏敬《いけい》せられていた。

嘉永六年（一八五三）九月、松江九代藩主斉貴は致仕（隠居）したが、跡継ぎの子がなかったので、津山藩主斉孝《なりたか》の第四子定安をいれて、斉貴の養子として松江藩をつがせたのである。はじめ斉貴に嗣子《しし》がなく誰をその養子にしたらよいかということについて、いろいろ議が沸いた時、広瀬藩の家老片山主膳は心中で、

「この際、広瀬藩主を松江藩主にし、母里藩主を広瀬藩主に封じ、母里藩主には自分がなろう」

という野望を起こし、いろいろ策動をはじめた。広瀬藩主松平直寛《なおひろ》はこのことを知ったので、

「分家が本家を乗っ取ったとあっては、大義名分の上からも面白くない。これは善隆公（松江五代藩主の宣維《のぶずみ》）の流れをつぐ津山侯の第四子済三郎君（定安）を養子とするのが一番妥当である」

と相談した結果、衆議が一決してその手続きをとった。これが松江十代藩主定安である。

この陰謀《いんぼう》を企てた片山主膳は、広瀬藩家老を免ぜられ松江に幽閉《ゆうへい》されその晩年を終えた。

松平定安は津山公松平越後守斉孝の第四子で、嘉永六年（一八五三）九月五日、松江第九代藩主松平斉貴の女熙姫《ひろひめ》と結婚して松江第十代藩主となったが、これにも嗣子がなかった。そこで、あとつぎを誰にきめようかということで色々意見がわかれ、斉貴は江戸青山中邸で逝去した。

先君斉貴は文久三年（一八六三）三月十四日四十九歳であったが、晩年になって弐等麿（のち

に瑶彩麿と改む）が生まれた（弐等麿とは次男の義である）。定安の跡継ぎをきめる時、長尾弥《や》刑部《ぎょうぶ》は、

「定安のあとつぎは、必ず先君斉貴公の御子弐等麿君でなければならない」

と切腹して建議したので、遂に弐等麿君が嗣子《しし》になることに決まった。これがのちの直應《なおたか》である。この頃の俗謡に、

破れ行燈《あんどん》（安藤）に朝日（朝日丹波）がさして
永かれと思う長尾（長尾弥刑部）は短こうて
いらざる丹波（朝日）のいがの長さよ

というのが歌われていた。

（付記）藩公に嗣子がない時には、常に一騒動が起こるものであった。定安の嗣子をきめる時でも、安藤・朝日等の抵抗のあったのを長尾が身を殺して大義名分をたてたのである。

以上が『雲藩遺聞』にある「片山騒動」にかかる記述です。一読して薄っぺら猿芝居《さるしばい》の感じがしてなりません。ことに広瀬藩主の直寛さまの発言「分家が本家を乗っ取ったとあっては……」など茶番劇といえます。幕藩時代のお殿さまは国主として崇《あが》めていました。いくら広瀬藩の家老片山主膳さまが実力者といっても、本家の跡継ぎに口を挟むことはできますまい。それができるのは広瀬藩主の松平寛直さましかございません。

その間の事情を明らかにするために、それらに関わる事柄を年代ごとにおってみましょう。付け加えますと定安さまは、天保六年（一八三五）四月にお生まれになっています。

嘉永三年（一八五〇）八月　熙姫生まれる。
〃〃（〃）十月　広瀬藩主直寛亡くなる。
〃四〃（一八五一）四月　信進小島藩主に就く。
〃〃〃（〃）十一月　塩見増右衛門諌死す。
〃〃〃（〃）十二月　斉貴江戸を発ち、松江に向う。
〃五〃（一八五二）六月　定安、松江藩養子の内約が成る。
〃六〃（一八五三）九月　斉貴致仕（隠居）する。
安政二〃（一八五五）六月　弐等麿（斉貴の長男）生まれ、七月定安の養子となる。
文久三〃（一八六三）一月　定安と熙姫結婚する。
〃三〃（〃）三月　斉貴亡くなる。

これらの事実から騒動の起因は、藩主斉貴さまに跡目が生まれなかったことから生じているようです。当時、松江藩では次の藩主擁立に内部派と外部派が激しく争っていたといいます。内部派は松江、広瀬、母里から擁立を主張し、外部派は津山家（親戚筋）から迎えようとなさっていました。その頃は広瀬藩主直寛が主導する内部派が勢いを得ていたのでしょう。多分、この時点で内部派は信進さまを遠州《えんしゅう》（静岡）の小島藩に追い出します。

注―信進は津山藩主の次男、四男の定安がのちに松江藩主となる。

ところが嘉永三年（一八五〇）八月に熙姫さまが誕生され事態は急変します。さらに内部派の重鎮広瀬藩主の直寛さまが亡くなられ事態は泥沼化します。

その混乱を憂いて塩見増右衛門さまの諌死によって斉貴さまの帰国となり、内部派の目論見は消えたのではないか、この騒動の遠因は斉貴さまの放蕩《ほうとう》でありましたから、斉貴さまは責任をとって隠居なさったと想像されます。重臣の方々が最も恐れたのは騒動が幕閣の耳に入り藩が取りつぶされることは想像できます。

この『雲藩遺聞』では騒動の主役は、広瀬藩の家老片山主膳さまに仕立ててあります。片山家は広瀬藩が分家する時に松江藩から附家老として差し向けられた方です。なかなか剛毅《ごうき》な方だとの噂でした。一方、わたくしが主役と思う広瀬藩主の松平直寛さまも相当な人物で、譜代衆取締役となられ城主格の大名の地位を得ておられます。（大名の格付け―国主、準国主、城主、城主格、無城―陣屋）。また噂では水戸の徳川斉昭《なりあき》さまと交友があり、斉昭さまが幕府から蟄居《ちっきょ》を命じられた時、斉昭さまに同行して将軍に直訴しておられたとのことです。

記述の中で、「（定安さまは）斉貴の女熙姫《ひろひめ》と結婚して松江第十代藩主となったが、これにも嗣子がなかった」とありますが、その当時、熙姫さまは十歳そこそこなので子が生まれることは考えられませんし、外の資料にも熙姫さまの推挙で実兄の弐等麿（斉貴の長男）さまを世子にしたとありますが、十歳過ぎの年齢でそうした思考《しこう》は不可能でしょう。

また、この話の中に長尾弥刑部という方が切腹して斉貴さまの長男弐等麿さまを次の藩主に推したとありますが、斉貴さまの側に仕えておられた羽山平七郎という方が書いておられる日記『御用頭書―松平斉貴公御側日記』の、文久三年（一八六三）の二月三日の項に「（長尾）弥刑部より申出、御賄料より御取替は難しく相成候」と平穏な日常のことが記されてありますから、切腹などされていません。気にかかるのが最後に載っている俗謡です。

破れ行燈（安藤）に朝日（朝日重邦のちに貴邦と改名）がさして
永かれと思う長尾（長尾弥刑部）は短こうて
いらざる丹波（朝日）のいがの長さよ

とありました。「安藤」という名がでましたが、この方は松江藩士で、このお家騒動の首謀者に祭り上げられた方です。行燈（安藤）に朝日（重邦のちに貴邦と改名）がさして、安藤の思惑は消えたと理解してよいのでしょう。それは表向きで、安藤さまと朝日さまは同類だったのではないか、いや安藤さまは直寛さまや朝日さまの指示で動いておられ、朝日さまが安藤さまに罪を負わせて、蜥蜴《とかげ》の尻尾《しっぽ》を切るように捨てられたともみられます。「いらざる丹波（丹波は重邦の祖父、松江藩の財政を立て直す）のいがの長さよ」がそれを暗示しているように思います。朝日さま生き伸びたというところでしょうか。

このように、紆余曲折《うよきょくせつ》を経て、また多くの家臣の方の犠牲のうえにたって、定安さまは嘉永六年（一八五三）九月に、十八歳で第十代松江藩主に就かれました。

実の兄上を離縁させてご自分が藩主の座につくまでのこのような経緯《けいい》は十分ご承知であり、これらのことが、これからの藩政への機軸《きじく》となって、目前に迫っている、いやすでに渦中《かちゅう》にあるといっていい幕末の動乱に立ち向かい、松江藩の舵《かじ》をお取りになることになるのです。その根底には、民を思う慈愛、誠実なお人柄と聡明な見識をもって開祖以来の最大の難関を乗り切られ、松江藩を無事に維新の新政府に引き継がれました。

松平定安さまは、天保六年（一八三五）四月八日に、作州津山藩の藩主松平斉孝《なりたか》さまの四男としてお生まれになりました。

ただ、天保といいますと、大飢饉のさなかで、二年後の天保八年には大坂で幕臣の大塩平八郎さまの乱が起き、四年後の天保十年（一八三九）には、洋学者を取り締まる「蛮社《ばんしゃ》の獄《ごく》」があり、松江藩からも関係する方があったことなどは先に話しました。定安さまはまさに幕末の動乱が幕を開けようとする頃お生まれになっているのです。

お母さまは雨森於千雄《あめのもりおちお》と申される方です。雨森という姓は琵琶湖《びわこ》のまわりに多いそうですから、越前松平家とかかわりのある方なのかもしれません。

この雨森於千雄さまが亡くなられたあと、雨森家には祭祀《さいし》を受け継ぐ方がおられなくて、わたくしの夫妹尾《せのお》謙三郎さまが、その姓をいただいて殿さまのお側に仕えるようになったのです。これは文久三年（一八六三）、謙三郎さまが四十一歳の時のことになります。このことからも、いかに謙三郎さまがお殿さまから深い信頼を頂いていたかがお分かりいただかれると思います。

津山藩のことについてはこれまで縷々《るる》話しましたが、我が松江藩にとっては本家筋にあたると申せば早分かりするかもしれません。また、次男にあたるお兄さまの信進《のぶゆき》さまは、定安さまの岳《がく》父《ふ》の斉貴さまの控え（義弟）として松江藩に入っておられましたが、離縁され嘉永四年（一八五一）四月に駿河《するが》の小島藩一万石の城主に入られました。それらのことは前章で話しましたが、定安さまが兄の信進さまを追い出して松江藩主にお座りになられたのでないことはその折々に触れました。

江戸赤坂にあった松江藩邸（松江歴史館蔵）

　定安さまが松江藩主にお越しになるについては、ご親戚になります越前福井藩主の松平慶永《よしなが》（春嶽）さま、津山藩主松平斉民さま、佐賀藩主鍋島閑叟《かんそう》さまたちによる親族会議で決まったものです。この手続きもお家騒動を隠匿《いんとく》する狙《ねら》いがあったのでしょう。ただ、津山藩では定安さまのお父さまの斉孝さまは隠居されて、将軍家斉《いえなり》さまの十四男の斉民さまが藩主についておられます。

　親族の会議を経て、定安さまが松江藩主に内定したのが、嘉《か》永《えい》六年（一八五三）の六月二日です。その月の二十二日、定安さまは津山を発って江戸に向かわれ、津山藩の江戸高田下屋敷に入っておられます。お年が満で丁度十八歳になられた頃のことになります。

そして、同年九月四日に赤坂の松江藩上屋敷に入り、翌五日に病の斉貴さまの代理で、ご親戚の糸魚川《いといがわ》藩の嫡嗣《ちゃくし》松平鐺之助《とうのすけ》さまを伴われて江戸城に上がり、襲封の沙汰をいただき、十二月一日に将軍家定さまに拝謁、二十三日に従四位下を拝受、将軍家定さまの一字を頂いて出羽守松平定安と名を改めておられます。（それまでは直利）

このように養子縁組が足早にすすめられた背景には、やはり斉貴さまの致仕を招いたお家騒動があったものと思われます。

# 三章　海軍創設

## 一　藩主着任

定安さまのお国入りは、明けて安政元年（一八五四）の正月十四日となっていますから、早いお立ちで新しい藩主としての意気込みが伝わってきます。そこには実の兄信進さまを押し退けて藩主につく複雑な心境もあったことでしょう。

ところが、同じ月の十六日にアメリカの東インド艦隊司令長官ペリーという方が七艘の軍艦を率いて浦和にきています。この方は前の年の六月に四艘の軍艦をもって、鎖国中だった日本の国を開くよう求められ、この度はその返事を得るためにきたものです。

前の年にこられたときには、国中は大騒動でした。

「泰平の眠りをさます蒸気船《じょうきせん》

たった四はいで夜も眠られず」

というざれ歌が全国にひろがったのはそのときのことです。この度は七艘の軍艦を率いてきておられます。結局、幕府はこの圧力に屈して三月に朝廷の許しを得ずにアメリカと和親条約を結び、これが幕末の動乱というより、倒幕の引き金になるのですが、その話はここではそれまでにしておきましょう。

わたくしがお話したいのは、定安さまのこと、定安さまが十四日に江戸の赤坂の上《かみ》屋敷を立たれたとなりますと、十六日は神奈川辺りを通っておられたはずです。

お殿さまの出立が何時《なんどき》であったかあきらかでありませんが、普通は「七つ立ち」（午前四時）といいますから早かったのでしょうが、何分藩主の出立です、供揃いなどに手間取り、そう早いものではなかったと思います。宿場は品川、川崎、神奈川となっています。東京から横浜までの距離は今でいうと約三十キロですから、少なくとも一泊はされたでしょう。そうしますと十六日の宿は神奈川か先の保土《ほど》ヶ谷《がや》ということになります。

その頃の横浜は寒村でしたから、人が集まると目立ちます。多分、定安さまはこの騒動に出会われ、ペリーの艦隊をご覧になっていたことでしょう。

付け加えますと、その頃、松江藩は幕府の命で江戸湾の本牧の警備にあたっていました。本牧は横浜港の突端にあり、北に羽田、南に江戸湾の入り口の観音岬《かんのんみさき》がある重要なところです。誠実な定安さまですから、松江藩の警備の駐屯地にも顔をだされたか、ご挨拶を受けられたことでしょう。そうなりますと、なおペリーの艦隊を目にされた可能性は高くなります。

このことは、山陰の雄藩《ゆうはん》、松江藩の藩主に就かれ、初の国入りへ向かわれる若い定安さまに強烈な衝撃をあたえたことでしょう。それから九年ののちの文久二年（一八六二）に他の藩にさきがけて軍艦二艘を外国から買い上げ、洋式の海軍を設立されますが、このペリー艦隊との出会いがその動機になったのではないかと思っています。

定安さまは、二月七日に安来に入られました。松江藩からは、仕置役《しおきやく》の大橋茂右衛門（筑後）さま、近習頭の赤木文衛門さまたちの出迎えを受けられ、八日に松江城三の丸にはいられました。着任され、ご挨拶やご重役の方との引見、巡視など取り込みも多いことでしょうに、十四日には、儒学者桃題蔵《ももだいぞう》さま、谷敬蔵《けいぞう》さまを招かれ、詩書の講読をはじめておられます。ご自身の研鑽《けんさん》を第一とのお考えなのでしょう。

こうしたあわただしい日々を過ごされますが、間もなく江戸に向かわれ、四月の八日には赤坂の上屋敷に入っておられます。先の藩主の斉貴さまが参勤交代を無視して、我儘な振る舞いが多かったのに、定安さまのお勤めは目を見張るばかりです。

さらに、四月二十三日には江戸を発ち、五月十八日に松江に帰っておられ、翌安政二年（一八五五）正月二日には将軍に拝謁《はいえつ》されていますから、再度江戸へ登られたのでしょう。

安政三年正月には、御所の修復の手伝いを命ぜられ、一度松江に帰っておられますが、三月十日に松江を発ち、四月四日に江戸に入っておられ、翌四年四月十一日に江戸を発ち、五月五日に松江に帰っておられます。

そのうえ、「詩経」、「論語」、「孟子」、「小学」などの講義が入っています。それらは、一の日とか五の日とか日を定めて行われて、例えば一日と十一日と二十一日は論語であるとか定めてありました。わたくしの夫妹尾《せのお》謙三郎（雨森精翁《あめのもりせいおう》）さまが講義によばれたのもこの頃です。

　こうした、研鑽のほかに、武芸も、さらに藩内の巡視にもつとめておられます。初の国入りの翌年、二月には『公伝』には次のように記されています。

「十三日封内の砲台を巡視せんとし、仕置役大橋茂右衛門を随えて松江を発し、封内の要処を巡り、又杵築大社及び日御碕神社に詣《けい》し、畢《おわり》て後経ヶ崎砲台を検し、翌十九日進んでカヶ山砲台、翌二十日には多岐村小浜の上、並びに口田儀村山ノ下砲台を検し、二十二日更に釜屋及び十六島《うっぷるい》砲台を検して、二十三日一旦帰城し、斯《かく》て二十四日再び松江を発し、三保関に至りて加鼻《かはな》砲台を検して、二十七日進んで古浦、江角《えすみ》の二砲台を検して帰城し、更に二十八日城下の諸神社に詣《けい》し、晦日月照寺祖廟《そびょう》を拝するや、帰途堂形に於て砲技（遠丁）を観、翌三日家臣の槍剣二術を覧、以て一藩の士気を鼓舞《こぶ》したり」

　ここに砲台とありますのは台場のことです。台場は幕末、外国の艦船を撃ち払う大砲を据え付ける陣地のことで、幕府の命で岬などに設けられたものです。

　その頃松江藩が築きました台場をあげておきましょう。

島根郡《しまねぐん》では、三保関の加鼻、軽尾浦、片江浦《かたえうら》（大崎ノ鼻）、野波浦《のなみうら》（竹ノ鼻）、水浦（幕島）。

秋鹿郡では、片句浦《かたくうら》（宮崎ノ鼻）、江角浦《えすみうら》（龍ノ口ノ上）、古浦《こうら》（塩床）。

楯縫郡《たてぬいぐん》では、三津浦《みつうら》（ノシドノ谷）、十六島《うっぷるい》（アミヤ）、川下村《かわしもむら》（釜屋谷）。

神門郡《かんど》では、鷺浦《さぎうら》（鶴島ノ上）、日御碕《ひのみさき》（経島《ふみしま》ノ上）、同（小黒田）、杵築《きつき》（神光寺川尻）、指海村（カケノ山）、多伎《たき》村（小浜ノ上）、口田儀《くちたぎ》村（大畑山ノ下）。都合、十八カ所。その外に遠見番所が六カ所設けてありました。

「堂形《どうがた》で砲技を観し」とは前にも話しました、鉄砲鍛冶の村松幸左衛門さまが古志原で爆死され、堂形で再度試し撃ちをされたと話しましたが、それらのことをいうのでしょう。

安政四年（一八五七）には、それまで警備にあたっていた江戸湾の本牧《ほんまき》から、大坂の安治川《あじかわ》口の警備を命ぜられています。この時に築かれた台場が天保山です（今はテーマ・パークで賑わっている）。これらの警備の功績によりこの年定安さまは少将に任ぜられておられます。

『公伝』には、こうした記述は以後も続くのですが、わたくしはこのようなことを、いちいちおつなぎしようとは思いません。ただ定安さまが、いかに自己の研鑽《けんさん》と藩務に忠実に尽くしておられたかをおつなぎしたいと思い申しあげているので、これらのことはこの辺りで打ち切り、定安さまのなさった、大きな仕事やご苦労なさったことについて触れることにしましょう。

## 二　軍艦購入

まず、取り上げたいのは、松江藩に海軍を創設されたということです。このことはあまり世間では取り上げられていません。しかし、それは大変な先見性と決断があってできることで、定安さまの英邁《えいまい》な一面をうかがわせるものです。では定安さまの功績の第一として松江藩の海軍創設についてお話しましょう。

松江藩は長い海岸線をもっていますし、幕府から隠岐島の治安も預かっていましたから海防には神経を使っていました。寛政五年（一七九三）には、藩内に唐船《とうせん》番隊を置いています。この唐船番隊は物見役、使番役、海岸台場砲術方など六百七十人で編成されていたといいます。（『幕末海防史の研究』—原剛）。

また隠岐の防衛には八百二十九人をあてたといい、人数が不足して文久三年（一八六三）には農民兵を採用したとのことですが、これが隠岐島をゆるがした隠岐騒動の一因にもなったようですが、これらのことはのち程お話しましょう。

藩では、このほかにも、御船奉行《おふねぶぎょう》という部署を置いていますが、これは藩船を統括していたもので、藩主のお召し船の管理や、米など産物を御手船で上方に運ぶことなどを差配しておられました。御手船は帆掛け舟で、幕末の頃には、三百二十石積の住吉丸から、千六百石積の宝永丸まで、五、六艘の大船があって一般に千石船と呼んでいました。船方の中心は、水主《かこ》ですが、その方が五十人ほどいたとの記録がありますから、当時の船奉行の規模をご想像ください。

つまりこれらの役所は、海運にかかわるもので、海戦に加わること、すなわち海軍ではなかったのです。最も、その頃我が国は鎖国中でしたから、幕府から各藩は軍艦をもつことは禁じられていました。その幕府が軍艦の必要性を抱くようになったのは、ペリーの来航など外国からの圧力です。第一回のペリー来航から三カ月のちの嘉永六年（一八五三）九月に、幕府から、

「方今ノ時勢ニヨリ大船ノ製造ヲ許サルル間、作事ノ方法並ニ船数トモ委シク伺出、指揮ヲ受ク

ベシ」

との達しが幕府からでています。これによって各藩が競って軍艦の所有に動きだします。そのなかで、はやばやと軍艦の建造に着手したのが佐賀藩でした。佐賀藩の藩主は開明で名高い鍋島閑叟《かんそう》さまであること、先代の斉貴さまの奥方さまが閑叟さまの兄弟であり、したがって斉貴さまと閑叟さまは義兄弟であることなどはさきに話しました。

その佐賀藩では、オランダから小型の蒸気船を買い求め、これを分解して実際に動く模型の蒸気船を造られたのが安政二年（一八五五）のこと、さらに実用となる軍艦の建造は慶応元年（一八六五）に進水した「凌風丸《りょうふうまる》」です。その船が佐賀城跡に展示してありますが、蒸気機関を船に積んだ、極めて単純なものです。ただこれには大変な手間とお金がかかり不経済だということで、自作をあきらめ外国から買い入れに走られたようです。

松江藩でも、『松江市誌』（以下『市誌』という）に、宮次群蔵《ぐんぞう》さまに、安流丸という船を造らせたということが記されていますから、蒸気船の建造に挑戦されていたようです。この宮次群蔵さまの列士録《れつしろく》の安政二年（一八五五）八月八日のところに、

「安流丸御船御造立中、終始精出就相勤為、御褒美《ごほうび》銀五拾匁被下之」

とあります。宮次さまについては、松江藩が反射炉《はんしゃろ》を造ったとき紹介しましたが、人参方の役人で、その販売のために長崎に行かれ、幕府の役人で洋学にくわしい高島秋帆《しゅうほ》さまたちと交流

があった方でした。ここにあります安流丸については、ご褒美がでたぐらいですから完成したのでしょうが、ほかの資料に蒸気船が活躍したという話は聞きませんから、実用にまではいかなかったのでしょう。それより手っ取り早い外国からの購入に松江藩も走られたのでしょう。

この宮次さまの安流丸の話は、定安さまが松江においでになる二年後のことになりますが、これが定安さまの指示かどうかは不明です。しかしこうした事実があることは松江藩に軍艦を所有したい気運はあったのでしょう。

ただその頃は、軍艦を持つといいましてもどの藩でも持てるというわけではなく、幕府の許しが必要で、幕府ににらまれていた長州藩などは軍艦を持つことができませんでした。

## 三　定安の決断

『公伝』によりますと軍艦二艘の購入は、文久二年（一八六二）閏八月十五日に発案されたとあります。そうしますと定安さまが藩主におつきになってから九年、宮次さまの安流丸の建造から七年がたっています。

これものちに触れようと思いますが、文久三年（一八六三）の暮れ、将軍家茂《いえもち》さまが、はじめて軍艦をもって上洛《じょうらく》されることになり、その頃軍艦を持っている松江藩に次のような借り上げの達しがまいっています。

「松平出羽守所持ノ蒸気船二隻、乗組士官トモ、暫時ノ内、御用立候ヨウ仕《つかまつ》ルベク候。

尤モ相成ル丈ヶ取急ギ品川沖へ相廻シ候ヨウ心得、委細ノ儀は、勝麟太郎《りんたろう》承合候ヨウ仕《つかまつ》ルベク旨、宅へ松平出羽守家来呼、達スベキ事」

この達しは、将軍家茂さまの上洛の伴走《ばんそう》で、幕府の手持ちの軍艦では不足だったようで加勢したのです。蛇足ですが、陸路に代わってこの軍艦による上洛を上申したのは勝海舟《かつかいしゅう》さまだったようです。そして、この時、幕府から借り上げを命ぜられたのは次の七つの藩でした。つまり七藩しか軍艦を持っていなかったことになります。

松平越前守一艘　（筑前藩主黒田斉清《なりきよ》）
松平越前守一艘　（松平茂昭《もちあき》）
松平出羽守二艘　（松江藩主松平定安）
松平修理太夫二艘　（薩摩藩主島津茂久《しげひさ》）
松平安芸守一艘　（浅野長訓《ながみち》）
松平土佐守一艘　（山内豊範《とよのり》）
松平肥前守一艘　（鍋島直大《なおひろ》）

しかも松江藩と薩摩藩が二艘です。軍艦をもって国防にあたるということは、憂国の情が厚くなければできません。

とかく松江藩は、幕末の動乱にあたっては泰平《たいへい》をむさぼっていたと思われますが、夷狄《いてき》に立ち向かう尊皇攘夷の思想が旺盛《おうせい》でなければ軍艦の所有などできないことです。このことはさきに松江藩が鉄を造る反射炉《はんしゃろ》を建設したときにも申しましたが、後世の方は幕末の松江藩の認識を改めていただきたいものです。

　では何故松江藩の憂国の心情がかき消され、明治維新の波に乗り遅れたかというと、それは幕末に鎮撫使《ちんぶし》が入り、我が藩を徹底的に踏み潰《つぶ》したからです。これで松江藩は、あの維新の動乱の大切な時期に、五年いや十年の空白を余儀なくされました。鎮撫使事件のことは別に改めてお話しましょう。


　話をもどして、軍艦を二艘も買い上げるということは、その当時では大変なことでした。猫の子を買うのとはちがい、まず操舵《そうだ》の技術が必要ですし、燃料の確保から、基地の整備、海図の作成や読み取りなどなど一朝一夕《いっせき》でかなうものではありませんし、さらに財力がなくてはなりません。

　わたくしは、この軍艦二艘を買い上げたことで松江藩に海軍が創設されたと位置づけ、高い評価を与えたいと思います。とにかく画期的なことでした。一艘では海戦は不可能です。

　幕府の海軍の設立については、勝海舟《かいしゅう》さまや坂本龍馬《りょうま》さまなど史上で賑やかに話題にされていますが、我が松江藩が二艘の軍艦を持ち、それを操舵《そうだ》していた気迫と技術は高く評価されてよいのではないでしょうか。そういった意味で、このことについてはわたくしの知るかぎりのことをお繋《つな》ぎしましょう。

この軍艦二艘を購入するという大掛かりな意思決定をされたのは、勿論定安さまですが、どのような背景でなされたのでしょう。『公伝』では、

「文久二年（一八六二）閏八月十五日、公（定安）意を決して、遂に軍艦二隻を外人より購入することと定めたり」

とありますから、定安さまの決断なのでしょう。つづいて、「公の江戸に参観するや、一日執《しっ》政《せい》朝日千助に語りて曰く」として次のように申されたとあります。

「今、我が国は外国の勢威の前に危機に見舞われている。この国難に我が藩も力を貸さねばならぬが、そのためにはまず我が藩の戦力を強化しなくてはならない。我が藩は日本海に長い海岸線を要し、さらに孤島隠岐島を預かっている。これらの防備のためには、是非とも軍艦が必要である。これをもって領内の警備にあたり、国に一旦あるときはこれにあたりたい」

そうして、このことは目下の急務であるとつぎのように結んであります。

「唯だ憾《お》しむらくは我が藩、未だその資の相給せざることを。汝、宜しくこれを諸有司《ゆうし》（官僚）に詢《はか》り、我が藩の堪える所を量《はか》り、もって事宜《じぎ》を上申せよ」

注　事宜―事が適当であること

定安さまのご下命です。つまり、軍艦を求めたいがお金は用意できるのか検討せよということです。

文久二年（一八六二）という年は、幕末動乱のさなかで、一月には老中安藤信正《のぶまさ》さまが坂下門外で襲われ、八月には薩摩藩士が横浜で外人を斬る「生麦事件《なまむぎじけん》」が起きています。その年の七月に艦船を持ってもよいとの触れが幕府からでて、九月二十四日には、

「目下、日と共に軍艦術の急務を感ずるを以て、有志子弟輩は各々進みて之を修めよ」

との達しもでています。定安さまの軍艦の買い入れのご決断に、もうひとつ影響を与えたと思われるのが朝廷の動きです。

定安さまは、年が明けて文久《ぶんきゅう》三年（一八六三）正月二十二日に江戸を発って、二月の十二日に京都に入っておられますが、十八日に、関白鷹司政通《たかつかさまさみち》さまから次のような勅命をいただいておられます。どうもその時は他の在京のお殿さまもご一緒だったようですが、

「頃日、外夷猖獗《しょうけつ》、屡々《しばしば》皇国を覬覦《きゆ》す。事態実に容易ならず、為に深く宸襟《しんきん》を悩まし賜う。汝、列藩、宜しく粉骨砕身《ふんこつさいしん》、以て外夷掃攘《そうじょう》の功を完うすべきなり」

猖獗は激しく暴れること、覬覦はうかがい狙うこと、宸襟は天皇、この場合は孝明天皇です。戦争となるとその指揮権は征夷大将軍である徳川氏に委任されています。この関白の発言は朝廷に軍事権があるようにうかがえますが、つづいて、所司代より、

「今や我が国の危機切迫《せっぱく》せんとす、汝、列藩主等、早く帰国して、藩屏《はんぺい》の任に尽くすべし」

つづいて、三月の一日には、幕府から、松江藩に対して、

「汝の封内、海岸多く、外夷防御《がいいぼうぎょ》の事、特に専要なるを以て、自今《じこん》、京都守衛を免ず」

この命は、外夷ばかりでなく、隣の長州藩に対する牽制《けんせい》があったのかもしれません。第一次長州征伐は、翌元治元年（一八六四）の八月に起きます。

それらの情勢をふまえて帰国しようとなさいましたが、一橋中納言でのちの将軍徳川慶喜《よしのぶ》さまより、帰国を一時猶予《ゆうよ》せよとの進言で京に留まられ、三月の四日の将軍家茂《いえもち》さまの入京にあたって、竹屋町口の警備を命ぜられています。わたくしは、この将軍家茂さまの上洛が、倒幕派と幕府との鞘当《さやあて》のはじまりではなかったかと思いますが、そうした経過を経て、定安さまは四月四日に松江に帰っておられます。

こうした経過をみますと、定安さまの海軍創設の決意は、徳川幕府の親藩としての立場もさることながら、天皇を守護するという尊皇のお考えから発しているようにも思われます。そして、四月四日に松江に帰られた定安さまは、十三日に三ノ丸に重臣の方を集めて、次のように申されたと『公伝』では伝えています。

「攘夷《じょうい》発令の今日、大いに藩政を改革すべきの要あり、汝等《なんじら》、要路に当たる者、特に注意して、各々その所見を開陳せよ」

その頃、建白書が松江藩から幕府に提出されていますから、その前に藩士から意見を求められたのでしょう。松江藩からだされた建白書の原案は、わたくしの夫雨森謙三郎（精翁）さまが作成したと申します。松江藩の攘夷に対する姿勢が読めますのでここで引用しましょう。

「これまで、余儀《よぎ》なき成り行きにて、当節の形勢に至り候えども、何分条約御結び、御使節をも差し向けられ候国柄、ことさらロシア、アメリカ両国は御隣国の儀、御交際、別して大切至極のことに御座候條、一応礼儀の御挨拶も仰せ遣わされず、最初より兵力を以て、御拒絶《きょぜつ》遊ばされ候ては、夷人《いじん》とは申しながら、御交際の道、如何御座あるべきや」

幕府が朝廷の許しを得ずに締結した条約も肯定されています。つづいて、

「且つは、夷人ども一旦は御武威に恐縮いたし、退散仕り候ても、信服納得のほど覚束《おぼつか》なく、かえって憤《いきどお》りを含み、皇国を怨《うら》み奉る様、相なるべしと存じ奉り候。

右様外夷の憤怨《ふんおん》を受けられ候て、彼より兵端開き候ても名これあり、皇国を不信の国などと申し触らし候へば、何とも残念至極《しごく》にて、皇国の御恥辱《ちじょく》恐れいり奉り候。右に付段々熟考仕り候ところ、何卒《なにとぞ》御条約の国々へ御使差し向けられ、内地の人心、交易相好まず、旧来の風儀変革《ふうぎへんかく》致しがたき段、包まず仰せ聞かされ候て、御膝元《ひざもと》の交易など厳しく止められ、御殿山、横浜とも商館、残らず、引き払い仰せ付けられ度存知奉《たくぞんじたてまつ》り候」

ここにある御殿山《ごてんやま》は函館。文久二年（一八六二）といいますと、倒幕派は異人《いじん》を切り捨てるなど、攘夷の燃え上がっている年です。このあと長州や薩摩が外国と一戦を交えて、欧米の先進国の戦力の強大さを自覚するのですが、この頃は攘夷一筋です。こうしたなか四年前に日米通商条約を結んだ幕府に肩を持つ松江藩の見解はもっとも穏やかなものでした。

しかし、外圧が押し寄せるなか、軍備の充実が急務であることは認識されていたのでしょう。

定安さまは、この年の三月に松江を発ち、四月の六日に江戸に着いておられます。その頃の政治

の中心は京都でしたから、京・大坂でいろいろな情報を耳に入れられたこととは思いますが、いかに殿さまといえども、即決で軍艦二艘を買う決断はできません。

お金のことを案じて、そのことを重役方とはかってくれと朝日千助さまに申され、それに対する朝日さまの返答が『公伝』には、次のように記してあります。

「その費用の如きは、士庶上下を挙げて、用途を節約冗費《だんぴ》を省き、その余裕を以て充当せば、これを弁ずること必ずしも難きに非《あら》ざるべし。何ぞこの際遅疑《ちぎ》するを要せんや」

朝日千助さまとは先に斉貴さまのご引退のとき、余りよくない方としてお話しましたが、あれ以後も藩の実権を握っておられたのでしょう。

先の殿斉貴さまが、引退に追い込まれたのは財政上のこともあったと話しました。あれから九年、財政は好転したのでしょうか。聞くところによると、朝鮮人参や木綿の販売などで巨額の収益をあげられたともいいます。人参の販売にたずさわっておられた宮次さまの記録をとおしてそのあたりの事情を探ってみましょう。

宮次さまは文政三年（一八二〇）頃に人参方に勤められ、弘化四年（一八四七）にはご褒美《ほうび》銀三十匁、嘉永二年（一八四九）と同四年（一八五一）には二十匁、翌年には七月に三十匁、十二月に三十匁、同六年には五十匁、安政二年（一八五五）、この年は安流丸を建造なさった年ですが五十匁などとあります。その間、お勤めも軍用方や大筒掛など兼務されていますが、これらのご褒美の初めの頃は大方人参の販売の功績によるもののようです。

その軍艦の値段は、資料によって違いはありますが、二艘で凡そ十七万ドル、邦貨に換算して約二万両位ではあるまいかと申されます。これらのことはのち程また話しょう。

軍艦二艘を買い上げて、藩に海軍を設置するということは大変なことです。世間一般に考えますと、どなたか軍艦に通じた方がおられ、お殿さまにすすめられ、お殿さまが「そうせい」と申されて買い入れがはじまる、ということが考えられます。

松江藩も、先に洋学のところで話しましたように、西洋の科学や軍備にくわしい方がおられ、素地はあったと思います。ことに宮次群蔵さまは、長崎でそうした情報は得ておられたようです。しかし、購入の経過に立ち入ってみますと、どうも定安さまご自身の決断が先にあったように思われます。そこのところを知りたく、軍艦の買い入れにたずさわられた方たちのことを探ってみましょう。

まず、『公伝』に、「命を軍用方奉行中根平左衛門に下し、急ぎ長崎に赴きて汽艦を購入せしむ」とあります。ではその中根さまとはどういう経歴の方なのでしょう。

『公伝』には、

「人と為す、魁偉《かいい》にして気概あり、陽明学を修め、臨池《りんち》を能《よく》す。末路譏誉交々《きよこもごも》至れるも、当時藩中の錚々《そうそう》たる者なり」

とあります。魁偉は大きいこと、臨池は書、譏はそしること、錚々はすぐれていることをいいます。誹謗されるところもあったのでしょう。

『旧藩事跡』には、
「出雲の中根様は西郷様と肩をならべられる御人物。惜しいことに中根さんは出雲、これがその頃、他の藩であれば……」と、嘆いてあり、また「殊に観相《かんそう》、易学にも達し勇剛にして、仁慈恵《にんじけい》情《じょう》、常に弱きを助ける、大兵に似ずと、その名の遺りおるにあれば、大橋氏の談、併せて記しおく」

当時としては、藩の枠を超えた大物だったようですが、どちらかといえば漢学や儒学の匂いがし、洋学には縁が薄いようにみられます。

『松江藩列士録』（以下『列士録』という）によりますと、天保十二年（一八四一）頃に家督を相続され、天保十三年に射術稽古《しゃじゅつけいこ》世話など申し付けられ、そののちお殿さまや駒次郎（信進）さまの弓矢のお相手を勤め、安政元年（一八五四）に江戸湾の本牧の警備につき、安政五年に大坂、同七年に京都の警備についておられます。江戸や大坂、京都にお勤めでしたので、当時の風雲急をつげる国際情勢は身をもって感じておられたでしょうが、西洋の学問や船舶などとのかかわりはなかったようで、どちらかと言えば古武士然とした方のようです。

そして、文久二年（一八六二）に再び江戸詰めを命じられておられますが、この時も船舶とはかかわりはありません。そして、その年の八月七日つぎのような辞令をいただいておられます。
「御内用肥前長崎へ被遣間、御用向、取調べ次第可令出立旨被仰渡之」
「御用向」とは軍艦の買い付けです。そして、

「同九月、長崎参着。同十二月、御軍艦ニ乗組、江戸表ニ帰ル」

とあります。軍艦の知識にうとい方に買い付けができるのでしょうか。軍艦二艘（はじめから二艘買い付けが決まっていたかは疑問ですが）の買い付けは大変なお仕事だと思います。電話や通信施設などのない時代で、情報はすべて徒歩です。どうも中根さまの独断で買い入れされたようです。その経過について知りたいのですが、資料が少ないので、『旧松江藩出雲海軍史　八雲艦記事』（以下『記事』という）によってたぐってみましょう。『記事』によりますと、

一、文久二年（一八六二）戊閏《いぬうるう》八月十五日　中根平左衛門、鈴木半左衛門、国主ノ命ニ因リ、汽艦購入ノ為、江戸藩邸ヲ発シ、同年九月九日肥前長崎ニ着。

一、文久二年（一八六二）十月二日　米国人コンシュール・チョンジ・ウールス所有ノ鉄艦船名ゲセール、木艦船名タウタイ長崎ニ入港。

一、文久二年十一月五日　国主出羽守、今回汽艦購入致シ度旨、奉行所へ出願許可ヲ得ル。船主ウールス並運転機ノ技手（洋人）及ビ運上所官吏乗艦運用ヲ試ム。

一、文久二年（一八六二）十一月十五日　鉄艦船名ゲーセル、蒸気木艦名タウタイ両艘、国主出羽守　購入致シ度旨ヲ長崎奉行大久保へ出願。文久二年（一八六二）十一月二十二日　購入許可ヲ得ル

これを読みますと、丁度よい時期に売り物の軍艦二艘が長崎の港に入るという好運もあったよ

うです。艦船が長崎に入港して、幕府に購入を願い出るまでひと月、この間に購入が決定されたようですが、このことは中根、鈴木の両人の決断が早かったこと、また藩主定安さまの指示が的確であり、君臣《くんしん》の間に信頼関係があったからでしょう。

『記事』には、「運転機ノ技手（洋人）及ビ運上所官吏乗艦運用ヲ試ム」とありますから、操《そう》舵《だ》の技術者も雇われたのでしょう。

『公伝』では、十二月に長崎出航し、平戸―馬関《ばかん》―尾道―鳥羽―下田―浦賀を経て品川に入ったとの記録があります。

その間の操舵は外国の技術者でおこなわれたものでしょう。軍艦を動かすとなれば、機関の操作から海図の読み取りや途中立ち寄る港での折衝《せっしょう》など素人ではかないません。

ところが松江藩の記録には外人のことはまったく残されていません。のちに検証しますが、こののちひと月あまりたった二月の中頃、松江に帰りますがこの時には外人はいなかったようです。その短い間に軍艦の操舵を習得したのでしょうか、疑問のあるところです。

いずれにしても、中根さまは軍艦二艘を率いて文久二年（一八六二）十二月二十五日に品川に着いておられ、『公伝』によりますと翌二十六日に鉄艦を一番八雲丸、木艦を二番八雲丸と命名したと記してあり、翌年の一月九日に品川を出て二月の二日に加賀に着き、朝酌《あさくみ》の大井沖に投《とう》錨《びょう》したとあります。

## 四　八雲丸

岳父斉貴さまのお側役の羽山平七郎さまが書いておられる『御側日記』の文久二年（一八六二）十二月二十七日に次のように記してあります。

「中根平左衛門儀、此度御買上の蒸気鉄船・蒸気木船乗組、去る八日長崎表出帆、海上無難、昨日品川沖へ着船仕り候。委細の儀は追々申上げ候へども、取敢《とりあえ》ず着船の儀申上げ候よう、千助より申聞候に付き、申上げ奉り候」

千助とは、家老の朝日千助さまのこと。先君の斉貴さまはその年八月に中風を患っておられ、青山の中屋敷《なかやしき》で静養中だったようです。この記述によりますと、羽山さまが千助さまの指示で艦船二艘（一番・二番八雲丸）が品川に着いたことを斉貴さまに報告されたようです。

一部では、八雲丸をお買い上げになったのは斉貴さまのご指示だという方もおられますが、これらの記述をみますと、やはり定安さまのご決断だったようです。

ではここで、両艦の仕様を述べておきましょう。（鈴木楼実氏の『記事』による）

一番　八雲丸―鉄艦―

船　名　　ゲセール
造船所　　英国リチアル
製造年　　一八六二年（文久二年）

機関種類　コンデンソル・エンジン
汽鑵数　一個
螺《ら》旋《せん》　二枚羽一個（プロペラ）
船長　一九二ヒート（約58.5メートル）
船幅　二七ヒート（〃8メートル）
屯数　三二九屯
馬力　八〇
大砲　六門　但　十二斤長カノヲン　二門
六斤短カノヲン　四門　一斤タライバス　四門
小銃　五〇挺

二番八雲丸（松江歴史館提供）

二番　八雲丸―木艦―
船名　タウタイ
造船所　米国
機関種類　コンデンソル・エンジン
同形　ドブルアリチング・エンジン
汽鑵数　一個

同形　シリンドルガルフュールボイレル
螺旋　四枚羽一個
船長　一四四ヒート（約43メートル）
船幅　二一ヒート（〃6.3メートル）
屯数　一八二屯
馬力　七〇
大砲　四門　但　六斤短カノヲン
小銃　三〇挺

このようになっています。二番八雲丸には製造年がありませんが、一番八雲丸は文久二年（一八六二）といいますから、新品のようです。

値段は、一番艦が一〇万ドル、二番艦が七万ドルと云うことです。（『松江市誌』（以下『市誌』による）

当時のドルと両との交換の比率がわかりませんが、『郷土誌出雲』には、一二万両で購入されたと記されています。そうすると一ドルがほぼ十両だったことになります。

注　一ドル一両の説もある

仕様によると、艦そのものの値段の他に、松江藩が操舵《そうだ》の技術を会得《えとく》するまでの運行の費用や、大砲や小銃の価格なども含まれていたのでしょう。

二万両といえば、岳父の斉貴さまが、江戸の砂村に土地を買われ増改築された費用が二万両でしたから、思ったほど高い買い物ではなかったのかもしれません。

わたくしは、嘉永六年（一八五三）九月斉貴さまが引退なさる頃は、藩の財政が大変厳しく、藩士の方の禄を削るなど非常の措置をとっておられ、斉貴さまの引退も財政の逼迫《ひっぱく》が原因のひとつとお話しましたが、この頃は、人参や鉄、木綿《もめん》、蝋《ろう》などの特産品の販売で財政は潤《うるお》っていたと申します。斉貴さまの引退から十年しかたっていませんが、素直にそうとってよいものでしょうか。それなら定安さまの治世が効を奏したと申してよいのでしょう。

それでは、一番、二番の八雲丸の働きについて話をすすめましょう。

『公伝』によりますと、「翌文久三年（一八六三）一月九日に至るや、公は功労者中根平左衛門に軍艦奉行を命じ、同十五日、老公と共に江戸邸を出て、品川に赴きて両艦に搭乗《とうじょう》し、之が運転を試みたり」

とあります。九日の中根さまの『列士録』をみますと次のように記されています。（読み下しています）

「この度、軍艦の買入れについて、格別心配、実用叶い、満足に思し召《おぼしめ》され、且つまた、武備の儀も厚く。主意もあり、別段の思し召しを以て番頭《ばんかしら》格に仰せ付られ、加増五拾石を下され、海軍船将兼務仰せ付られる」

また同じ日付で、

「御居間へ召出され、長崎表より買入れの船の儀、種々お尋ね遊ばされ、懇《ねんご》ろを以て、御手自ら刀一腰下《さ》げ下さる」

定安さまの満足のご様子が手にとるようでございます。ただ、惜しまれるのは、次の項に、

「同（文久三年）五月十三日　於出雲死」

と記されていることです。本人も心残りであったことでしょうし、松江藩にとっても惜しい人材を失ったものです。

八雲丸の買い付け時の航跡について話をつづけましょう。（航跡は『公伝』からたどりました。）
文久二年（一八六二）十二月　十五日、長崎を出港
〃　　　　　　　　十二月二十五日、品川に入港
〃　三年（一八六三）一月　十五日、老公《ろうこう》と共に試乗
〃　　　　　　　　一月　十八日、品川を出港
〃　　　　　　　　二月　二日、加賀に入港
更に回航して、大井沖に投錨す。
このようになっています。ここに「老公と共に」とあります。この「老公」とはどなたなのでしょう。文言からすると先代の斉貴さまのようですから、例の羽山さまの『御側日記』からその

前後のところに目を通してみましょう。

先ず、一月九日は奥書院へ、朝日千助、石原九左衛門、赤木文左衛門、高橋九郎左衛門、大野舎人《とねり》それに羽山平七郎さまが召し出されお杯を頂いておられます。年賀のご挨拶でしょうが、八雲丸については記載がありません。

十日は、その頃、長女熙姫《ひろひめ》さまのご婚礼が近づきあわただしい様子が記されています。勿論、お相手の方は定安さまです。その頃熙姫さまが風邪気味で、結婚の日を延ばすかどうか、お側の方は悩んでおられ、謙映院《けんえいいん》さまが、大丈夫だとおっしゃったことなどが記されています。謙映院さまは、斉貴さまの叔母さまで佐倉藩の堀田正愛《まさちか》さまへ嫁がれ、和歌、絵画など諸芸に秀でた方でした。

「これしきの風邪なら大丈夫」

と仰せになり決着したのでしょう。頼《たの》もしい方がおられたものです。

十二日に八雲丸について、次のように書かれています。

「八雲丸、明日出帆に付、蒸気を立て運用の所、ご見分これあり候間、平七郎罷《まか》り出、右様子の所、ご隠居様へ申上げ候よう、(朝日)千助殿申し聞かせ候由、(大野)舎人殿より申し来り候に付、罷り出て、しかるべきや伺い奉り候ところ、伺いの通り仰せ出され候に付き、大野公へ申し遣《つか》わす」

大野舎人は家老、ここに「ご見分これあり」とあります。この「見分」されたのは定安さまでしょうか。

十三日、「八雲丸積荷多く、手間取り、拠所《よんどころ》なく明日出帆に致し候由、今日の見分差し伸べ、明十四日昼四時出宅と申す筈に相成り候間」などとあり、別項で、「中根平左衛門・鈴木半左衛門儀、御国へ差し返り候に付いて、八雲丸御船へ乗船仕り候旨之《むねこれ》を届ける」とあります。「乗船仕り候」が、中根、鈴木両人なのか平山さま自身なのか判然としません。なぜこれらのことにこだわるかといいますと、資料によって老公が、斉貴さまであったり（斉貴さまは病に伏せておられたはずです）、福井藩主の春嶽さまであったり、またお二人とも記されたものもあります。これらの資料により少なくとも斉貴さまではなさそうです。

軍艦に乗るということは、当時としては異常なことで、感情のたかぶりがありそうなものですが、平山さまの記述は、平板に書いてありますから、斉貴さまが試乗されたか疑問に思えます。このの5春嶽さまが八雲丸を使用なさることが多いので、あるいは「老公」は松平春嶽さまだったのかもしれません。

二月二日加賀港に入港から、大井に投錨《とうびょう》の日付は記載されていませんが、朝酌の大井には二月上旬には入港したことでしょう。江戸湾に黒船がきて大騒ぎしたくらいですから、八雲丸の入港は松江周辺でも大変な騒ぎだったようです。ここのところを、『朝酌郷土誌』では次のように記されています。

「高いマストに帆をひるがえしながら二艘の軍艦を、浜に集まって眺めた朝酌地区の人々は、どのように迎えたであろうか。話に聞く帆を使わなくても動く黒船とはこのようなものか、櫓《ろ》や櫂《かい》を使わず、この大きな船をどうして動かすのかと、唯々目を見張って眺め、出港、着港にあたって響いたであろう大砲の音に、度肝《どぎも》を抜かれて、時代の推移を肌に感じたことであろう」

この大井沖が八雲丸の母港になったのですが、いまは葦の生える何の変哲《へんてつ》もない川岸になっています。

八雲丸の入港で村の人々はたまげたでしょうが、鳥取藩の反応は違っていました。隣の松江藩が軍艦二艘を装備したのですから、心おだやかではありません。これが、のちに起きます鎮撫使事件や隠岐騒動と深くかかわりますので、ここのところにも触れておきましょう。

噂によりますと、境の番所にいた鳥取藩の役人は、八雲丸を外国の黒船と見間違い、大騒ぎだったようですが、これが隣の松江藩のものだと知るとさらに緊張したようです。ここに、鳥取藩の境番所に勤めていた小原定常という方の記録がありますので紹介し、当時の様子をおつなぎしましょう。

「……貴藩（松江藩）蒸気船御番所前を通船いたし、一言の通達もこれなく、これ以後は明日出船の旨、御達しに相なり、御番所より相改め候間《あいだ》、左様御承知なさるべし……、その儀これなく候はば、紛《まぎ》らわしきに付き、台場より打ち砕《くだく》とのことに御座候」

このような申し入れに、松江藩は刺激しないように対応されたようですが、さらに次のようなことも記されています。

「……先達て、この方（鳥取藩）より乗移り候節、剣筒を以て取巻き候段、その儀は如何の心得に候哉。

また内海に乗込み、米子御城近くにて砲発致し、その上帆柱に上がり、遠眼鏡を以て、城内を見透し候段、如何の心得に候哉」

松江藩から「剣筒を以て取巻き」とは洋式の答礼、「城内を見透し」とは海深の調査だと説明したようです。しかし、これに対して鳥取藩からは、

「……剣筒を以て取巻き候談、その儀は船法にて敬列（礼）と申し候に付き、この方より談申し候には、船は異船に御座候とも、貴国に御買上げ御船に御座候ことゆえ、異国の敬列（礼）、船法は御止めなさるべく候」

などと申し入れがあっています。ただ、西洋式の儀礼をしたとなると、かなり洋式の訓練が行き届いていたことがうかがえます。

これに対して、松江藩から次のような興味ある回答があります。

軍艦八雲丸に乗り長崎へ
後列中央は作業服のようにとれ、前列にはコウモリ傘を持っている（松江歴史館提供）

「……ご覧なされ度き思《おぼ》し召《め》しの御方、御座候はば、何人《なにびと》なりとも御乗り移り候ても苦しからず、異人はもとより別条の品は、積おり申さず……」

ここに、「異人はもとより」とあることに注目したいと思います。それまでは外人によって運航されたとしても、境二月、同月の二十五日に江戸に着いています。軍艦の購入は文久二年の十水道を通ったのが翌三年の二月、その間に軍艦を江戸から松江まで、外国人の手を借りずに運行できたのでしょうか。さらに洋式の答礼をするほど規律が確立されていたのでしょうか。疑問のあるところです。

この疑問に接近するために、松江藩がとった海軍の組織の整備の過程を探ってみましょう。まず、主役の中根、鈴木さまの「列士録」をみますと、文久三年の一月九日に次の辞令を頂いておられます。

軍艦奉行　中根平左衛門
軍艦副奉行　鈴木半左衛門

また、軍艦二艘が加賀の港に着いた二月二日に、松原杢さまと太田主米さまのお二人が、軍艦副奉行の辞令をいただいておられます。

太田主米《しゅめ》さまは、ご家老乙部さまの五男で文久二年に太田家の家督を継いでおられ、松原杢さまは、中老平賀さまの次男で安政四年に松原家の家督を継ぎ、それまでは京都に勤めておられます。つまり、松原さまも太田さまも軍艦にはかかわっておられません。松江藩の海軍の主要な方はどなたも軍艦の経験のない方で、これらのことは不可解です。

また、松江藩士のなかで洋学に通じていたといわれる荒川扇平さまが、軍艦御用懸を命じられたのが文久三年（一八六三）三月です。さらにこののちに、機関士や運転士につかれる田口圓七、渡辺為右衛門、勝田繁太さまたちは文久三年（一八六三）二月十六日に「軍艦運用修行」の辞令をいただいておられます。

ただ、のちに機関士をされます田口圓七さまは、六月二日に長崎派遣の命をうけておられます。

（ここにあげた方は資料から探りだしたもので、他に多くの方がおられたことと思います。）

もう一度、発令の日時をまとめてみますと次のようになります。

文久二年（一八六二）八月　七日―中根平左衛門、長崎出立
同二年（一八六二）九月十二日―軍艦二艘江戸（品川）入港
同三年（一八六三）正月　九日―中根軍艦奉行、鈴木軍艦副奉行
〃　二月　二日―松原杢、太田主米、軍艦副奉行
〃　二月十六日―田口圓七、渡辺為右衛門、勝田繁太軍艦運用修行
〃　五月　九日―松原杢、太田主米、軍用方奉行
〃　五月十四日―中根平左衛門病死
〃　六月　二日―田口圓七、長崎派遣

〃　六月二十六日—太田主米、軍艦奉行

これらをみますと、文久二年九月に軍艦が購入されてから松江藩の海軍の体制整備がなされました。具体的には翌年の二月、二艘の八雲丸が松江に着岸してから上部組織が整い、乗組員の訓練がはじまったように受け取られます。

さらに、これを裏づけるような記述が『松江市東本町町内会誌』にあります。この会誌によりますと、東本町五丁目は、漁師町といい、船頭にあたる水主《かこ》の方たちが住んでおられたようです。横道にそれますが、松江藩に雇われていた力士の方もこの町に住んで、力仕事にあたっておられたようです。

この町の中山三寿という方が、軍艦に乗られ、その模様を記しておられますが、その記録のなかに外国人の話はでていません。松江藩から鳥取藩へ、異人などいないと啖呵《たんか》を切ったのも当然のようです。

異人が乗っていないとすると、松江藩の方が操舵していたのでしょうが、驚くべきことだと思います。長崎から江戸までは外国人の手で操舵されたのでしょうが、江戸から松江までの運行が松江藩士でされたとなると驚異的なことです。それも、さきに話しましたように操舵の予備知識のない方がほとんどだったようです。こんなことが可能なのでしょうか。それとも松江藩はそれを可能にする人材や知識、技能をもっていたのでしょうか、分かる方がおられれば教えていただきたいものです。

さらに、わずらわしい外交交渉をしてまで、朝酌の大井沖を母港にしなくてはならない理由があったのでしょうか。わたくしが考えますに、母港となりますと、相応の設備が必要でしょうが、いまの大井沖にはその痕跡《こんせき》がありません。

また、母港となりますと、何より燃料の補給が大切だと思いますが、その燃料はどこから用意していたでしょう。ある方がおっしゃるには、竹矢辺りに炭鉱があり、明治に入ってから発電所が城山の裏に設けられていたとのことで、松江の近辺で石炭が発掘されていたのかもしれません。

幕府は文久三年（一八六三）に神戸に海軍操練所を開き、勝海舟、坂本龍馬さまたちが華々しく登場しますが、松江藩の方の入所の記録はありませんし、そうした訓練をしたことも残されていません。わたくしは、松江藩に海軍が創設されたといいましたが、これらの疑問を解明しないと迫力に欠けるように思っています。

つぎに、一番、二番の八雲丸の働きについての話に入りましょう。この二艘の軍艦は幕末という激動の時期にありましたので、その歴史そのものが松江藩の歴史を象徴するのですが、それらのことは他の事件にからみますのでその折々に触れることにし、とりあえず、文久三年一月、大井沖に入ってから、当面のことに触れておきましょう。

『公伝』では、

「文久三年（一八六三）正月、品川より我が領内島根郡大井沖へ入港し、爾来軍艦奉行定まり、便乗の運転士、砲術士一定し、又勘定方も任命され、同月二十八日、始めて松江沿海港湾の深浅《しんせん》を測量し、云々」

とあります。ただ、残念なことに、その海図や「測量業務報告書」が今のところみあたりません。

『松江八百八町町内物語―白潟の巻―』という読み物に次のような記事がみえます。

「第一八雲丸の方は、全長六十米、大砲十門、小銃五十挺を備え、はじめは大井沖（馬潟《まかた》港）に碇泊して訓練していた。第二八雲丸は、カノン砲四門でちょっと見劣りがする。そのためかこれは、はじめはもっぱら水深測量や隠岐との往復に使用されていた」

ある意味で、八雲丸の初仕事は将軍家茂《いえもち》さまの上洛なさる折り、伴走《ばんそう》に加わったことでしょう。文久三年（一八六三）という年は、幕末動乱のさなかです。七月には薩摩藩とイギリスが戦争しますし、八月十八日には公武合体派のクーデターが起き、攘夷派の長州が京都を追われ（七卿《なきょう》の都落ち）、これが長州征伐という内乱の引き金になります。

こうした情勢で将軍家茂さまが上洛されることになりました。その折、陸路をとるか海路をとるかでもめたようですが、勝海舟さまの主張がとおり海路に決まりました。

しかし、その頃、幕府には新鋭の艦船が不足していたため、所有する藩に用立ての要請がありました。このことは、先にも触れましたが、要請をうけたのは、佐賀、福井、薩摩、広島、土佐、黒田（小倉）それに松江の七藩、薩摩と松江が二艘の計九艘でしたが、実際にお供をしたのは五艘のようです。

十二月八日、一番、二番八雲丸とも大井の港を出港、一番八雲丸には軍艦奉行の松原杢、副奉行の鈴木半左衛門さまが、二番八雲丸には軍艦奉行太田主米さまが指揮をとられました。ただ、二番八雲丸は故障で山口の須佐《すさ》の港に入り、翌年の一月四日に長崎で修理し、大井の母港に帰ったのは四月十六日で、任務につけませんでした。藩も搭乗員の方も慙愧《ざんき》な思いをされたことでしょう。

一番八雲丸が品川に着いたのは十二月二十七日、通常の場合より七日から十日多くかかっています。天候の不順か、燃料の補給など不測のことがあったのでしょう。将軍さまの出発は二十八日ですからぎりぎりで間に合ったことになります。

先にも話しましたように、幕府から借用の依頼がありましたのが十一月の四日、大井港の出港が十二月の八日、品川に着いたのが十二月二十七日。当時、松江藩には三度便という江戸と松江を結ぶ特急便があったにせよ、通信施設のない頃のこと、大変だったと思います。

品川を出港してからのようすは、『公伝』の記述でおつなぎしましょう。

「翌二十八日、品川湾を抜錨《ばつびょう》して、同日相州浦賀に着船す。この間将軍の所望により、同港に於いて捕魚《ほぎょ》の催しあり、各艦、命を奉じその事に従い、我が艦また、ために酒肴《しゅこう》を下賜《かし》せらる。二十九日各艦、遠州沖を航行するや、将軍即座に命を下し、各供奉艦《ぐぶかん》をして海上を競走せしむ。時に我が一番八雲丸と薩藩汽艦セーラ号とは、互いに前後を争い、我が艦遂に先着せしを以《もっ》て、親しく将軍より褒詞《ほうし》を蒙る。

当時の供奉艦は、幕府所有の五隻及び、加州侯の一隻、越前侯の一隻、薩州侯の一隻、並びに我が第一八雲丸の十隻なりき」注―合計すると九隻となるがママ。

などとあります。将軍家茂さまを海路で上洛をすすめたのが勝海舟さまですから、いろいろ趣《しゅ》向《こう》をこらして家茂さまのご機嫌をとられたのでしょう。八雲丸は競走に勝って酒肴《しゅこう》をいただき、鳥羽ではおいしいお酒を召し上がられました。

『記事』には、「八雲丸、迅速満足の由、水野和泉守《いずみのかみ》より達せらる。一同酒肴《しゅこう》を賜る」とか、また、「文久四年正月十七日、将軍家茂上洛し節、八雲艦迅速運転、都合宜く、乗艦一同へ金子《きんす》賜る由、老中酒井雅楽守《うたのかみ》、達せらるる旨を以て、軍艦奉行勝麟太郎《りんたろう》（海舟）より相達す」

などとありますから、松江藩は声価《せいか》を天下に示したようです。こうした任務を無事に終え、その年、年号が変わって元治《げんじ》元年（一八六四）三月十五日に母港大井沖に帰還しました。

八雲丸にとっては、この頃が最も華やかなときであったといえましょう。明治維新はもうそこまできています。維新の動乱とともに八雲丸は数奇《すうき》な運命をたどることになります。別の見方をすれば、八雲丸の歴史そのものが、幕末の松江藩の波乱に満ちた歴史といえるかもしれませんが、それらことは事件のかかわりとともにお話をすすめましょう。

元治元年といえば、八月に幕府から一次長州征伐が発せられます。この頃から松江藩は苦難の時代に入ります。

# 四章　長州との戦

## 一　慶事・弔事

明治維新はそこまできています。松江藩も明治の動乱に巻き込まれていくのですが、その前に定安さまの周辺の慶事や弔事《ちょうじ》について触れておきましょう。

さきに先君の斉貴《なりたけ》さまに長女の熙姫《ひろひめ》さまと定安さまのご結婚のことに触れましたが、ここで改めてお話しましょう。熙姫さまは嘉永《かえい》三年（一八五〇）八月に江戸赤坂で生まれられ、生母は上川さまと申される方です。定安さまはこの熙姫さまとご結婚されることを前提に、松江藩にご養子に入られました。

そのご結婚は、文久三年（一八六三）正月八日に行われています。定安さまは天保六年（一八三五）四月生まれ満で二十七歳と九ヵ月、熙姫さまは嘉永三年（一八五〇）八月生まれで十三歳と八ヵ月ということになります。したがって定安公と熙姫さまとは十四歳の違いとなります。この時にすでに定安公は男子二人、女子二人を授かっておられます。それらのことは四章一慶事・弔事で触れています。

さきに松江藩海軍創設のところで話しましたように、文久三年正月はあわただしい月です。松江藩が買い入れました一番・二番八雲丸が品川沖に入ったのが九日ですから、ご結婚の翌日に品川に係留《けいりゅう》されている八雲丸に向かわれたことになります。

『公伝』には、このご結婚のことはくわしい記述はありませんが、先君斉貴さまの側役、羽山平七郎さまの『御側日記』からご結婚の様子をおつなぎしましょう。七日のところに、

「煕姫様、少々御風気に在らせられ候て、御婚礼相延べるべきやと仰せ出され候えども、謙映院《けんえいいん》様、御請合いにて、御祝儀在らせられ候筈に相成り候こと」

とありますから、姫さまは風邪気味だったようです。

正月五日には先代の斉貴さまから定安さまにお祝いの品が届けられたようで、

三ノ丸跡より松江城を望む

「殿様へ御隠居さまより、
一、御太刀　一腰《こし》
一、御馬代　銀三枚
一、干鯛　一箱
一、御樽代　五百疋」

とあり、「千秋万歳、目出度思召《おぼしめ》しに候」と記されています。つづいて、定安さまから斉貴さまへもお返しがあったようで、

「御隠居様へ殿様より、
一、御太刀　一腰
一、御馬代　銀三枚
一、昆布　一箱
一、干鯛　一箱
一、御樽代　五百疋」
なお、この使者には、赤木文左衛門と近習頭の羽山平七郎さまがなされています。その羽山さまも、中老や添え役の方とご一緒に、定安さま、斉貴さま奥方さまにお祝いを差し上げられたことが記されています。
そして、「熙姫様、御風気御快」とありますから、姫さまの体調も快復されたようです。
九日には、
「御前様、奥書院、御上段へ着座。
朝日千助
石原九左衛門
赤木文左衛門
高橋九郎左衛門
大野舎人《とねり》

右、一列に召し出され、御目見仰せ付けられ、御手自ら御熨斗《のし》下され、一人あて御側へ進み頂戴。御礼申し上げ退座」
羽山平七郎

などとありますから、結婚式といっても、簡単なものであったようです。この九日には、中根平左衛門さまへの軍艦奉行、鈴木半左衛門さまへの副奉行の発令があります。これらをみますと定安さまはお仕事の合間にご結婚なさったようにうかがえます。

十日には、

「御婚礼、御式、御膳見事に出来候間、大書院、御縁通へ御錺《おんかざり》置きに相なり、拝見仰せ付けられ候間、十日、十一日の内、この御殿、南御殿、御附き女中も拝見仕り候ても宜《よろ》敷《し》き旨仰せ出され候由。御近習頭より昨日申し聞かされ、御徒《かち》以下も拝見相なり候由」

とありますから、徒（身分の低い侍）から女中まで、ご膳や衣裳などご披露があり、拝見が許されたようです。

父上の斉貴さまは娘熙姫さまのご結婚をお喜びであったと思いますが、その年の三月、江戸の青山邸で亡くなっておられます。波乱に満ちた四十八年の生涯でした。申し遅れましたが、佐賀から参られた斉貴さまの奥方、充姫さまは、これより先文久二年（一八六二）七月に逝去《せいきょ》なさっておられます。

ここで定安さまのご家族のことにも触れておきましょう。安政四年（一八五七）九月には第一女の直姫《なおひめ》さまが赤坂でお生まれになっていますが（生母は鶴岡）、翌年四月に亡くなっておられます。熙姫さまとのご結婚が文久三年（一八六三）正月ですから、ご結婚前のお子さまということになります。多分老臣の方は早い世継ぎを望まれたのでしょう。

安政六年（一八五九）には第二女幸姫《さちひめ》さまが（生母は鶴岡）松江で生まれておられますが、この方も幼くして世を去っておられ、文久元年（一八六一）六月には第一子（男）の恵之助さまが（生母は榊原）江戸で生まれておられますが、この方も文久三年（一八六三）に亡くなっておられます。

また文久二年（一八六二）四月には、次男新之丞さまが生まれておられます（生母は鶴岡）。この方は、成長されのちに源寿郎さま、さらに安敦《やすあつ》さまと名を改め、鎮撫使が参ったとき、家老の大橋さまが責任をとって切腹を申し出られ、その誠意に感激された定安さまは、この安敦さまを大橋家に養子にだしておられます。これらのことはのちほど鎮撫使が来藩のところで話しましょう。

文久三年（一八六三）十月には、第三女の実姫さま（生母は榊原）、翌元治元年（一八六四）には第四女峰姫さま（生母鶴岡）がお生まれになり、実姫さまは慶応二年に亡くなられます。

慶応元年（一八六五）には、第三男の陽之進さま（生母は鶴岡）が生まれておられます。この方は、のちの直亮《なおあき》さまで松平家を継がれることになります。なお直亮さまが十三代を継ぎ『贈従三位松平定安公伝』を編纂なさっています。

つづいて慶応二年第五女の喜代姫《きよ》さま（生母は鶴岡）が生まれておられます。

子沢山といえばそうですが、幼くして世を去られた方が多いのはお気の毒としかいいようがありません。

ところが、雲州松平家にとって少し厄介《やっかい》なことがおきました。斉貴さまはご隠居なさって、気が楽になられたのか、隠居の翌年にのちに佐倉家に嫁がれる政姫さまが誕生なさいます。この方は女性でしたのでさほど問題ではなかったのですが、翌年、つまり安政二年（一八五五）に男子がお生まれになります。

家中ではひと悶着《もんちゃく》あったようです。多分ここで義嗣《ぎし》（定安）が家督を継ぐのは筋が通らないという意見がでたのでしょう。『公伝』で当松平家においては義嗣、つまり血縁のない者が家を継ぐことは先例がないことが挙げてあります。藩のなかに定安さまの就任を疑問視する方がおられたものか、その疑問に答えるように、つづいて公伝では次のように述べてあります。

「謹んで按《あん》ずるに、御家において、義嗣、世統を継承するの先例なし、しかれども、定安公の実父斉孝《なりたか》侯（津山藩主）の祖父越前守長孝侯は、第五世善隆公（注—斉貴公の高祖父、五代宜維《のぶずみ》の次子）なるを以て、もとより定安公は斉貴公の親族にして、元祖高眞公（直政《なおまさ》）血統もまた連綿《れんめん》たるを得」とあり、「領内士庶の祝福慶賀せる。もとより宣《せん》なりというべし」

と結んであります。

こうした経緯をへてこの方（先代斉貴の長男）は、「弐等麿《にとうまろ》」と名づけられました。弐等麿とは当松江藩では次男に付ける名です。従って定安さまの義弟と位置づけられたのです。

『島根県史』では、

「(安政二年《1855》）七月十九日、熙姫《ひろひめ》より実弟弐等麿を養子になさんことを齊齋（斉貴）に請い、その允許《じゅうきょ》を得て家臣中に公布す」

とあります。この年、熙姫さまは満で五歳ですから、熙姫さまから実弟の弐等麿さまを養子にと願い出られることはありません。この措置は老臣の方のお考えなのでしょうが、誠実な定安さまですからご自身のご判断によるところがあったのでしょう。そもそも定安さまが養子に入られる時片山騒動のようなお家騒動がありましたので、老臣の方も自重されたのでしょう。

のちに定安さまのご長男の安敦さまを家老の大橋家に養子にだしておられますから、自分の血筋のことは抜きにして弐等麿（松平家としては長男）さまをご養子にお取立になったのでしょう。

弐等麿さまは、のちに瑶彩麿《ようさいまろ》と名を改め嫡子の位置に就かれ、定安さまの跡を継がれますが、事情があって松平家を去り、再度定安さまが松平家を継ぐことになるのです。それらのご苦労をなさった出来事についてはのちにお話しましょう。（したがって定安さまは松江藩の十代と十二代の藩主となり、十一代は斉貴さまの長男が継いでいる。）

## 二　長州藩の蠢動

世間では幕末の松江藩は、幕末の動乱の時期に泰平をむさぼっていたように理解されていますが、その見方は改めておかねばなりません。このことは、先代の斉貴さまが洋学に深い関心をもっておられたこと、また他の雄藩にさきがけて西洋の軍艦二艘を所有されたことなどでも明らかなことです。

それがなぜ泰平をむさぼっていたように見られたかというと、一つには、上層部の危機感が全体のものになっていなかったことが挙げられます。これは他の藩にくらべて裕福《ゆうふく》であり、農民を含め藩士のなかにも改革の機運が薄かったことも挙げられましょう。つねに貧困から改革の火の手はあがるものです。長州藩も薩摩藩も関ヶ原の戦から領土を狭められ、二百五十年の間極貧に耐えてきました。

もう一つは、幕末に鎮撫使がきて、松江藩を敗戦国のように痛めつけたので、それから立ち直るのに手間ひまをかけ、結局維新の波に乗り遅れ、明治の新政府に登用の道を閉ざされたからです。

例えば、新政権に協力した藩は県名として残されていますが、松江藩は松江県でなく島根県となりました。戊辰戦争で新政府に抵抗した会津や桑名《くわな》、松山などは藩の名が用いられていません。

では、幕末動乱の幕開けとなる元治元年の世相から話をすすめましょう。

文久四年（一八六四）は二月で終り、元治《げんじ》元年となります。この年は甲子《きのえね》で干支《えと》の組み合わせで一番目にあたり、天が徳を備えた人に命を下す、変乱の多い年といわれています。それを避けるため、甲子にあたる年には古来よく元号が改められてきました。こうした事情から年号が改められましたが、皮肉にも幕末動乱の最も激しい嵐にもまれる年になります。

その伏線は前の年（一八六三）の八月に起きたクーデターにありました。このクーデターは、尊皇攘夷をとなえる長州を、公武合体を主張する会津と薩摩が京都から追放したものです。三条実美《さねとみ》以下七人の公卿《くげ》の方が都落ちしたのはこのときです。だからこの時点では薩摩と長州は犬猿《けんえん》の仲だったのです。この時薩摩の西郷さまは長州藩を五万石程度の東北地方に追いやる気持ちだったといいます。

しかし、長州は密かに京に潜入して、主導権の奪還《だっかん》をはかり、翌元治元年（一八六四）六月、尊攘派の志士が池田屋に集結したところを新撰組が襲う池田屋事件が起き、志士七人が斬殺、二十三人が捕えられ、明治維新を一年から二年は遅らせたといわれ、長州と会津、薩摩との対立は決定的なものになり、この報復として七月、長州の強硬派は京に軍をすすめ、ここに禁門《きんもん》の変が生じるのです。

禁門の変は勝敗は一日で決まり長州藩があえなく敗れ、戦を指揮した久坂玄瑞《げんずい》などは自刃します。このいくさで京の町は火の海となり、長州が撃った弾が蛤《はまぐり》御門《ごもん》に当たり、朝敵と名指しされ、第一次長州征伐の引き金になり、ひと月のちの八月二日に幕府は長州征伐の命を諸侯に下します。

ここのところを『公伝』は次のように記しています。（『公伝』では朝廷からの下命を七月二十三日としている）。

「七月二十九日、一藩に令して非常時を警戒せしめ、二ノ丸・千手院・洞光寺《どうこうじ》・宝照院の四カ所にて鐘鼓《しょうこ》を鳴らし、又昼間は幟《のぼり》を高め、夜間は提灯《ちょうちん》を掲げ、早太鼓の乱打と共に、当番の士を二ノ丸に集合せしむ」

二百五十年太平がつづいていたので藩士も驚いたことでしょう。つづいて、「八月一日、遂に一般に令して、自今、城下入り口なる天神・荒和井《あらわい》・石橋の三番所には、同心組をして常に見張番を置かしめ、夜中戌《いぬ》の刻（午後十一時）よりは柵門《さくもん》を閉鎖し、伊勢宮《いせみや》の番所よりは、夜間一切の通行を禁止す」

などとありますから、一般の人びとも不安にかられたことでしょう。

松江藩は征長軍の中軍を仰せつかって、「八月下旬から九月の十日までを限り兵を石見へ送り、指揮を待て」との幕府からの命を受けます。藩では、家老の大橋筑後を大将に、神谷《かみや》兵庫、三谷権大夫・小田要人など藩の主脳の方々が陣頭に立ち、藩境の口田儀辺りまで兵をすすめます。ここで長州藩の事情に触れておきましょう。

その頃の長州藩は、まさに危急存亡の淵にたたされていました。これまでも長州藩の政権は正義派と俗論派がしのぎをけずって争い、時勢によって交互に政権を担っていました。もともと藩主の毛利敬親《たかちか》は強力な個性はなく、近臣の意見に、

「そうせい」

というので、「そうせいの殿」と揶揄《やゆ》されていたほどです。反対に強力な個性と信念を貫いたのは水戸の徳川斉昭《なりあき》さまで、ともに血で血を洗う抗争を繰り広げましたが、結果として長州が歴史に名を残しました。

さて、話を幕府が各藩に長州征討の命をくだした元治元年（一八六四）八月の頃の長州藩の様子にもどしましょう。

将軍家茂の上洛は八雲丸のところで触れましたが、上京した家茂さまは幕府への政務の委任と引き換えに攘夷の期限を文久三年（一八六三）五月十日と約束されます。その約束の期日に長州藩は外国船を砲撃しますが、逆に八月八日、長州藩は英・佛・蘭《らん》・米の四国連合の十七隻の軍艦が下関を砲撃し、三日間の戦闘で上陸を許し、砲台を占領されるという完敗を期します。この敗戦によって四カ国から賠償金の支払いと彦島租借《そしゃく》を求められます。長州藩は幕府の命に従ったので長州藩責任はないとそれを蹴っておられます。このときの交渉は高杉晋作さまでした。幕府は外国と戦争になれば勝ち目はなく莫大な賠償を突き付けられ外国とたたかう気はありません。そうした長州藩の過激な行動が「八月十八日の政変」を呼び、長州征伐となるのです。

先に起きました禁門の変（蛤御門《はまぐりごもん》の変）と下関戦争に敗れた長州藩では、正義派は退陣し政権は恭順派（俗論派）の手に移ります。この時、高杉晋作さまは命を狙われ、百姓や商人に身なりを変えて潜伏なさっていました。

この頃、長州制圧を強硬に主張しているのは薩摩藩で、薩摩を動かしていたのは西郷隆盛さまでした。

まさに、元治元年の長州は、朝敵と名指しされ外国からは攻撃され、内部は責任論がでてがたがた、まさに風前の灯《ともしび》でした。

一次の長州征伐が発せられる前に、幕府が長州に示しました条件は三つありました。一つは、毛利家の領地の内十万石を取り上げる。二つは、毛利大膳は蟄居《ちっきょ》、毛利長門は永蟄居、家督は然るべき者を選ぶ。三つは益田右衛門介、福原越後、国司信濃《くにししなの》の三家老を永世断絶するというものでした。

この三条件を長州が拒んだために戦がはじまったのですが、松江藩内にもこの条件は過酷だ、戦《いくさ》は幕府の一部のものの私行だと主張する人もいて、長州と講和を進めるべきだと説く方もおられ、まずは長州の意向を聞こうということになったようです。

こうした情勢ですから長州藩はただただ恭順の意を表し、無条件降伏のような形で、三人の家老の首を差し出し、四人の参謀を斬首して、山口の城を廃棄して萩に引っ込み和平を申し込みました。この折、正義派の重鎮周布政之助さまは自刃なさり、また自刃された三人のご家老のなかには、益田七尾城主益田氏の流れをくむ益田右衛門介（親施《ちかのぶ》）さまがおられます。

これらのことは九月から十月にかけてのことです。幕府の長州征討軍の総大将は尾張藩の徳川慶勝《よしかつ》さまでしたが、どうもこの方は最後まで長州を痛めつけようという考えではなく長州が矛《ほこ》をおさめればよし、とのお考えだったようで間もなく講和が成立します。この頃の長州藩の実情をみて、反抗の余力はないと判断されたのでしょう。

　そもそも征長を命じた幕府自体が本気で戦をしようという意思はなく、軍を進めれば長州藩は音《ね》をあげると安易に考えていた節《ふし》があります。だから出陣した諸藩も本気で戦をしようという気構えはなかったようです。その頃の各藩は内部には攘夷から佐幕、倒幕と異なる思想を抱えていましたから、様子見に出陣した藩が大半でした。隣の鳥取藩などはかなり以前から長州とはよしみを交わし、尊皇攘夷を唱える方が多くおられました。


　ここで話を松江藩にもどしましょう。松江藩が藩境の口田儀《くちたぎ》まで兵を進めたところまでは話ましたが、元治元年（一八六四）十二月十八日幕府から停戦の命がおり、撤収にかかりました。余談になりますが十一月二十八日に殿の名代で家老の朝日千助さまが幕府の総督府がおかれている広島にまいっておられますが、その随行員としてわたくしの夫雨森謙三郎（精翁）さまが加わっておられます。

　年が明けた慶応元年（一八六五）、藩兵は続々凱旋し、定安さまは杵築《きつき》（出雲）大社や日御碕神社に戦勝をご報告、三月に入って、「何れも無恙凱旋《つつがなくがいせん》満足」との言葉を添え、論功行賞をおこなっておられます。

## 三　第二次長州征伐

二次長州征伐は、慶応二年（一八六六）の五月にはじまりますが、その前に定安さまのなさった功績の一つ文武館の設立について触れておきましょう。

大坂の夏の陣があったのが元和《げんな》元年（一六一五）ですから、それから二百五十年の間、戦らしいものは起きていませんから、泰平がつづいたといっていいでしょう。そのことは戦力の停滞を招き、武術も刀や槍を中心にした古色蒼然《こしょくそうぜん》たる流儀が幅をきかしていました。

この間《かん》、西洋では兵力が近代化していました。例えば、文久元年（一八六一）に起きたアメリカの南北戦争は銃器を主体とした近代戦でした。

第一次長州征伐の折の各藩の出陣も戦国時代のものと大差がなかったといいます。巷《ちまた》では甲《かっ》冑《ちゅう》や刀剣の需要が増したとの話です

このことは、学術の面も同じことで漢学や儒学が主流でした。その上、武芸も学術も流派ができ、それぞれが藩の施策に迎合し、藩の保護のもとに生きながらえているのが実情でした。

このことは、松江藩においても同じことでした。この改革に手をつけられたのが定安さまでした。その頃の藩学は、修道館といい、皇漢学《こうかんがく》を主として、洋学や数学を加え、武術では撃剣、馬術、槍術《そうじゅつ》、居合《いあい》兵法、柔術《じゅうじゅつ》などでした。それぞれの分野では一流の指導者を揃えてはおられましたが、藩としての統括は薄く、その上、場所も分散していました。

時勢はどんどん先へすすんでいるのに、当時の松江藩の士気はかなり緩《ゆる》んでいたようです。例えば、外国の船舶の出没に備えて唐船番隊《とうせんばんたい》が組織されていました。この唐船番隊は海岸沿いに十八カ所設けられた台場、六カ所に設けられた遠見所に配置され、その人数は三百四十四人にのぼっていました。その頃は丁度外国の船の来航もなく、緊張感に欠け、藩士のなかには任務に就かないものまででる有様でした。こうした実情を『公伝』では次のように記述してあります。

「唐船番隊の陣容は、外見上すこぶる備《そな》はれるものなりき。しかれども太平久しく打ち続くと共に、士気弛廃《ちはい》し、規約容易に行なわれず、いわゆる軍律立たずして散漫に流れ、またその統一を欠き、終に形式的に墜《つい》せる一種装飾品たるの観を呈せり」

松江藩には太平をむさぼっていたとの悪評を聞きますが、それはこうした実情からくるのでしょう。そのことに危機感をもたれた定安さまは、慶応元年（一八六五）六月に文武館《ぶんぶかん》を松江の中央に、三谷半大夫、塩見小兵衛さまの屋敷を収容して開設されました。それは一次長州征伐を引き揚げた翌年のことになります。やはりこの戦に危機感を持たれたのです。この文武館は修道館と命名され、奉行《ぶぎょう》には用人大野権右衛門さまが就任されました。

その基本方針は日常の実際に即し、和・漢・洋の長所を取り入れ、時勢に応じるものとされましたが、成果をあげるまでには、なお日時をようしたようです。

例えば、その学科をみますと、

一、儒学。二、越後流軍学所。三、国学所。四、英学所。五、蘭学所。八に算術所があって二十二所まで設けてありますが、六の山中流手習場、以下諸流派がつづいています。つまり、古い諸流派を切り捨てることができなかったのでしょう。

しかし、時代の流れは速く、それを許しません。文久三年（一八六三）四月に次のような達しをだして古流の砲術を中止しておられます。

「古砲術、棒火矢古流の儀は、先ず就業中止、当節の儀いずれも西洋流修業致し候よう旨仰せ出される」

あわせて、古流の鉄砲鍛冶場《かじ》を製鉄所と改め、西洋流の大砲や雷火（ゲベール）銃の製造をはじめておられます。また銃卒《じゅうそつ》（歩兵）の地位の向上にも配慮されています。実戦で主力となる銃卒は武士からみれば格下に見下げられていました。しかし、長州との戦の経験や、世界の情勢から戦闘部隊（歩兵）が重視されるようになり、これら銃卒を指揮するもの、また砲術などに加わるものは、銃卒から選ぶよう定められました。

このように、戦《いくさ》の姿がかわりますと、実戦に即した訓練が必要になり、その訓練所として習兵所が設けられ、いわゆる集団訓練がおこなわれるようになりました。

例えば、「太鼓二つ、一番小隊前面へ撤兵《てっぺい》」とか、「折敷の太鼓―人敷折布」などとあります。人敷折布とは多分地面に伏すことのようで、立ち技《わざ》中心の武士の戦術にはないことで、見下げられていたようですが、定安さまはこれらの訓練を積極的に視察し、支持しておられました。

しかし、こうした訓練を主として行う習兵所ができますと、習兵所と修道館との対立も表面化

軍服姿の松江藩兵
（松江歴史館提供）

するなど、問題も顕在化《けんざいか》したようです。長州ではこれら歩兵は主として農商民から選ばれた奇兵隊などがあたりました。

藩ではこうした軍容は新古折衷《せっちゅう》の異色あるものと評価しておられますが、かなり近代的な戦法をとりいれておられたことは事実です。こうした松江藩の軍事改革を頭において、第二次長州征伐の話に入ることにしましょう。

第一次の長州征伐が終ったのが元治元年（一八六四）十二月でした。長州藩は三人のご家老の首を幕府に差し出し、内部では責任者（正義派）の粛清《しゅくせい》があり、かつての猛虎《もうこ》も子猫同然と化してしまいました。

ところが、この粛清のなかで高杉晋作《しんさく》というとんでもない方が身を隠して生き残っておられたのです。この方は奇兵隊《きへいたい》のなかの力士で編成した力士隊《りきしたい》（隊長は伊藤俊輔《しゅんすけ》のちの博文）を動かして、元治元年（一八六四）十二月十五日、下関の藩の奉行所を襲い、金品や武器弾薬を手に入れ萩の藩庁に攻め入り、あれよあれよという間に、高杉さま一派が長州藩の政権を奪還《だっかん》してしまいました。丁度その頃、つまり十二月二十七日に幕府の第一次征長軍に解散命令がでて各藩の兵は帰途についていています。

長州藩は生き返りました。表面は和平に恭順をつくろいながら、着々と兵力を強化しています。そうした長州の動きをみて、一次の長州征伐が生ぬるいものであったとされ、二次の長州征伐の命が各藩に下されました。それが翌慶応元年（一八六五）五月のことです。五月十六日に将軍家茂《もち》さまが江戸を発って、関西に向かわれ、閏五月に大坂城に入られました。その折、将軍家《いえ》茂さまは海路をとられ松江藩所有の八雲一番艦八雲丸が伴走したことはすでにお話ししました。家茂さまはこのまま大坂で亡くなられ二度と江戸の土は踏んでおられません。奥方さまは孝明天皇の妹の和宮さまです。

早速、長州に対してしかるべき責任者をだして、事態の説明を求めましたが、長州からはどなたもまいりません。そこで将軍家茂さまは京にのぼり長州討伐を願い出て勅許《ちょっきょ》をいただいておられます。したがってここは明らかにしておかなければなりませんが、長州征伐は朝廷の命を受けて起きたものです。のちに、長州が勝ちましたので、出動した松江や浜田藩は朝敵と名指しされますが、ことの起こりは長州が朝敵だったのです。勝てば官軍負ければ賊軍とはこのことです。

ただ、勅許がおりることについては朝廷内でかなり異論があったようです。この異論は戦に負ける危惧《きぐ》からではなく、満身創痍《そうい》の長州をこれ以上痛めつけなくてよいではないかという立場からのようです。

松江藩の所論は残されてなく判断しかねますが、大勢に順応していたものと思います。ご親戚であり定安さまの指南役ともいわれ、ご相談もされていた福井藩主の松平慶永《よしなが》（春嶽《しゅんがく》）さまは、この頃すでに大政奉還《ほうかん》を唱えておられました。

どうも慶永さまは各藩主による連合政府をお考えになっていたようです。松江藩が松平慶永さまの思想を汲んでおられたら維新における松江藩の立場もかわっていたかもしれません。

余談になりますが、わたくしの夫の雨森謙三郎さまは、松平慶永さまから三百石でスカウトされたことがあります。丁度春嶽さまの懐刀《ふところがたな》であった橋本左内《さない》さまが、安政の大獄により捕えられ刑死《けいし》なさった直後の頃の話です。この話を耳にした定安さまが謙三郎を百石で士分に取り立てられました。

慶応元年（一八六五）五月、第二次長州征伐の号令が各藩にだされました。この度の総督は紀州和歌山藩主の徳川茂承《もちつぐ》さまです。

ところが、実際に兵が動いたのは慶応二年（一八六六）五月ですから何とも腰の重い出陣です。さきにも話しましたがどの藩も本気ではないのです。その間、つまり慶応二年正月に薩長同盟が成立しています。しかし、この盟約は極秘にすすめられたので大方の藩は知っていなかったと思われます。その証拠に第二次長州征伐の際に薩摩藩は小倉口の長州との戦《いくさ》に出兵しています。勿論、戦がはじまると早々に引き揚げられ、他の藩もそれにしたがい取り残された小倉藩が前面にでてたたかい、悲惨《ひさん》な運命をたどります。小倉藩は、城を焼いて作州に落ちのびた浜田藩と同じような運命をたどります。

軍事行動が起きるのは五月といいましたが、四月に事件が起きています。『公伝』には次のような記述がみえます。

「慶応二年四月十二日、長藩の脱走兵百九十人許《ばかり》、備中倉敷代官を襲撃す。一番八雲丸追討の幕軍を載せて広島を発し、倉敷付近に輸送し、暴徒忽ち平定す。幕府、藩主及び艦長以下を賞す」

この騒動を岡山では「備中騒動《びっちゅうそうどう》」と呼んでいます。事件は、長州の奇兵隊の脱走兵が、岡山の勤皇の志士と連合して倉敷代官所を襲撃したもので、岡山藩の内情からこの暴徒に断固たる措置ができず、広島から幕府軍が派遣されて治まったものです。この事件により岡山藩は、幕府を支持する藩主と勤皇（長州）に傾く重臣層との対立が表面化します。この時広島からおよそ千五百人の幕府軍が鎮圧に向かっていますが、この輸送に一番八雲丸が加わったようです。このことをみますと、八雲丸は幕府方の尖兵《せんぺい》として働いていたのです。

付け加えますと、岡山藩主の池田茂政《もちまさ》さま、鳥取藩主慶徳《よしのり》さま、浜田藩主松平武聰《たけあきら》さまは水戸藩の徳川斉昭《なりあき》さまのお子で将軍徳川慶喜さまと異母のご兄弟です。そのことがそれぞれの藩に影を落とします。

話を松江藩にもどしましょう。幕府は慶応元年（一八六五）十一月に次のような陣立てを発表しています。

石州口
一ノ先　阿部主計頭《もんどのかみ》（福山）　軍目付《ぐんめつけ》山岡十兵衛
二ノ見　松平右近将監《しょうげん》（浜田）軍目付三枝刑部《さえぐさぎょうぶ》

応　援　松平因幡守《いなばのかみ》（鳥取）　軍目付城隼人《はやと》
　　　　松平出羽守（松江）　軍目付諏訪《すわ》左源太

このあとに紀州藩がつづいています。これをみますと松江藩は先鋒ではなく後詰めだったようです。こうした陣立てをしても長州藩は一向に顔色を変えず、幕府軍の侵攻はさきにも話しましたように翌慶応二年の六月六日のことです。陣立てを発表してから半年以上月日《つきひ》を費やしています。松江藩ではこの度は、家老の大野舎人《とねり》さまが総大将に就いておられます。大野さまの別邸は乃木にあり、その裏山には藩兵の訓練場があったといいます。総大将に指名されますと、藩費だけでなく指名されたご家老もかなりのご負担があったようです。（その跡地はかって島根県の種畜場となっていました。）

その陣容をみますと、

士大将　大野舎人《とねり》　　副将　石原市之進
　　　　　　　　　　　　番頭　小泉弥右衛門

なかには大砲四門、大砲士十二人、同手伝十二人との記述もありますから、大砲も参加したようです。

大野隊が松江を発ったのが六月三日、五日には二陣が出発しています。二陣の大将は神谷《かみや》兵庫さま、副将乙部勝三郎さま、番頭《ばんがしら》は三谷八郎さまなどでした。

定安さまは、出陣の兵士に引見し、

「汝ら宜しく粉骨《ふんこつ》をつくし、一和の働きあらんことを望む」

との訓示を申され、酒饌《しゅせん》を授けて激励されています。この間、神社仏閣への祈願、また大坂、広島、九州へと使者を送り、情報の収集やその解析にあたっておられましたが、この頃、前線の大将大野さまから次のような戦況の報告があっています。

「長藩士の中　奇兵隊千人ばかり、高津まで侵入の報あり、時期大いに切迫す。速やかに本隊を出して進撃せしめんことを乞《こ》う。そもそも征長の事たる、頃日《けいじつ》朝命により、その名分もとより正し、されば国力を尽して急にこれに従うべきに、先陣の福山藩の如き、因循《いんじゅう》していまだその軍を進めず、まことに切歯《せっぱ》に絶えざるなり」

この報告は戦闘の前にだされたものですが、定安さまの手もとには十八日に届いています。征討軍の不統一のさまがうかがえます。

この戦に参戦する各藩も極めて消極的で、石州口への進軍を命ぜられた鳥取藩の行動も鈍いものでした。『公伝』に次のような記述がみえます。

「この時に当たり、因藩（鳥取）一ノ先隊九百人ばかり、（六月）二十一日をもって米子に着し、二十三日我が出雲郷駅に泊せるも、七月三日に至るまで満を持して進軍せず」

鳥取藩は、藩主の慶徳《よしのり》さまが将軍慶喜《よしのり》さまの兄上ということで、表面上では幕府を支持しておられますが、重臣の方の多くは長州とよしみを通じていて、藩主と反対の立場をとっておられ、そうしたことが行動にあらわれたのでしょう。

ここで、石州口の戦から離れて、松江藩が購入した軍艦二艘の働きについて触れておきましょう。

二番八雲丸は、元治元年（一八六四）十一月、松平慶永（春嶽）さまの所用で小倉に向かい広島を往復、年が明けた翌年の正月、一番、二番八雲丸ともやはり松平慶永さまの所用で小倉に向かい、同港から神戸に回航して松江に帰っています。それらは主として長州征伐事前の用務であったと思われます。

このように幕府側の用務に使役されていますが、慶応元年（一八六五）には一番八雲丸は幕府の用船として借り上げられます。慶応二年（一八六六）二月に岡山で起きた奇兵隊の反乱に鎮圧軍を移送したことは先に話しました。春を過ぎ、征長軍が動き始めると、両艦はもっぱら瀬戸内、それも防長沖に釘づけされ、もっぱら幕府の作戦にたずさわっていたようです。

歴史に残る、長州海軍の大島夜襲攻撃には、たまたま二番艦は離れていて戦闘には加わっていませんが、夜明けとともに現地に急行、敵艦船を追跡、あわせて防州の砲台を攻撃し、陸戦を有利にみちびくことができ、幕軍から謝意を得たことが記録に残されています。

山陰の情勢は緊迫の度をましています。定安さまは、これまで幕府に貸し出しておられた一番・二番八雲丸を返して欲しいと求めておられます。ところが幕府は今修理中だと返還してくれません。たってての願いにひと月ほど待ってくれと申されます。両艦はすでに幕府海軍の重要な一翼を担っていたのです。

それでも二番八雲丸は返されたようで、六月二十日温泉津から浜田へ兵を移送しています。

石州口で戦端が開かれたのは六月十六日でした。これは幕府軍にとっては意を突く早いものでした。津和野藩が中立を表明して、長州兵の通過を容認したからです。その日に藩境の扇原の関門を突破しました。その折り、関門を守っていた浜田藩士の岸静江《しずえ》さまが壮烈な最期をなさっています。その壮烈な死を長州の兵士はたたえ、懇《ねんご》ろに葬ったと云います。

十七日には益田市街で激戦がはじまります。浜田藩は万福寺《まんぷくじ》に福山藩は医光寺《いこうじ》に陣を敷いて益田川を挟んでの戦闘でした。幕府方は善戦しますが、長州軍は援軍を持石海岸に上陸させ、万福寺や医光寺の裏山である秋葉山《あきばやま》を占拠してから幕府軍の陣形は一挙に崩れ、敗退を余儀なくしました。敗退の途中に幕府から派遣されていた目付(軍監)の三枝刑部《さえぐさぎょうぶ》さまが討ち死になさいます。三枝刑部さまの戦死は、征討軍の不統一をさらに深刻なものにしたようです。幕府軍は三隅まで後退しました。

何分、長州の鉄砲はミニエー銃といって元込めの螺旋銃《らせんじゅう》で、弾もこれまでの丸い玉でなく、先の尖った木の実型をしていて、飛距離が幕府方の銃の三倍もあり、命中度も高かったようです。さらに浜田藩にとって幕府の目付を死に追いやったことは重大な過失で、組頭《くみがしら》の片岡弾正《だんじょう》さまはその責任をとって三隅で自刃なさっていますが、命令に反した死で公には病死として扱われています。

二十日、前線の大将大野舎人《とねり》さまから定安さまのもとへ、次のような急報が入りました。

「今や、長軍、続々我が境に侵入す。されば我が一ノ先全軍をして、陸路これに赴《おもむ》かしめん乎《か》、その急に応じ難し。因《よ》って同軍を二隊に分ち、一隊（本隊）は二番八雲丸に搭乗して温泉津《ゆのつ》を発し、もって浜田に上陸せしむることとせん。しこうして他の番頭以下の一隊をして、さらに陸路より郷田（江津？）まで進軍せしめんとす」

ここに二番八雲丸の名がでています。二番八雲丸はこの少し前に瀬戸内から松江に帰ったようで、七月一日に松江藩の兵は二番八雲丸で浜田に上陸しています。

この大野さまからの知らせを受けて定安さまは、山口軍兵衛さまを広島の総督府に派遣し、次のような要請書を差し出しておられます。

「長州征伐につき、山陰諸手《しょて》の人数押し出し、追々戦争に及び候。討手利なく、福山、浜田勢とも引退候趣に候。長州勢このうえ如何動き候や相知れず候えども、海上へ軍艦も差し回し候やの様子に相聞き候。然るところ全体石州口の討手は、一昨年などと違い、この度は大いに手薄に存ぜられ、定安人数は応援の場をもって追々繰り詰おり候えども、雲州は三方海岸、至って敵陣にも近く、如何に体の越働も計りがたく、自国の固めも勿論肝要の儀と存じ候。

これによって、この上石州路へ多分の出勢も成りがたく候間、何分応援の兵、御手厚に御差し向けに相ならず候ては、自然機会を失い、人数退縮《たいしゅく》の気を生じ候も計りがたく、はなはだもって御大事の儀と存じ奉り候間、深くご洞察《どうさつ》下され、早々ご評議これありたく、差懸《さしかね》ご急務と存じ奉り候に付き、この段申し達し候」

この要請に対し、総督府から積極的な回答はなく、定安さまは自力で防衛にあたる覚悟を深められたようです。

## 四　戦闘

自ら領地を守る決意をされた定安さまは、ただちに城をでて平田に駒をすすめておられます。藩主の出陣は兵士の士気の鼓舞《こぶ》するところとなったことは言《げん》を待ちません。

温泉津を発った二番八雲丸は七月一日に浜田港に入り、また、鳥取藩の兵も五日に浜田に着き、ここに紀州、浜田、福山、鳥取それに我が松江藩が加わり、ようやく邀撃《ようげき》の態勢がととのいました。

この頃浜田藩から次のような起死回生の作戦が提案されました。それは、二番八雲丸をもって、後方の益田に兵を上陸させ、背後を襲って敵を分断し戦線を立て直す、というものでした。艦長の小田要人さまは、燃料の補給のため一度松江に帰って作戦に参加したい、三日ほど猶予を呉れと申されたようです。この作戦は危険をともないますので、定安さまの了解を得たく思われたのでしょう。しかし、この作戦は、総督代理の紀州藩家老の安藤さまの賛成が得られず流れています。

こうした幕府方の談議のさなか、長州兵は三隅を落とし周布川《すふがわ》南岸にまで押し寄せています。

早速軍議が開かれ、大麻山《たいま》から周布《すふ》川北岸を防衛線と定め、陣取りは次のように決まりました。

紀州藩は周布川に対峙《たいじ》し、鳥取藩は長浜に、福山と浜田藩は大麻山に、また、我が松江藩は熱田から周布川沿いの雲雀山《ひばりやま》に布陣しました。当時の松江藩の軍備は、臼砲《きゅうほう》にスナイドル銃、横栓《よこせん》元込め二十連発、ベンセル馬上銃などを装備していたと記されています。

この戦の模様は『公伝』の記述を借用してお継ぎしましょう。

「十三日昼間四ツ時（午前十時）に至るや、長兵三百余人、続々として熱田浦の後方なる苗村《なえむら》より内村《うちむら》へ侵入して来たり、形勢漸く急を告ぐ。ここにおいて我が兵即ち早太鼓を打ちて陣揃いを行い、同時に長浜の宿陣および福山軍にも急報し、一同相和して内村の山上へ陣を布《し》かんとす。しこうして我が藩の如きは、高山を楯として大砲を据えることとし、折りしも大力の担夫樽之《たるの》助《すけ》なる者の力に依りて、幸いにもその作業を終え、引き続き二三の巨砲を山上に併置し、また四五の大砲を山下に敷けり。

まず、内村の民家に向かいて巨砲を発す。長軍これがため大いに狼狽《ろうばい》し、危うく同村を脱出して、直ちに付近の苗村の山上に登る。しかも再び我が軍の射撃に逢い、さらに狼狽してもろくも四散するに至れり」

この内村の戦いで、長州側の戦死者三十人、傷を負った者七十人、しかし我が松江藩では砲手一人が負傷したのみであり、数々の戦利品を取得したとあり、それらの品は広島の幕府軍の総督府に送られました。また指揮を執られた大将の大野舎人さまには二百石、副将の石原市之進さまには百五十石の加増と、定安さまから太刀ひと腰が贈られ、それ以外の方もそれぞれご褒美を頂いておられます。

ただ、幕府方全体からみますと、松江藩の精鋭に手を焼いた長州兵は、戦意に欠ける紀州や鳥取に主力を向け、瓦解《がかい》に追い込んでしまいました。

紀州藩は、この戦の敗北により、総督代理の安藤さまをはじめ、全軍が戦線を離脱し、天領《てんりょう》の大森へ落ちられたといいます。浜田藩領では村の方々まで、戦意のない紀州兵に愛想をつかし逃げ落ちる兵に一切協力はしなかったため、その逃亡は鎧《よろい》や冑《かぶと》を脱ぎ捨て惨《みじ》めなものであったといいます。話によると、安藤さまは百姓の身なりに変装して、ひもじい思いをして落ちていかれたといいます。

ただ、残念なことにこれによって指揮官を失うことになり、ただでさえまとまりの悪い幕府方の統一を欠くことになり、幕軍は無残にも敗北しています。紀州軍などは戦国時代に用いた火縄銃《ひなわじゅう》で戦ったといいますから止むを得ない結果ということになります。つまりこの戦で戦意の面でも戦力の面でも我が松江藩が突出していたということです。

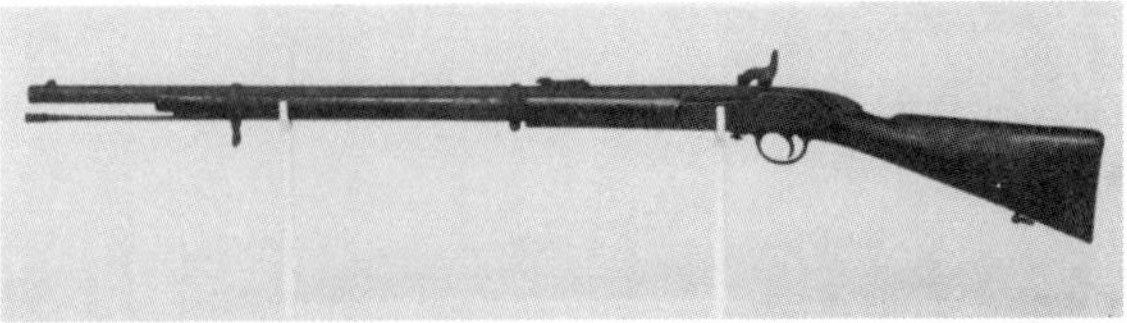

管打式洋式小銃　慶応３年（1867）英国製（松江歴史館提供）

孤立無援となった浜田藩は、この期におよんで浜田藩の選択肢は三つ、城を枕に死守するか、再起を図るか、降伏するかです。軍事総裁の河鰭監物《かわはたけんもつ》の選択は再起を図るでした。

七月十八日の未明、病のお殿さまと奥方、それに嗣子《しし》の方が城を脱出、小舟で日本海にただよっておられたところを、二番八雲丸が救出し杵築までお送りしています。浜田のお城に火が放たれたのは、同じ十八日の昼過ぎであったといいます。火は武家屋敷などにも放たれ、ご家族の方は煙火に追われるように、着の身着のまま、位牌《いはい》など大切なものを風呂敷につつみ、幼子の手を引き落ちていかれました。

はじめはどこへという当てはなかったのですが、まずは東へ、ついには長州兵が浜田を占領しましたので、岡山の作州の飛び領まで逃亡を強いられることになるのです。頃は七月といいましても旧暦では梅雨の時期、雨にうたれ、お寺や農家の軒先を借りて一夜を過ごす、およそ六十里（約二四〇キロ）に及ぶ悲惨な逃避行《とうひこう》でした。その数は幼老子女千人といわれ、それらが三々五々《さんさんごご》作州に向けて流れていきました。

幕府の連合軍は敗北しました。次は松江藩が前線です。定安さまは十九日付けで、次のような嘆願書を幕府にだしておられます。

「……、去る十六日安藤敗走におよび候より、諸手の兵気《き》挫《くじ》け、浜田城落去《らっきょ》の沙汰もこれあり候の儀、右については定安領国境、いたって間近の戦争に相なり候。かねがね申し達し候とおり、南は山続きにて間道多く、三方は沿海ゆえ、国内全力を尽し候ても、境目のみの手当ても行き届け難く、誠に切迫の場合に相至り、国内総体の取り締まり甚だ心もとなく候につき、定安今日、平田より松江に引き取り、かれこれ下知いたし候仕合にご座候。……」

定安さまの危機感がうかがえます。さらに国内の事情を縷々《るる》説明のあと、次の文章がつづきます。

「……、この度は石州口の討手はなはだ薄手については、賊徒もこの筋へもっぱら働出候儀と察せられ候。……これによって如何ようとも、急速応援の勢、お差向け下さるよう嘆願奉り候」

この時期、こうした嘆願はあらゆる窓口をとおしてなされています。これらの援軍の要請に対して、幕府から色よい返事はありません。

松江藩が孤立無援《むえん》の中にたたされ、改めて周辺を見回しますと、この戦が正義のものであったかという疑問が浮かびます。戦意のない諸藩の動きや開戦にあたって幕府内で異論があったこと、さらにこの戦の背後には陰謀や策謀が渦まいていることが明らかになりました。松江藩としては、まず情報の収集を急がねばなりません。

定安さまは、戦の最中《さなか》の七月十二日内用取次役の高橋伴蔵さまらを九州や四国へ派遣しておられます。八月八日には、浜田の戦の副将であった石原市之進さまを大坂の勤番に、また十月九日には家老の有沢能登《のと》さまを大坂へ出張を命じておられます。松江が容易ならざる事態にあるとの認識での措置だと思います。

また、防備の面では、侵入口と考えられる山陰の海岸線と、もうひとつ赤名、掛合《かけあい》の山間から攻め入ることが予想され、海岸線には口田儀《くちたぎ》に、南口には赤名に基地を設けられました。

こうした中、『公伝』に次のような記事があります。

「七月二十四日幕府が因幡侯の再願を容れて、石州口の指揮役を免じ、公の再出馬を命ずるや、書を稲葉閣老に呈して、これを受託する……」

これによると退散された総督代理の安藤さまの後を因幡（鳥取）さまに指名があり、これを鳥取の藩主が辞退され、定安さまにご指名があったようにとれます。一時にせよ定安さまが、幕府軍の石州口の総指揮官に就かれた事実があったようです。この名誉は敗戦と同時に消されたのでしょう。


石州口での敗戦が決定的となりますと、松江藩は長州藩と直接対峙《たいじ》することになります。長州藩は松江藩が果敢に戦ったので手ごわいとみたのか、それとも京都における情勢の変化によるものか、藩境に陣を敷いて松江藩と和平の交渉に入りました。その模様を簡単に述べておきましょう。

その交渉は、口田儀と赤名においておこなわれていますが、口田儀でおこなわれたものをお継ぎしましょう。松江藩が口田儀に陣を敷いたのは、口田儀から三瓶、山口から赤名にかけて防衛線を堅持するためだったようです。勿論浜田から撤退する兵の拠点にもしたものでしょう。

七月の二十六日に波根辺りで大規模な百姓一揆が起きています。これを松江藩は長州側の煽動《せんどう》だととらえていたようで、通行人の規制を厳しくしています。

この頃、定安さまは朝廷と幕府と長州との間にたって苦悶しておられました。その心情が八月二十七日に家臣に示された親書に表れていますので紹介しましょう。

「我ら家柄の儀は、格別の親藩、幕府と存亡を共にするは申すに及ばざる事に候えども、おいおい物議多端、天下擾乱《じょうらん》、天幕（将軍・幕府）のご処置ぶり、条理相たちかね候こともこれありやに存じられ候。しかれどもその当不当の論なく、ただひたすら奉命いたし候ては、忠にもって忠にあらず、理に当たり候儀は奉命尽力、不当の儀は飽くまで建言に及ぶは、永久の御為を謀り候こそ、幕府への真忠、親藩の職掌にこれあるべしと存じ候。皇国の政《まつりごと》は、幕府へご委任の儀に候もの、幕府への真忠《しんちゅう》は、すなわち皇国への真忠に候。この段一同厚く相心得べく候。以上」

定安さまはこのお考えをもって、十月五日京に登られ、将軍慶喜さまをはじめ幕閣の方、ならびに朝廷にも参内し、天盃をいただいておられます。

ただ、定安さまのそうした温厚なお考えを呑み込んで、時勢は倒幕へと走り、その年の暮れ薩長が中心となって王政復古が発せられ、明治維新へと時代は移るのですが、中央の動きが先走りました。この年、慶応三年の後半の松江藩の様子を立ち返り、長州との交渉に話をもどしましょう。

この交渉で長州藩から提示されたのが次のような内容でした。

長州藩の藩主は朝廷に対して忠誠を尽している。しかるに幕府は無理難題を求め、挑発を重ねることは、天幕（この場合は天皇か）の命令では決してない。ここに余儀なく兵を引き連れ闕下《けっか》（天皇の御前）にまいり、哀訴《あいそ》しようとするものである。として最後を次のように結んでおられます。

「すでに浜田近地まで罷《まか》り越し候ところ、貴藩ご隣邦のこと故、ご出兵ご防戦のお覚悟にご座候やも計り難き候えども、全くもって貴藩に対し争闘候存念これなきにつき、前もって申し上げ置き候。何卒幣国《へいこく》の情状ご推察下され、ご領内ご鎮撫これありたく願い奉り候。恐惶謹白《きょうこうきんぱく》

寅　六月

長防士民中」

雲州御藩御家老中様

つまり、朝廷に嘆願にまいるので城下を通らせてくれというものです。

松江藩では大野家老が交渉に当たられました。その問答を『公伝』からおつなぎしましょう。

まず、八月五日長州側から書簡がきます。

「貴藩の出陣は進討にあるのか、また自国の警衛にあるのか」

これに対して、松江藩からは、

「我が軍が国境に在陣するは、自国を警衛するためで、進討ではない。けだし貴藩に対していささかも私怨《しえん》を結ぶ理由はない。貴藩の行動いかんによっては我らも応ずる覚悟を持っている」

両藩が膝《ひざ》を交えて交渉にはいったのは八月の下旬、石見の国光であったと記されています。長州側から、

「我が藩主は、事情により悲運に陥《おちい》り、今日にいたっている。もって我らは条理名をただすため、止むなく冤《おん》を闕下《けっか》（天皇）に雪《そそ》ぐことを願っている。しかるに、幕府はこれを阻止しようとしている。もし、幕府軍が山陰路をすすむと、貴藩はこれに合体するか」

松江藩からは、

「先には幕命によって応援したが、今は貴藩に私怨など持っていないので我らから進討する考えはない」

さらに、

「我が藩は、元来、幕府の処置を不条理と考えている。したがって幕府に対してこの際休戦とし、至当《しとう》の処置を講ぜられるよう建言している。よって例え幕府より進軍を命ぜられても、謝絶する考えである」

これを受けて、長州側から、

「貴藩は幕府の親戚であり、さらに浜田の内田村での一戦があり、我が藩の士民は疑念を抱いている。貴藩がそのように申されるなら、その証《あかし》として解兵されたい。そうすれば我ら一同貴藩のいうことを信じよう」

この申し入れに大野家老は、解兵のことは藩主の指示を仰ぎたい、と回答されています。

ただ、こうした折衝が山陰路でおこなわれていましたが、中央では、八月二十七日に幕府は休戦の命を下しています。それは家茂さまが大坂の陣中で亡くなられたからの措置です。将軍家茂さまが亡くなられたのは七月二十日でしたが公にされたのは八月二十日でした。

しかし、この慶応二年の夏から年末にかけては、日本の政治は大きく変動します。まず、一橋慶喜さまが将軍に就かれました。この方はいろいろな評価はありますが、徳川家の最後の将軍として見識と実行力を備えておられ、この方が将軍に就かれると佐幕派から幕府再興の期待がもたれていました。薩摩など討幕派からは危険視されていましたし、こうしたことが長州をめぐる情勢にも微妙に変化してきます。巷《ちまた》には来春には再び長州征伐がおこなわれるのではないかという噂がひろがります。長州も危機感をもったようです。

こうした情勢のなか、十二月二十八日に口田儀で交渉が再開されました。まず、長州側から、さきに両藩は親睦を結ぶといったのは間違いないかとただしたのに、松江藩からは、

「貴藩に対して私怨《しえん》はないといったが、親睦を結ぶとはいっていない。そもそも我が藩は幕府の親藩の立場にあり、幕府の命にしたがって貴藩と矛《ほこ》を交えた。いまだ幕府と貴藩との間に講和が成立していないなか、我が藩が親睦を結ぶことは、表面は幕府の命を奉じ、裏面で和睦することになり信義におとるものである。

よって、我が藩主は、幕府に対して戦《いくさ》の非のあるところを建言している。その返答があるまでは貴藩と親睦を結ぶわけにはいかない」

長州からは、前言と違うとの苦情があり、

「そうであるなら、幕府が長州討つべしとの方針を再度決めたなら、貴藩は兵を動かすのか」

これに対して、

「我が藩の建言は、長州への処置をはじめ、ここに至る起因を究《きわ》め、大本に基づいて行動を起こすべきであるとし、将軍慶喜公に直接申している。これらの主張がいれられるなら、貴藩と干戈《かんか》を交える考えはない」

このような折衝のうえ、両藩の和睦は成立しています。ただ、この交渉の背景には次のような事情があったことをおつなぎしておきましょう。

慶応二年七月、将軍家茂さまが逝去のあと、一橋慶喜さまが将軍につかれました。慶喜さまは幕府の再興を考えておられましたが、世の中は薩摩を中心に倒幕の勢いが増していました。十二月には将軍慶喜さまに信頼をよせておられた孝明天皇がお亡くなりになり、倒幕の大きな障害が排除され、長州藩主毛利さま親子の罪も許され、取り上げられていた官位も元にかえされました。

このような動きのなか、松江藩が長州藩と和睦の道を選んだことは懸命な措置であったと思います。ただ、交渉の過程で、長州兵が京へ登るため城下を通ることを拒んだことの裏には、戦に敗れた浜田藩の藩主をはじめ、およそ千人の浜田兵が松江に駐屯していたこともあったようです。戦に敗れた浜田藩に対して温かい手を差し延べられた定安さまのことについては次にお話しましょう。

## 五　浜田藩士の松江駐屯

浜田藩のお殿さまは松平武聰《たけあきら》さまといい、お生まれは水戸徳川斉昭《なりあき》さまの十子で、将軍慶喜《よしのぶ》さまの弟にあたられ、ご兄弟には鳥取の藩主池田慶徳《よしのり》さまや、岡山の藩主池田茂政《もちまさ》さまなど錚々《そうそう》たる方がおられます。松江のお殿さまと同じ松平を名乗っておられますが、少し血筋は違い、武聰さまの藩祖は六代将軍家宣《いえのぶ》さまの弟の清武《きよたけ》さまといい天保七年（一八三六）に関東の館林《たてばやし》から入っておられます。

奥方の寿子《すみこ》さまは、堀田家のお生まれで、その頃堀田家と定安さまの岳父斉貴さまの次女の吉姫さまとの婚約が成り立っていましたからご親戚といっていいかもしれません。そうした関係で浜田藩士の方が長州に追われて松江に駐屯を余儀なくされた時、寿子さまが何かと松江藩にお骨おりを願っておられます。吉姫さまのご結婚のお相手は老中首座の堀田正睦《まさよし》さまの四男の正倫《まさとも》さまで、吉姫はわずか五才でありました。吉姫さまの旅立の様子を記した書き物がありますので、蛇足のようですが紹介しましょう。

吉姫さまは安政五年（一八五八）四月五日に発っておられます。お守役は山口軍兵衛と荒木顕《けん》之允《のすけ》さまの二人、それに供廻りや医師、女中、徒《かち》、料理人、元詰《もとゆい》など総勢二十五人であったようです。この時吉姫さまは背丈ほどある長袖を着たお人形のようであったとのことでした。松江と江戸は普通は二十日の行程のところ吉姫さまの一行は三十日を要し五月五日に松平家の上屋敷《かみやしき》に入っておられます。途中では大名の行列や例弊使《れいへいし》とすれ違い、箱根の関所では女の方の髪改《かみあらた》めが行われ、大井川では大雨に遭われ、また道中で堀田正睦さまが自害されたとの噂が流れ、気苦労の多い旅であったようです。正睦さまが自害された噂は、幕府が朝廷の許しを得ず条約を結んだ責任から生じたものでしょう。

翌、安政六年（一八五九）四月に正倫さまと正式に婚約、文久三年（一八六三）に堀田家に入り、二年後の慶応三年（一八六七）八月十八日に結婚され、やがて一女を得られますが、明治十五年九月に二十九歳の若さで逝去《せいきょ》なさっています。結婚後に名を吉子と改め、茶道は勿論、書、和歌、俳諧に堪能であったといいます。夫の正倫さまは父の正睦さまの失脚の跡を継いで明治を迎えておられます。

元来、浜田藩主の松平武聰《たけあきら》さまは病弱で、長州との戦の折りには病の床に伏せておられました。長州に追い立てられたとき、籠城《ろうじょう》か城を明け渡すか悩まれましたが、結局城を捨て再起を図ることに決まり、お殿さまと奥方、それに嗣子《しし》の方を舟で城を脱出、日本海で漂流中を松江藩の二番八雲丸が救い出し杵築へお送りしたところまではお話しました。

武聰さまたちが杵築に入られたのが慶応二年（一八六六）七月十八日の夕刻でした。宿は藤間さまの宅にとられたようです。定安さまは翌日には藩兵を差し向け警護にあたっておられ、早速松江にお迎えするよう手配をつくしておられます。

松江藩では病のお殿さまをお迎えするのだからと、当時の袖師の家老三谷さまの別邸を用意されました。お殿さまが松江に入られますと、浜田藩士の方も続々と追ってこられます。その数およそ千人、松江藩ではそれらの方を城下の圓成寺《えんじょうじ》・洞光寺《どうこうじ》などに分宿の手配をなさっています。

『公伝』によりますと、食料費として上士には一日一貫二百文、足軽には八百文を、さらに朝は一汁一菜を、昼と夜は一汁二菜を支給したとあります。八月二十一日からはこれらの支給は取り止め、飯料や夜具、什器《じゅうき》など現物の支給に切り替えておられます。多分、現金の支給は浜田藩の方から辞退されたものでしょう。

定安さまはこうしたご配慮もさることながら、浜田藩の窮状に心をよせられ、同藩の復興に尽くされ、幕府に対して稟請《りんせい》しておられます。ただ、情勢は厳しく、将軍家茂さまならびに孝明天皇のご逝去がつづき、幕府と長州の講和もなり、浜田の領地の返還は棚上げにされたままです。ここに、幕府に稟請された副書がありますので、これをもって定安さまの心情をおつなぎしましょう。（読み下しています）

「松平右近将監（武聰）儀、先達も申しあげ候通り、当七月居城引払い以後、幣藩に奇遇仕り罷《まか》りあり候ところ、旧領回復の儀仰せ出され、厚き御仕向けをも成され候よしにて、君臣一同奮発仕り候えども、当節の自体、急に回復も期し難く、何分領地失い候については、差し向き家中の扶助《ふじょ》に差支《さしつか》え候趣《おもむき》承知仕り候。

同人家筋（家柄）の儀は、格別のご由緒もこれあり候ところ、右様の困窮に至り候段、傍観《ぼうかん》忍び難く存じ奉り候。何卒《なにとぞ》艱難《かんなん》の情態ご憐察《れんさつ》、家中の扶助相成《ふじょあいな》り候よう成《な》されたく、私よりも願い奉り候。……この段宜しくお聞取りの上、速《すみ》やかにご処置下され候よう願い奉り候。以上」

こうした定安さまの働きかけで、浜田藩は二万石の下賜の内約を得ておられます。

年が明けて慶応三年（一八六七）早々、幕府は長州征伐を中止することとなり、領地奪還《だっかん》の夢が破れた浜田藩の方は、作州にあります八千石の飛領に移ることを決意します。定安さまはまたそのことを憂い、二月十九日に再び幕府に封地がきまるまで、引き続き松江に奇遇《きぐう》されるよう嘆願しておられます。幕府からは、三月十三日に「許可し難し」との回答があって、三月の暮れ、浜田藩主の松平武聰さまは作州に向かわれました。家老大橋筑後さまが吉佐（安来）までお見送りされたとのことです。

定安さまの浜田藩へのご配慮はさらに続き、浜田藩は作州の地に鶴田藩《つるたはん》と名をかえ明治維新を迎えることになるのでございます。これらのことも定安さまの慈愛を示す一面だと思います。


もう一件、長州征伐の最中《さなか》に鳥取藩との間に起きた事件を紹介しておきましょう。この事件は『公伝』に記載はないのですが、のちに起きます鎮撫使事件と関わりがありますので触れることにします。事件は「因幡二十士《にじゅうし》事件」といいます。

鳥取藩の藩主は、水戸の徳川斉昭《なりあき》さまの子、最後の将軍慶喜《よしのぶ》さまの兄にあたられる池田慶徳《よしのり》さまです。この方は尊皇の志は高いのですが、何分徳川の血を引いておられ幕府を支持しておられましたが、藩内は過激な尊皇派が台頭していました。この尊皇派はことに京都で長州の尊皇派と手を結び過激な行動にでます。余談ですが、こうした背景があるから鳥取藩は石州口での戦に消極的だったのです。

ことの起こりは、慶応二年（一八六六）鳥取藩士の詫間樊六《たくまはんろく》という方を頭《かしら》とする尊皇派の方たちが、長州と気脈を通じて、京都の本圀寺で佐幕派の鳥取藩の重臣を襲い、三人を斬り一人を自害に追い込みました。殺された重臣の家族は仇討《かたきう》ちを狙います。その難を避けるため、鳥取藩では彼ら二十人を京都から呼び戻し日野郡の泉龍寺に監禁《かんきん》しました。

この監禁中、二次の長州征伐が起きたことを知った二十人の方は夜陰《やいん》にまぎれて脱走し、漁船で美保関を経て長州に向かいます。このことを知った鳥取藩の重臣たちの遺族は、ただちに仇討ちと彼らを追いますが、すでに陸を離れていました。そこで鳥取藩はその助力を松江藩に頼み、あわせて長州討伐のため今市（出雲）にいた鳥取藩士に協力を求めます。

一方、二十人の脱走者は海上風雨に悩まされ島根郡の手結《たすみ》の浦に避難します。取り調べた松江藩士は、異名を名乗っているが、彼らを問題の鳥取藩士とみて藩に届出、藩はこのことを鳥取藩に報告、そうした手続きでなかなか出港を許されません。そこで責任者の詫間樊六《たくまはんろく》ら五人を残して十五人が長州に向かいました。

間もなく鳥取藩の重臣の遺児たちが駆けつけますが、詫間は豪のもの激しく抵抗しますが、遺児たちは松江藩士の力を借りて彼らを討ち果たします。こうした経過をみれば一種の仇討ちなのですが、松江藩が力を貸したこと、さらに世が尊皇派の勝利となりますと、松江藩の立場は悪くなります。このことがこののちに起きる隠岐騒動や鎮撫使事件に鳥取藩が難癖《なんくせ》をつけられる原因にもなったようです。

打たれた詫間樊六さまは維新の功績者として扱われ、脱出した方たちはその後政府の高官に就いておられます。これも時勢というものでしょうか。

# 五章　鎮撫使事件

## 一　鳥羽・伏見の戦

こうして、多難にみちた慶応三年（一八六七）が終ります。明けて慶応四年は、九月に明治に改元されますから、古い時代は慶応三年をもって終ったとみるべきでしょう。ただ、この新しい年は鳥羽・伏見の戦で幕を開けます。

松江藩のこの戦への対応が、後々問題となりますので、戦《いくさ》の発端《ほったん》から話をすすめましょう。

慶応三年の十月に、将軍徳川慶喜《よしのぶ》さまは政権を朝廷にお返しになりました。慶喜さまのお考えでは、政権を朝廷に返しても、朝廷に国を治める力はないから、再び徳川に政権が返ってくる、そうすると徳川を中心に諸藩連合政権をつくる、そういった構想を描いておられたようです。松江藩のご親戚の松平春嶽さまや土佐藩主の山内容堂さまたちも、薩長連合をすすめた坂本龍馬《りょうま》さまなどもそうしたお考えだったようです。薩摩藩ももともと公武合体派でしたからそれに近かったようです。その薩摩藩が長州藩と組んで討幕の道に走るのです。公武合体をすすめた坂本さまは慶応三年の十一月に何者かに暗殺されます。犯人は今もって謎のままです。王政復古のひと月前になります。

慶応三年（一八六七）十月になりますが、何と、朝廷から長州に倒幕の密勅がだされます。一年前までは朝敵であった長州藩にだされたのです。この密勅はあとで分かったことで、当時は知る人は極一部に限られていたと思います。そもそもこの密勅が偽物《にせもの》であったという方もいます。

そして、十二月の九日、奉還された後の政治の在り方を決める会議が御所でおこなわれ、薩長を中心とする勢力は、徳川家を朝敵として糺弾《きゅうだん》し王政復古の号令を発したのです。

その会議には徳川慶喜さまはおいでになりませんでした。二条城で成り行きをみておられたのです。いや、何らかの沙汰《さた》があるものと期待しておられたのでしょう。ところが、自身は官位も領地も剥奪《はくだつ》し、朝敵とされたのですからおどろかれました。

慶喜さまを警護していた二条城にいる幕府の兵はいきり立ちます。この方たちはいまにも御所に攻め入らんばかりに激高し、危険を感じられた慶喜さまは、ひとまず大坂へ引き揚げられます。大坂城に集まった幕府の諸将の方は京へ攻め入るべしとの決意を示され、ここに鳥羽・伏見の戦が勃発するのです。

王政復古の大号令は十二月九日、鳥羽伏見《とばふしみ》の戦が起きるのが翌年の一月三日ですから、その間はほぼ二十日情報の伝達などで実質には十日ばかりの間に、それぞれの藩は態度を決めなくてはなりません。この時の立場のとり方でこれから生まれる新政府での論功が決まるのです。

では、松江藩主の定安さまはどのような立場をとられたのでしょう。

この松江藩の命運を決める重大な事実が、『公伝』には多くを語ってありません。のちの世が薩長主導の政権になりましたので迫力に欠けたものとなったのでしょう。何分松江藩は親藩ですから、おいそれと幕府を見限ることはできなかったことでしょう。

さきにも述べましたように、事態は十二月の九日から起きています。そののち江戸の武力討伐への旗色は薄れていたといいますが、そこで西郷隆盛《たかもり》さまは挑発の策をとられ、江戸で騒動を起こし、治安に当たっていた幕府方の庄内藩が薩摩藩邸を襲います。それを聞いた大坂城で待機していた幕府方は、薩摩を討つべしと燃え上がり京都へ攻め上ります。だから戊辰戦争の起こりは薩摩藩と幕府方の私闘だという人もいます。

そして戦は翌月の三日です。年内には態度を決めねばなりません。ことは京・大坂で起きています。定安さまや重臣の方の指示を待つ余裕はありません。

わたくしたちは、結果からみますが、この時点での兵力は徳川方が一万五千人、一方の薩長土芸の四藩がおよそ六千人、しかしそのなかで出動したのは千五百人といわれ、圧倒的に徳川方が勝《まさ》っていました。各藩は旗幟《きし》を明らかにすることを迷ったことでしょう。

『公伝』では、旗幟を明らかにする評議には触れず、戦の帰趨《きすう》が明らかになったところから書き起し、次のように記しています。

「慶応四年（明治元年）正月三日、徳川慶喜《よしのぶ》（旧将軍）兵を率いて大坂を発し、京に上らんとして薩・土の兵に拒《こば》められ、鳥羽伏見に敗績《はいせき》して、一朝前途を誤れる翌日、我が藩の京都守衛兵三十八人、大坂に着す」

この記述を読みますと、松江藩は正月三日、四日、五日とつづいた鳥羽・伏見の戦には参戦しなかったようにとれます。ただ、これは京都にいた兵士のことで、大坂にも藩士はいたでしょうから、彼らが参戦したかどうかはいまのところ不明です。つまり、どちらに付くかの評議の過程は『公伝』は省《はぶ》いてあります。つづいて、

「隊長斉藤久米、もとよりこの情勢を知らず。閣老板垣周防守に謁して旧幕軍に参せんことを請《こ》う、閣老告げるに陸軍所に出づべきを以《もっ》てす」

ここにある「この情勢を知らず」とは、徳川慶喜さまが朝敵に名指しされたということでしょう。その慶喜さまは八日には僅かな供を引き連れ大坂を離れ、海路で江戸に向かっておられます。慶喜さまとて尊皇の志は厚く、朝廷に弓矢を引いたことを慚愧《ざんき》なことに思われたのです。松江藩が参戦する申し出を受けた板垣周防守も慶喜さまの側近として大坂を後にしておられます。『公伝』はつづいて、

「たまたま、観察坂本丈平（後耕雲と改む）この事を聞き、我が京都守衛兵を以て幕軍に参する如きは、即ち朝命に悖《もと》るものにして、また主命に反するものなり、かつ、これらの動静のため、朝敵の名を蒙ることあらば、我が藩の大事なりと、すなわち馳《は》せて斉藤隊長に面し、守衛兵の向背を論議す。隊長よって急ぎ軍務係及び頭役など数輩を会合してこのことを詢《はか》る。席上議論百出して容易に決せず」

議論は、親藩としての大義と、すでに錦《にしき》の御旗《みはた》を掲げている薩長側につくのか大変な論争で、なかには刀に手を掛けた方もいたことでしょう。文中「この事を聞き、」は、斉藤久米が旧幕軍に参戦することではないでしょうか。

そこへ京都から新たな情報がはいります。『公伝』はつづいて、

「時に使番役添勤松本仙六、在京執政の命を受けて来坂し、斉藤隊長に面して急速上京の事を促す。隊長以下ここに於いて蒼皇《そうこう》、大坂を発し、路《みち》を宇治に取り、同八日京都に入る」

蒼皇とはあわてふためくことをいいます。松本さまは、

「何をぐずぐずしている。お前たちは松江藩を朝敵に落とし入れるのか」

蒼くなって大坂を引き揚げられた様《さま》が、この短い文章でわかります。この選択は松江藩にとって救いでした。もしも、このまま大坂に留まっていたら、これから起きる鎮撫使事件でさらに追い詰められたことでしょう。

こうして京都に帰られた藩士の方は、直ちに太政官に報告、のちに山崎関門の警護にあたられました。ここにおいて松江藩は朝廷軍の傘下《さんか》にはいったのですが、朝廷をあやつる薩長は、我が藩に疑念があるとの理由で鎮撫使を派遣しますが、これは事実に反しています。鎮撫使の来藩は、藩の存亡をかけた危機を迎えることになるのです。

補足しますと、『公伝』にもその他の資料にも、鳥羽・伏見の戦《いくさ》に松江藩が幕府方として出兵したかどうかの記載がありません。世が薩長政権になったこと、このあと鎮撫使が松江藩にきた

ことなどのため、資料が紛失したのでしょう。

ただ、戦に加わった浜田藩（作州では鶴田藩）は、五十人を二隊に分けて幕府方に参戦しましたが、帰還した兵士の方は全員が謹慎処分を受けて山奥に入っておられます。また伊藤隊長は戦死、もう一人の佐野隊長は朝廷に弓矢を放ったとして謹慎、責任をとって朝廷に切腹を申し出ておられますが、その許しは出ていません。佐野さまは郷里に居づらくなり、屯田兵として北海道に渡っておられたとの噂です。

なお、浜田藩（鶴田藩）としてもこの参戦の責任をとって、ご家老の尾関隼人《はやと》さまが京都の本圀寺で自裁《じさい》なさっています。松江藩にそうした事実がないところをみますと、幕府方に加わった方はなかったのでしょう。もっとも鎮撫使事件で述べますように、京都の新政府と出先の鎮撫使との意思が違い、このことが松江藩をより一層危機に追い込みます。その前に鎮撫使事件の前哨ともいえる「八雲丸拘禁事件」にふれておきましょう。

## 二　八雲丸拘禁事件

鳥羽・伏見の戦は、慶応四年（一八六八）正月三日に起きています。この戦はクーデターですが、発端《ほったん》は、十二月九日に京都の小御所でおきました。仕掛けたのは薩長で仕掛けられたのは徳川幕府です。勿論、去就を明らかにしていない藩が多数でした。どちらかというと西日本に薩長を支持する藩が、東日本に幕府を支持する藩が多かったようです。

松江藩は藩主の定安さまが徳川の親戚だということで、基本は徳川に忠誠を尽くし、そのことが尊皇の道に通ずるとの立場であり、まして、慶応二年には長州と戦火をまじえていますから、本心としては幕府支持だったと思います。ただ、鳥取や広島（安芸）が長州を支持していますから、この周辺の情勢では幕府側に立つことは困難だったのでしょう。

松江藩も、鳥羽・伏見の戦で幕府が薩長に敗れてから、幕府一辺倒の外交に修正し、情報の収集につとめ、幕府に政策の転換を求める請願書を出し、また、長州との講和も積極的にすすめてこられました。孤立することは避けたかったのでしょう。

さきの項でも触れましたように、松江藩が鳥羽・伏見の戦に幕府方として参戦した事実はつかめません。幕府方に組みすることを、寸前でとどまっておられます。そして、戦《たたかい》ののちは山崎関門の警備の任についています。こうした事実をたぐっていくと、松江藩は鳥羽・伏見の戦《いくさ》では薩長（朝廷）側にあったといって間違いないと考えます。

ところが、朝廷は「山陰道鎮撫使」という使者を山陰道に派遣し、つまるところ松江藩がその標的にされ、あたかも敗戦国を処するような過酷な振る舞いをしたのです。この事実を掘り下げてお話しましょう。

もともと「鎮撫使」とは、奈良時代に地方の治安と監察を役目とする官職として、東海、東山、北陸山陰、山陽西海、南海の五道に設けられていたものです。王政復古とはいえ古い制度を持ち出したものです。

戊辰戦争では、徳川幕府討伐のため、鎮撫総督が設けられ、総督に隠岐出身で明治天皇の侍講を勤めた中沼了三さまの信頼をいただいていた仁和寺宮朝彦《にんなじのみやあさひこ》（中川宮）さまが就かれますが、この方は公武合体派で長州の尊攘派を京都から追放した「八月十八日の政変」を主導して長州藩に嫌われ間もなく、有栖川《ありすがわ》熾仁《たるひと》親王《しんのう》さまが就任され東海道、東山道、北陸道から江戸を目指してすすまれました。だから俗謡に歌われている、

宮さん　宮さん　お馬の前に

ひらひら　するのは　なんじゃいな

この唄の宮さんは有栖川熾仁親王さまのことです。隠岐出身の中沼了三さんが親身になさっていた中川宮さんは一月下旬頃、役を解かれた徳川慶喜さまと通じていた罪人として広島藩にお預けになります。

鎮撫使が設けられたのは東海道が正月の五日、東山道が九日と鳥羽・伏見の戦の勝敗が明らかになってから設けられています。仁和寺宮《にんなじのみや》（中川宮）さまは、五日の昼過ぎ錦の御旗を掲げて鳥羽・伏見の戦場においでになった方で、これで一挙に朝廷（薩長）側が優位にたったことはご承知のとおりです。

この正月五日に、山陰道鎮撫使は京都を発っています。今申しましたように五日という日は、戦の最大の山場でたたかいの白黒はついていません。この日に江戸や大坂と反対の方向の山陰に

向かって京を発っている意味はなんでしょう。

　山陰道鎮撫使の総督はのちに総理大臣となり、大正から昭和の初期に元老として活躍した西園《さいおん》寺公望《じきんもち》さまでした。その頃、齢は十八歳であったと聞いています。また、従う兵士も鳥羽・伏見の戦のさなかですから多くを割けず、長州と薩摩から少数が加わっていたとのことです。

　この山陰道鎮撫使の目的とするところは、もしも、京における戦に負けるようなことがあれば、天皇を担《かつ》いで丹波路から山陰に抜け、長州に玉座を移す布石であったという噂があります。長州の方は天皇のことを「玉《ぎょく》」といって、将棋さながら玉を押さえるとか、玉を取るとか申されていたので単なる噂ではないと思います。

　多分、山陰道鎮撫使の方たちは、京都で繰り広げていた戦の進展を気にしながらすすまれたことでしょう。それは少人数でありゆっくりした足取りであったそうです。

　そこに、戦《いくさ》は朝廷（薩長）側の勝利との知らせが入り、それまで日和見の立場にいた諸藩は先を争うように朝廷支持に旗色《はたいろ》を鮮明にします。一行が丹波路《たんばじ》にはいると勤皇を掲げていた平野国《こみ》臣《おみ》さまが馳せ参じ、これを期に人数も増え勢いづいてきます。

　どうも、山陰道鎮撫使の一行は、行くところ各藩が無抵抗で恭順をしめしますものですから、はじめの目的から飛躍して、気分よくそのまま西に向かわれたようです。丹波路では宮津藩《みやづはん》が態度を明らかにしていませんでした。一行は当面の目標を宮津藩に定めて圧力をかけてまいります。この宮津港に運悪く松江藩の二番八雲丸が寄港していて事件がおきたのです。では話をこの事件の顛末《てんまつ》に移しましょう。

慶応四年(一八六八)、正月十四日、二番八雲丸は大井(朝酌)の母港をでて京都に向かいました。京都にはその頃定安公は天皇を護衛の目的で兵を率いて京都へ向かわれました。だから新政府の擁護立場で、その駐在している藩士の方の食糧を補給するためです。その頃は冬場で日本海は風雨《ふう》が激しく、航行が困難のため美保関に引き返し、十八日午後出港しましたが、再び暴風雨にあい、やむなく但馬の津居山《ついやま》港にはいりましたが港の設備が悪く、この港をでて午後八時すぎにかろうじて宮津港に避難しました。この様子を『公伝』では次のように記しています。

「時に我が艦(二番八雲丸)の同港に入るや、同藩にては、その雄姿を認めて大いに狼狽し、これ或は徳川氏の海軍が我が沿岸を威嚇《いかく》するものならんと誤解し、同港の埠頭《ふとう》および台場には、人馬の往来激しく、かつ数百の提灯《ちょうちん》織るがごとくに右往左往したり」

宮津藩のあわてふためきの様子が分かります。この藩は鳥羽・伏見の戦で徳川方に加わって参戦し、敗北し藩主は入京を拒否されていて、さらに山陰道鎮撫使がくるというので神経がいらだっていたのでしょう。とにかくここは早々に引き揚げて欲しいと重役がきて、次のように申し込んでいます。

「明後二十一日、山陰道鎮撫使の一行、来宮のはずにて、その先発隊すでに到着せり、よって貴艦の積荷および乗組員の氏名を承りたし」

八雲丸ではそれらの書類を作成して提出したようですが、翌日、再び参られて、「弊藩主、目下閉門中、しかも鎮撫使明後日をもって来着あらんとし、一藩士民、非常に憂慮《ゆうりょ》せり、願わくば即刻出航あらんことを」

徳川方に組みした宮津藩が、鎮撫使に戦々恐々としているさまがうかがえます。八雲丸は補修を急ぎ、同港をでて敦賀《つるが》に向かいますが、ここでも難題が待ち受けていました。同港の運送方が荷揚げに躊躇《ちゅうちょ》して積荷が降ろせません。止む無く京に使いを走らせ、定安さまの指示をいただいて荷揚げを終え、正月の二十六日午後八時頃にようやく帰路につきました。

ところが、その日も風雨が激しく、気罐《きかん》に故障が生じ、再び宮津港にはいり修理することになりました。

宮津藩は動転し、ひそかに八雲丸に来て次のことを告げてくれました。

「鎮撫使、すでに昨日但馬へ向けて発程せしも、なお長州藩士ら十余名、同港に在り、その態度すこぶる傲岸《ごうがん》なり、急ぎ出港せらるべし」

八雲丸では、その好意に礼をいい、昼夜兼行《ちゅうやけんこう》で修理にあたり、出港を急いでいた矢先、二十九日に宮津藩の重役が八雲丸にきて、轟然《ごうぜん》と、

「詮議《せんぎ》の次第がある。もって船将をはじめ士官の面々、いずれも鎮撫使本営に同行すべし。しこうして、船体は事が落着するまで拘禁する」

と、言い放って六人の宮津藩士の方が乗り入り、士官室を封鎖し、そのうえ松江藩の藩旗を降

ろし、ついには宮津藩の旗を揚げ八雲丸を収容してしまいました。

松江藩士の方は悲憤慷慨《ひふんこうがい》しますが、鎮撫使の命令であると宮津藩士の方は強行です。さらに下船を命じ船宿《ふなやど》の江尻屋に押し込め謹慎処分をいい渡します。同乗組員の方は四十九人であったといいます。松江藩士の方はただちに使いを京都に走らせ、在京の定安さまに顛末《てんまつ》を知らせます。このとき、八雲丸には船長が不在でした。その理由は分かりませんが、これも不運のひとつです。

宮津藩では、乗組員のうち四人を鎮撫使のいる但馬に護送し、残る乗組員は江尻屋《えじりや》の一室に閉じ込め、外出はもとより私語も禁止され端座して命を待たされました。その間、一室の周りには宮津藩の徒目付《かち》の方が足軽などを従えて厳重に監視しています。

二月四日、連行された四人のうちの一人が帰ってこう伝えました。

「我ら四人、長藩の訊問《じんもん》を受けたが、結局、国政に関与していないことが認められ、任意に帰国を許すとの沙汰を得た。一人のみは急ぎ帰艦して修繕にあたれとのことで、自分一人帰ってきた」

この報告を聞いて、一同胸をなでおろし、帰国の準備に取り掛かりました。

ところが、二月十六日になって宮津藩の大目付や町奉行所ら役人が宿にきて、帰国にあたって次の誓文書を出せと申してできました。（原文は漢文）
一、勤王に二心ご座なく候こと
一、主人、松平出羽守、万々一異心ご座候とも、二番八雲丸乗組員の者ども、王事に尽忠《じんちゅう》のほか、他念ご座なく候以上は士官から差し出すもの、水夫から差し出すものには、二番目の項目が次のように変えてあります。

一、この上、如何ようの儀ご座候とも、二番八雲丸乗組員の者どもに於いて、官軍のお差図に
　従い、尽力の外、他念ご座無く候こと

士官には署名のうえ血判を、水夫には爪印を求めてありました。突きつけられた乗組員は顔色を失い全員で協議します。問題は二項です。この文案によりますと朝廷から命令があると、定安さまに逆らってでも王事に就けということで到底納得できるものではありません。結局、在京の定安さまの指示を仰ぐべきだとして、使いを京へ走らせ、宮津藩に対しては、

「我らは単に八雲丸の運転士にして、国政に参与する者ではない。いわんや船長も乗艦しておらず、まして本艦を官用に供するごときは、重役の許可を得てできることで、今、在京の殿に問い合わせ中につき、暫時猶予《ゆうよ》を願いたい」

しかし、宮津藩は強行で、

「もし、この文案に違背されるとあらば、その筋の内命あるをもって、断固たる処置にでる」

乗組員らは、

「しからば、『主人出羽守万々一異心ご座候とも』の数字を削除されるなら、命に従う」

ところが、宮津藩は、

「この数字こそ起請文《きしょうもん》の主眼にして、一字一句も改めることは許さん」

松江藩の乗組員は最後の決意を表します。

「我らは、すでに京都の重役方に伺い中なれば、急使が帰着するまで猶予《ゆうよ》をいただきたい。しかも、これすら許容されないとあらば、相当の処分を受けんのみ」

宮津藩からは、

「さらば、明十七日午前八時をもって期限とする。これは、京都からの返報の如何にかかわらないものである」

こうした折衝が深夜にまでおよびました。この宮津藩の頑強《がんきょう》な姿勢は、勿論、背後にいる鎮撫使への配慮によるものです。先にも申しましたように、宮津藩は徳川方に組みして鳥羽・伏見の戦に兵を出しています。それ故に、鎮撫使に藩の生殺与奪《せいさつよだつ》の権を握られ戦々恐々としていたのです。

松江藩の乗組員の方が外の気配をさぐりますと、宮津藩の兵士が数百人武器を携《たずさ》えて宿を包囲し、篝火《かがりび》をたき、殺気立ちまさに戦がはじまるばかりの様相です。このため付近の住民は先を争って避難しています。

翌二十七日早朝、京へ走った使者が着き、定安さまからの親書が届きました。そこには次のように記されていました。

「起請文のとおり、鎮撫使の命にしたがい、書面を提出すべし」

この決断をくだされた定安さまの心境は、慙愧《ざんき》に耐えないものがあったと思います。このご裁決により、我が方から起請文を提出する旨を宮津藩に伝えますと、同藩は喜びかつ安堵し、同藩立会いのもとに乗組員一同それぞれ記名のうえ血判を押して鎮撫使に提出しました。

三月四日には、宮津藩から、お陰様で勅使が発たれたとの報告があっていますから、我が藩（松江藩）に対する強硬な措置もまったく鎮撫使へ気を使ってのことだったのです。四月二十九日には新政府から、この件について次のような達書をいただいておられます。（読み下しています）

「達書　　雲州

勅使ご出張中、ご不審の節これあり、宮津表（へ）その蒸気船お差し止めあいなり候ところ、この度寛大のご処置をもってお返しにあいなり候。夫々受け取りいたすべく候こと。ただし、鉄船の分、ご用筋これあり候に付き、早々但州津居山港まで差し出申し候こと。

裁判所　御役所」

この達書を受けてでしょう、京都の高橋伴蔵さまから八雲丸の乗組員に、次のようなお知らせをいただいています。この事件の顛末《てんまつ》を知るうえで参考になりますので掲げておきましょう。（読み下しています）

「一筆申し入れ候。本船この度お返しに相なり候あいだ、別紙の通り一昨日お差図これあり、なお宮津へもお差図あいなり候あいだ、彼方と示合《しめしあわせ》受け取りこれあるべし。かつまた、この度隠州（隠岐）への遠島人（罪人）三人右お船へ乗り組みのため、送り遣《つか》わさる議定につき、明三日に出立、来る六日に宮津表へ着の積りに候。お船受け取り方あい済み、右遠島人その表に着込み候わば、早々お船出帆候よう手配あるべく候。もっとも直ちに隠州へ着船いたし候ては不都合につき、一旦大井沖へ乗り入れ候筈に候。……」

これによりますと、遠島の罪人三人を隠岐島へ護送することをいいつけられておられますが、これが八雲丸の新政府での初仕事となります。

この項の末尾を『公伝』は次のように締めくくっています。

「ただ、この際、宮津藩が我が汽艦に対して、かくも厳重なる処置にいでしは、当時同藩は、佐幕派をもって目せされ、鎮撫使の来着に接し、始めて勤王を誓へる関係上、この際その忠誠を表せんため、特にこの挙にいでしと伝える如き、時勢の趨向《すうこう》に拠るところとはいえ、また我が藩として一災厄《さいやく》たりしたり」

なお、日付は閏《うるう》四月となっています。国許の松江では一月の末に鎮撫使がきています。松江では八雲丸拘禁事件を上回る大事が発生していました。

宮津を後にした鎮撫使一行は、なお西に向かいます。その目的が明らかでありませんが、わたくしが申したように、鳥羽・伏見の戦に敗れた場合に、玉座を西に運ぶ使命なら、戦に勝ったのですからその目的は解消したことになります。鳥取は新政府側ですし、松江藩もさきに申しましたように、戦には加わらず勤皇を表明していますから、この時点で西に向かう理由が成り立ちません。(浜田は長州が占領しています)

わたくしが思いますに、鎮撫使一行の行くところ各藩は平身低頭して恭順を示します。気をよくした一行は、徳川の親藩であり、財政的にも恵まれている松江藩に標的を定め西に向かったのでしょう。

もう一点、鳥取藩の存在があると思います。さきの達書の奥書に、

「右の通り総督府より御沙汰これあり候こと。

雲州御留守居中　　　因州（鳥取）」

とあります。つまり、鳥取藩が仲立ちしているのです。このことは鎮撫使一行のなかで鳥取藩の権限がかなり大きかったことを表していると思います。これから鎮撫使は松江藩に向かい我が藩を苛《いじ》め抜くのですが、そのお話の前に我が藩の軍艦、一番・二番の八雲丸のその後、ついては松江藩の海軍の終焉《しゅうえん》について触れておきましょう。

まず、木艦の二番八雲丸は、さきに話しましたように老朽化が激しく、修理のために立ち寄った宮津港で鎮撫使からいらざる疑念をよび、宮津藩に拘留《こうりゅう》されるという悲運にみまわれました。こうした実情をふまえ、二番艦の売却を決意し、慶応四年（明治元年）六月十二日に長崎に回航して売却、この代金で小銃などを購入しています。

一番八雲丸は、同じ年の七月、萩に回航して長州の兵を越後の柏崎に移送しています。二年前の慶応二年六月の長州征伐の折、その緒戦で大島を攻撃した本艦が、今度は長州の用に尽すとは

時の流れとはいえ慙愧の念が隠せません。

柏崎には七月二十五日に着き、二十七日には同港を出て今町沖に停泊、二十八日に錨《いかり》をあげ二十九日午前三時に能登国《のとのくに》珠数郡寺宗村（珠洲岬《すずみさき》）沖に差しかかったところで、暗礁に触れ破損してしまいました。幸いにも乗組員および積荷などはことごとく陸揚げできましたが、午後二時ごろ同艦は救助の甲斐もなく沈没、海の藻屑《もくず》と消えてしまいました。その知らせを聞かれた定安さまは次のように仰せになったと『公伝』は伝えています。

「我が藩、八雲艦を購入せし以来、将軍家の上洛を始め、しばしば公私の用便を達し、特に今回、朝廷の用途に役立ち、その功見るべきもの多かりしに、今や不幸にして沈没せり、遺恨《いこん》かつ耐えむ。そのなか乗組員および積荷らことごとく無事なりしは不幸中の幸いとすべし」

その言葉のなかに定安さまの無念さがにじみでています。老臣の方々はその意を察して次のように申されました。

「近年、国事多端、したがって出支多く、国（松江藩）すこぶる窮乏《きゅうぼう》を告ぐ。しかし、汽艦のごときは一日もなかるべからず、速やかにこれを衆議に付し、再造の策を講じん」

勿論、定安さまも応諾《おうだく》なさったでしょうが、この時期に軍艦を購入することはたやすいことではありません。ただちに重臣の方の意見を求められました。重臣の方々は、

「このごとき汽艦、我ら心力を尽して購求するべきである。しかし、支出の大きさに悩むならば、速やかに鈴木半左衛門を長崎に遣わし、洋人に談判して代金延べ払いのことを承諾させ、もって

適当の艦船を購入することとしたい。もし、不幸にして適当な艦船がない場合は、適宜《てきぎ》に新造を訂約し、その竣成《しゅんせい》を見るまでに、代金を具面《ぐめん》することとしたい」

と、そのように衆議一決しました。このことを定安さまにご報告されますと、大層お喜びになり、鈴木半左衛門を長崎に遣わせになりました。

鈴木さまは、慶応四年（一八六八）八月二十三日に松江を発っておられますから、一番八雲丸が沈没してひと月足らずのことになります。定安さまがいかに艦船に心をよせておられたか伺い知ることができます。

鈴木さまは、九月二日に長崎に着いて、ただちに英人の経営する「グラブル商会」を訪ねておられます。「グラブル商会」とは今いう「グラバー商会」のことなのでしょうか。たまたまグラブル氏が不在でしたが、会長のホーム氏をとおして上海やその他の港に当たって探し求められましたが、適当な艦船が見つかりません。やむなく新艦を建造することとして、グラブル氏が滞在する大坂に足を運び、十一月五日次のような新艦の建造を契約されました。（　）は一番八雲丸。

船体―鉄骨にして木造　　　　　　（一番八雲丸）

・造船所―英国　　　　　　　　（英国）

・船長―二百二十呎　　　　　　（一九二呎）

・船幅―三十五呎　　　　　　　（　二七呎）

・甲板―二重

・馬力―　百　（八〇）
・大砲―十二門　（六門）
・小銃―八十門　（五〇挺）
・代価―　十三万五千ドルラル

右、新製起業より落成の上、長崎港へ廻艦
期間―十八ヵ月。ただし起業より三十六月間に全額払い込み。
大要以上のような契約を結び、九月十八日に大坂を発ち松江に向かわれました。鈴木さまには藩の英学教授の吉井禮蔵さまが同道なさったようです。

鈴木さまのご報告を聞かれた定安さまは大層喜びになられ、二十九日には、家老の平賀縫殿《ぬい》さまと鈴木さまに渡欧を命じておられます。定安さまがいかに藩の海軍にご執着であったか伺い知ることができます。

お二人には、別に物産学を修めることも命じておられます。行く行くは藩に物産局を設立するご計画をお持ちであったようです。新しい時代に即応した産業の育成も頭に描いておられたのでしょう。

そして、十二月二日定安さまから離盃《りはい》を賜り大坂に向かわれました。平賀さまは大坂にあって物産局の設立の用務に携わっておられた矢先、隠岐騒動の事件の顛末の訊問《じんもん》を受けるため京都に呼び出され、政府に拘禁《こうきん》されるという悲運にあわれ、渡欧の夢ははかなくも消え去ります。もう少し早く日本を出立されていたら、平賀さまの運命も、また松江藩の産業にとりましても違った未来が待ち受けていたことでしょう。

年がかわり、明治二年（一八六九）になりますと、新政府が動き始め、六月には版籍《はんせき》（土地・人民）奉還が施行され、定安さまも松江藩を朝廷にお返しになり、藩知事に任命され、新政府の配下に属されることになります。

ここにおいて、新艦購入の契約も自然消滅となり、松江藩の海軍もそれとともに終焉《しゅうえん》を迎えることになりました。

平賀さまの拘禁のことについては、後ほど隠岐騒動のところでお話しようと思いますが、白洲に呼び出されて訊問《じんもん》を受け、他家に預けられるなど罪人として扱われ恥辱《ちじょく》を受けておられます。

話は大分さきにすすみましたが、その後の山陰道鎮撫使を追っていくことにしましょう。

## 三　鎮撫使事件

### (一) 鳥取藩の周旋

慶応四年正月十二日、朝廷は松江藩と浜田藩に対して次の詰問《きつもん》をだしています。（読み下しています）

「今般、御復古につき、雲州および石州浜田等取調べの儀仰せ付けられ候あいだ、両藩申合わせ、その情実糾問《きゅうもん》の上、巨細《こさい》言上仕るべし。なお卒急《そつきゅう》の儀は、西園寺三位中将へ相尋ね候よう仕るべく、ご沙汰に候こと」

さきにも申したように、山陰道鎮撫使の京都の出立は正月五日でした。朝命が発せられた十二日はすでに勝敗は決していますし、新政府の目は関東にあり東海、東山、北陸の三道に倒幕軍、即ち鎮撫使が発せられていました。わたくしが思いますに、山陰道鎮撫使のお側の方々は、そこでおめおめ引き返すこともならず、東に向かった征討軍が江戸城を攻撃するなど戦果を挙げているることを聞くに付け、戦果を挙げるため松江藩鎮撫という新しい目標をかかげて、そのまま西に向ったのではないでしょうか。

もう一つ考えられるのが鳥取藩の存在です。京都を出発のときの鎮撫使一行は、薩摩と長州の僅かな兵であったと申しましたが、西に行くに従って兵は増え、ことに鳥取の兵が大挙して加わったようです。

『公伝』には、「因長二藩」と記されていて、鳥取を重要視しています。このことについては、八雲丸のところと手結《たすみ》事件(因幡二十士事件)の折に触れましたが、もう一歩踏み込んでみましょう。

幕末の事情は鳥取藩と松江藩は似たところがありました。鳥取の藩主池田慶徳《よしのり》さまは徳川斉昭《なりあき》さまの子で、親藩である松江藩と立場は同じでした。慶徳さまの伝記には「尊皇敬幕攘夷《そんのうけいばくじょうい》」であったと記されています。何分慶徳さまは斉昭さまの子ですから、藩の建て直しは水戸藩を手本にすすめられ、実効があがらないと藩内に反発が生まれ、その派が長州の過激な攘夷派と結びつき、血を流す事件へとすすみました。

こうした経緯があるため、二次の長州征伐でも奇怪な行動をとっています。石州口の戦で大敗し、幕府軍の指揮をとっていた紀州藩の家老安藤さまに戦意がなく交代させられ、一時鳥取藩主の池田慶徳《よしのり》さまに総督の指名がありましたが、国許から異議があり、それを断って鳥取に引き揚げておられます。ただ、兵隊だけは残されていたようですが、戦意はなくなっていたことでしょう。つまり、長州と通じていたのです。

このように鳥取藩は修羅場《しゅらば》をくぐって新政府に加担してきました。鳥取藩士には、維新への革命に我らは血を流して戦った。しかし、その間松江藩は泰平をむさぼっていたではないか。この意識が鎮撫使に加わった鳥取藩士にあったのではと思います。

もう一点、鎮撫使事件を複雑にしたものに隠岐事件があります。このことは別に項を設けてお話しますが、隠岐の尊皇派が鳥取の尊皇派と提携《ていけい》して松江藩に反抗したものです。さて、前置きはそれぐらいにして事件そのものの話にはいりましょう。

鳥羽・伏見の戦の勝敗が決したのちの松江藩の外交方針の選択には異論があったことが想像されます。何分松江藩は徳川幕府の親藩です。また、その頃は奥州の諸藩は新政府を容認していません。さらに将軍徳川慶喜さまは、上野の寛永寺《かんえいじ》に入って謹慎しておられ、それを無視して討つことが武士の道に反し、非道の処置ではないかという意見がでるのは当然のことです。定安さまは悩まれたと思います。

まず、広島（芸州）に使者を送って、広島藩が新政府を容認していることを確認しておられ、つづいて隣国の鳥取藩にも使者を送っておられます。これらの情報をもって定安さまは王事に尽すことに決し、新政府容認の決断をくだされます。これが正月十六日のことです。この決定は、去就に迷っていた諸藩のうちでは早い方です。そのうえ定安さまは勤王のお気持ちをもっておられたので、朝廷に対して反逆など全くお考えはなかったのです。

松江藩の藩論を勤皇一途と定められると、ただちに藩士に告知され、また太政官に報告しておられます。そして、十九日には自ら王事《おうじ》に尽すと申されて、後事を世子の瑶彩麿《ようさいまろ》さまや重臣の方に託して、またその頃、定安さまは体調を崩しておられたようですが、その病をおして京都にのぼっておられます。世子の瑶彩麿さまとは、先代斉貴さまの長男で、定安さまが斉貴さまの養子に入られてのちにお生まれになられた方です。

後事を託されました重臣の方々は、まず鳥取藩へ打診をされています。それは、旧幕府に加担した姫路並びに伊予の松山藩に対して朝廷は討伐軍を差し向けていまして、中国筋の諸藩はこの討伐軍に兵を差し出し勤王の証《あかし》をたてています。松江藩もこの討伐軍に参入すべきかどうか、鳥取藩にご相談にあがられたようです。その頃、鳥取藩は新政府の一角を占めていたから、その筋の打診と鎮撫使への対応をご相談なさいました。

ところが、この時のご返答が実に曖昧なものであったといいます。そのご返答のつもりでしょう、一月二十四日に鳥取藩士の白井晁介《ちょうすけ》さまが参られ、先日の回答だと云って次のような内容の書簡を提示されました。

「過般照会ありし山陽四国征討軍へ応援の件は、姫路・高松両藩はすでに降伏し、四条卿（征討総督）は、すでに凱旋ありしをもって出兵の要なし。また、貴藩の国論が勤皇にあることは、過日の使者の言により了知せるも、日ならず山陰道鎮撫使下向あるをもって、今一層確固たる国論を聴取せよとの主命を蒙り、よってきたれり。請う、世子よりの一書をもってこれを確かめん。」

松江藩では、三谷、大橋、大野の三人の家老の名をもって次の文書を鳥取藩主に託されました。

（読み下しています）

「兼々、出羽守（定安）より申し聞きおき候ところは、挙国王命を奉戴《ほうたい》致し、微衷《びちゅう》を効《いた》したき趣旨にこれあり、末家（広瀬・母里）とも同様申合せ候段、宜しくご承知くだされ候。

近々、鎮撫使ご下向については、国論確定のところ、兼ねてご承知成されたき旨、使者をもってお尋ね、承知いたし候。もとより出羽守（定安）においては、一途に王命を奉戴《ほうたい》いたす趣旨にて、すでにこの度上京致し候ほどの儀、国議はこれまでも追々仰せ進められ候ことに候ところ、改めてお尋ねに付き、一通り瑶彩麿よりも申し候えども、なお巨細の儀は銘々供よりお受け申し候」

こうした隣国、鳥取藩の詰問《きつもん》に、誠心誠意答えておられます。そこには話せば分かっていただけるという判断の甘さがあったようです。ところが定安さまの見られるところは違っていました。

定安さまは一月十九日に松江を発ち、その頃播州《ばんしゅう》の佐用《さよう》という宿場におられましたが、松江藩をめぐる不穏な状況を察知して、お側に仕えていましたわたくしの夫雨森《あまのもり》謙三郎さまに親書を託し、松江に返しておられます。夫謙三郎も病をもっていました。この寒さの時期、中国山脈を越え松江に返ることはさぞ難儀なことであったことでしょう。兼三郎さまは松江に一月二十七日に着いておられます。託された書簡には次のように記されていました。（読み下しています。）

「この節の形勢、いかようの変動も図り難く候あいだ、諸事鎮静自重《ちんせいじちょう》を旨として、容易に点謀《てんぼう》に陥《おちい》り申しようのこと、これなきよう心得るべきこと」

点謀の「点」は悪賢いこと、「謀」ははかりごとやたくらみ、つまり隠忍自重して悪賢い策謀に陥るな、そのように申しておられるのです。

この書簡をいただかれた老臣の方々は、この親書を写し家中に配布しておられます。これまで家中は甲論乙駁《おつばく》収拾のつかない有様であったのですが、この親書をもって藩論を統一することができたのです。定安さまの聡明なご判断に尽きます。

翌、一月二十八日には、参政の仙石城之助さまを鳥取に派遣され、二月二日に鎮撫使への対応をいかように取り扱ってよいかご相談にあがっておられます。鳥取藩からは、

「松江藩が勅使に伺候《しこう》せられる場合には、我が藩に知らせてくれるように、そうすれば我が藩が周旋《しゅうせん》の労をとろう」

また、

「松江藩にその気があるなら、重役の方が白州路（伯耆）に向かい、勅使の陣所に伺候《しこう》されるが

よいであろう」

との示唆《しさ》をいただかれました。仙石さまたちが思案のさなか、二月四日老臣の乙部勘解由《おとべかげゆ》さまたちがまいられ、みなさま協議のうえ、再度鳥取藩の重臣の方に面会を申しいれますと、鎮撫使下向で取り紛《まぎ》れている、そういって面会をことわってこられ、やむなく松江藩の重臣の方は鳥取を立ち去っておられます。これが二月五日のことです。

この鳥取藩の豹変《ひょうへん》はどこからきたのでしょう。この原因はさきに話しました八雲丸の宮津港での拘留事件だと思います。八雲丸が機関の故障で宮津港に入ったのが正月の二十七日です。事件のあらましについてはすでにお話していますが、次のような事実もあったのです。

二月一日に八雲丸の四人が鎮撫使の役人の訊問《じんもん》を受け、次のような申し渡しを受けていました。

「今回、鎮撫使下向を知りながら、勅使の陣所の近くへ二度まで軍艦を停泊したことは不審極まりない。日ならず因（鳥取）藩をして糺問《きゅうもん》する予定である。これにより一時軍艦は官軍が預かる。貴殿らは国政に関与していない故をもって、早々に陸路立ち帰るべし。ただし、一人は残り修理を監督すべし」

こうした裁断を受けて、三人が松江に着いたのが二月五日でした。たまたまその日、鳥取藩士が総督府用掛神戸源内《かんべげんない》ほか三人の方が松江藩にこられて次のような書簡を提示されました。

「鎮撫使すでにその行を丹後但馬《たじま》に進め、同地に滞在せるにかかわらず、貴藩の軍艦無断にて両回までも宮津港に寄泊せるは、失礼の甚だしきものと謂うべし、また山陰大小藩ともこの間使者をして、何れも督府を伺候せしめたるに、貴藩に限りてこのことなきは、その間の事情すこぶる疑うべきものあり。

よって右らの嫌疑により、今回貴藩の軍艦はこれを宮津港に抑留し、組員三名は任意に帰国を許す。これ督府の命なり」

この強硬な措置に驚いた松江藩では、重臣を督府に派遣するとともに、前後処置の指示を仰ぐために、執政（家老）の大橋筑後《ちくご》さまや他重臣の方が鳥取へ向かわれ次のような書簡を提出しておられます。（読み下しています）

「この度山陰道鎮撫使御総督西園寺三位中将殿ご出張これあり、丹後但馬《たんごたじま》辺りご滞陣中、幣藩蒸気船両度滞泊いたし候、……督府御陣中へ山陰諸藩より御伺候ところ、幣藩においてその儀仕らず、かたがたご嫌疑のかどご座候につき、蒸気船は宮津港へご引留、乗組みの役人お差し返しに相なり候旨、尊藩よりご書簡をもってお懸け合いの趣承知いたし、右三人よりも委曲《いきょく》申し出いたし当惑いたし候ところ、かねてご案内のとおり、出羽守（定安）儀、京都三ヵ月詰ご警護仰せつけられ、すでに上京まかりあり候については、飯料米など運送いたし候ため敦賀《つるが》まで相廻し候ところ、船中損所でき、よんどころなく宮津港へ入津仕り候儀にて、さらに別意ご座なく候。もとより挙国ひたすら勤皇の外、いささかも他念これ無き段は天地も照覧《しょうらん》あるところにご座候。

さりながら、航海中、万端《ばんたん》相弁ずること申さず、ことに要器破損、運用いたし難く、止むを得ず入津仕り候わけにご座候えども、何様恐れ入り奉り候儀につき、この段、厚くお侘び申さず候ては相済まず候間、宜しくお取成し下されたく、なお、また諸藩よりご伺候ご座候ところ、弊藩よりその儀仕《つかまつ》らず候段は、まったく辺境故、かれこれ不行き届き、大いに遅延に相なり候段、重々恐れ入り奉り候儀にご座候。

よって右等お詫《わ》びのため私どももまかりで候間、万端ご周旋宜《しゅうせんよろ》しくご教諭なし下されたく、偏《ひとえ》に願い奉り候。以上」

松江藩としては、新政府にとりいっている鳥取藩に条理をつくして説明し、ことを穏便《おんびん》に済ませたい一念がうかがえます。『公伝』ではこの辺りのことを次のように記してあります。

「しかれども彼らのこの挙は、予定計画のごとく、最初より我が藩を苦しめんと欲するの外、他念なかりしをもって……」

『公伝』は、鎮撫使事件を鳥取藩の策謀だとの立場をとっています。その裏には軍艦二隻を購入した松江藩に対する妬《ねた》みもあったことでしょう。

それから二日後の十日に、鎮撫使の本営から、明十一日に出頭せよとの召喚状《しょうかんじょう》がまいりました。松江藩では家老大橋筑後さま他用人の方が参られますと、鳥取藩の家老鵜飼主水《うかいもんど》さま以下重役の方が列席のうえ、次のような尋問書を差し出されました。

「山陰道鎮撫使におかれ候ては、正月五日よりのことなり、出羽守（定安）殿、国許出立は十九日と相聞こえ候。小藩たりとも遠近の差別なく、御途中お伺いはこれあり、大藩（松江藩）においてその儀なきの段は条理如何に。勅使へ不遜《ふそん》はすなわち朝廷を蔑如《べつじょ》するの道理にこれなきや。

隠岐鎮撫の願いこれある由、余事おして知るべし」

極めて高圧的です。これらの事件が鳥取の煽動《せんどう》によって大きく取り上げられたという松江藩の言い分も理解できます。ここに「隠岐鎮撫の願い」という文言がでています。これが隠岐騒動に発展し、また松江藩を苦しめるのですが、この話は別に項を設けてお話しましょう。

ただ、この尋問書には表れていませんが、定安さまが上京される折に、丹波の道をとられた、これは下向される鎮撫使を避けるためのもので不遜であるとの指摘があります。

鳥取藩のこうした尋問をうけて、大橋さまたちは大いに驚き次のように弁明されました。

まず、定安さまが丹波をとられたのは、兵庫辺りに事変（外人殺傷《さっしょう》事件）がありとの風聞《ふうぶん》を聞いて、一日も早く京に登るために変更したもので他意はない。また、総督への伺候《しこう》については、一切を貴藩（鳥取藩）と協議してすすめるため、先日来、我が藩の重役が数回参ったが、その都度明確な指示をいただけなかった。さらに、我が藩主は、京都に発つまで鎮撫使下向の確報を得ていなくて、後を重臣に任せて出立したもので、藩主にその責任はなく、すべて後を託された重臣たちの責任である。最後に、隠岐の鎮撫の願いとは何を指しているのか理解できない、と返答しておられます。

わたくしは、これら大橋さまが述べられたことには嘘偽りはない、事実そのものであったと思います。ここのところを『公伝』は次のように記しています。

「因藩五名より、『しからば、今回の件は結局承服に相違ないか』と質す。大橋止むなく

『実に弁疎《べんそ》に及ばず、貴意に任す』と答えて退く」

弁疎は言い訳すること。大橋さまは、誠意弁明されたことでしょう。しかし、因藩（鳥取）の方は了解されないので、「勝手にせい」というお気持ちになられたのでしょう。そしてこのことはただちに京都におられる定安さまのもとに報告されました。

翌十二日、再び鳥取藩より呼び出しがあり、昨日の陳述を鎮撫使に取り次いだがお許しがない。この上は速やかに「謝罪の実」を示せ、との申し渡しがありました。大橋さまは、

「今日の情勢については、藩主定安公に報告していない。急ぎ我が殿に報告し指示を仰ぎたい。また、国許の執政とも計り謝罪の道を立てたいと思う。しばらく猶予を願いたい」

そう申し上げると、その趣旨を文書にしたため提出せよ、と追い打ちを掛けられます。大橋さまたちは次の文書を差し出しておられます。

「昨日お尋ねにつき、申し上げ候件々、仰せ達せられ候ところ、ひたすら恐れ入り奉り、罪伏仕り候段、ご承知下され、この上は謝罪の品申し上げるべく旨、畏《かしこ》み奉り候。

勅使ご出張の風聞承りながらご道中お伺い仕らず、主人儀上京仕り候儀は、何らお咎《とが》めを蒙り候とも、不行き届きの段恐れ入り奉り候。よって一応殿へも申し聞かせ候上、お詫びの申し上げ方もご座あるべきやと存じ奉り候。

何分、私ども儀は、右取敢えずお詫びのためまかり出候ことに候間、主人並びに国許へ申し遣《つか》わし候上、謝罪の品申し上げ候よう仕度《したく》、この段、よろしくお含み下されたく願い奉り候。以上」

この文書を差し出された大橋さま以下同行の方の無念のほどが伝わります。ここのところを『公伝』は次のように記しています。

「彼れらの謂《い》うところの糺問《きゆうもん》は、この如く徹頭徹尾《てっとうてつび》瑣事《さじ》を見出して之を曲解し、いわゆる針小棒大に事を取扱い、もって我に迫り、我に挑《いど》みし如き態度あり、果然、彼らの計画はますます表面に露出して、多大の難題を我が藩に課するところとならん」

こうして、協議の猶予をお願いしたにもかかわらず、翌十三日には鎮撫使本営に出頭せよとの命を受けます。

新政府は一月十日に朝敵の処分を発表しましたが、それによると、

第一等―徳川慶喜

第二等―会津松平容保《たかもり》、桑名松平定敬《さだあき》（お二人は兄弟、徹底的に幕府を支持した。）

第三等―予洲松山松平定昭《さだあき》、姫路酒井忠惇、備中松山板倉勝静《かつきよ》

第四等　宮津本庄宗武《むねたけ》

第五等　大垣戸田氏共、高松松平頼聰《よりとし》

などとあります。何処にも定安さまの名はありません。それどころか、勤皇の義を表すため兵を率いて京都に発っておられます。八雲丸拘禁事件でお話しした宮津藩主が第四等に挙げてあります。

## （二）大橋筑後の自刃覚悟

二月十三日、松江藩の家老大橋さまが、鎮撫使本営に伺候すると薩摩藩士の折田要蔵、長州藩士小笠原美濃介《みのすけ》さまたちと、昨日取調べにあたった鳥取藩の四人が並ぶ前に引き出され、折田さまから次の達書を渡されました。

「各方《おのおのがた》、昨日書付をもって謝罪申し出候えども、増々ご不審の廉《かど》あるため、謝罪の四ヶ条をもって仰せ出され候ご書にご座候。謹みて頂戴、退きて拝見これあるべし。重き儀にご座候。上意別段申し入れ候。

追々嘆願の筋申し立てこれあり候とも、決してご無用、この上は時日を移さず官軍先鋒繰り込み候儀もこれあるべく候、その旨心得られるべく候」

昨日、大橋さまが誠意をもって説明されましたが、不審は晴れない、謝罪の道を四ヶ条を示すからそれに従え、弁明は許さん、さらに軍を国境にすすめるぞ、というもの。引き下がって達書を開かれ、そこに記されている内容は落雷脳天《らくらいのうてん》を割るほどのものでした。

「今般、勅使ご下向につき、条々お糺の儀、但《ただし》伏罪の上は、左の廉書《れんしょ》の内を以て、屹度《きっと》謝罪の道相立ち候よう致されるべく候こと。

一つ　雲州半国朝廷へ返上

一つ　重役死を以て謝罪

一つ　稚子《わかこ》入質

一つ　勅使国境へ引受け勝負決し候うえ謝罪

官軍執事《しつじ》

松平出羽守御家老中」

これは大変な条件です。一つには国を半分差し出せ、二つには重役の自刃、三つには世子を人質に差し出せ、四つには戦で勝負を決める、これらの中から一つを選んで謝罪しろというのですから、敗戦国に対する降伏条件のようなものです。

大橋さまは驚愕《きょうがく》されたことでしょう。しかし、止むを得ず次の受書を提出しておられます。

「ご上意の趣、謹んで畏《かしこ》まり奉り候。しかる上は早速国許へ引き取り、四ヶ条の内を以て、謝罪の道相立ち候よう仕《つかまつ》りべく候。この段一応のお受取り申し上げ奉り候。以上。

二月十二日

大橋筑後《ちくご》」

こうして、大橋筑後さま、それに参政の乙部、松本仙六、勝田恭輔さまは鳥取を発ち松江に向かわれ、富谷門蔵、雨森謙三郎、志立範蔵《はんぞう》、渡辺勘三郎さまは京都の定安さまの元に走られました。

ただ、これはわたくしの思うところですが、大橋筑後さまはこの時すでに「重役死を以て謝罪」の道を覚悟なさって、京へ向かわれた方もその意を汲んで定安さまのもとに走られたのでしょう。

わたくしの夫雨森謙三郎さまは一月十九日に定安さまのお供で京に向かい、播州の佐用《さよう》で鎮撫使が我が藩にくることを知り、定安さまの親書を松江まで届け、またこの度、京へ登る役目をいただいています。ただ、健康のすぐれない雨森さまにとっても難儀《なんぎ》なことであったことでしょう。

このことをみても松江藩が如何に危急《ききゅう》存亡の危機にあったかお分かりいただけるものと存じます。では、ここで正月十九日に松江を発って、京都に向かわれました定安さまのその後のことに触れておきましょう。

大橋さまが鎮撫使に申し開きなさいましたように、定安さまは正月十九日に松江を発たれる時は鎮撫使下向のことはご存知なく、取り急ぎ新政府の国事に加わり、国の安寧《あんねい》に寄与するお考えで京都に向かわれました。播州佐用の町に着かれた二十四日に鎮撫使下向を知られて、わたくしの夫雨森謙三郎（精翁）さまに隠忍自重《いんにんじちょう》して敵の策謀《さくぼう》に陥らないようにとの親書を松江に届けておられます。

一月下旬には、宮津港での八雲丸拘留《こうりゅう》事件が発生し、宮津から定安さまの指示を仰ぐ使者が参っていますから、定安さまは鎮撫使下向の緊迫した事態は認識しておられたでしょう。そうしたご配慮もあって、二十八日には太政官に出向き、必要とあれば兵を上京させ、国の治安に協力することを言上され、山崎関門の守衛についておられます。この時定安さまから新政府に、

「鎮撫使より厳責《げんせき》ある今日、京都方面の警衛を如何にすべきや」

と新政府に尋ねておられ、新政府から、

「謹慎には及ばず、従来どおり任務に当たるべし」

との回答を得ておられます。京での新政府との関係は国許の鎮撫使との対応とはまったく異にしています。

二月十日には定安さまから、鎮撫使へ自分が礼を失したお詫びの謝罪書を届けておられます。定安さまにとっては夜も寝られぬ日々がつづいたことでしょう。この謝罪書は雨森さまが鎮撫使の本営に届けています。

二月十三日に松江藩は、鎮撫使から四ヶ条の達書を突きつけられ、使者が京都に走り二月十六日に着いておられます。その達書を拝見されて定安さまはどんなに驚かれたことでしょう。定安さまは親書をもってただちに松江に使者を遣わしておられます。この親書には次のように記されていました（この親書は雨森さまが持参しました）。

「今般、鎮撫使より、四ヶ条をもって謝罪の実を責《せ》め候よし、実にもって案外の次第、有志の面々、いずれも憤怒《ふんぬ》に耐えぬ儀にこれあるべしと察し入り候。しかるところこの節大切の機会に候間、いかようの事件出来いたり候ても、堪忍《かんにん》いたし、粗忽《そこつ》の振舞いこれなきよういたすべく候。もっとも筑後決心の段は誠忠のいたり、満足いたし候えども、大臣は我らが股肱《ここう》にてこれあり、無下に股肱を棄て候ことは、忍びざるところに候条、幸い源寿郎《げんじゅろう》儀、追々成長もいたし候間、望みに任せ速やかに鎮撫使へ渡し候てなりとも、筑後の身分恙無《つつがな》きよういたしたく候。呉々もこの趣意を弁《わきま》え、彼が術中に陥り申さずよう、精々心配いたすべく候こと」

注―股肱は君主の最も頼りとする家臣。源寿郎は定安公の実子。

この親書によると、大橋さまは自刃を決心なさっていたことが、定安さまにつうじていたことになります。ここにあります源寿郎さまとは定安さまのご長男ですが、世子は瑶彩麿さまと決めておられます。瑶彩麿さまは定安さまが雲州松平家に養子に入られたのち生まれられた岳父斉貴さまのご長男で、定安さまは、瑶彩麿さまを養子にしておられます。源寿郎さまは文久元年（一八六一）生まれでお歳は七歳になられています。

我が実子を差し出して股肱である筑後さまを死なせてはならない。いかような無体な言いがかりであろうと、隠忍自重し彼らの術中に陥らぬようにせよ、と申される定安さまの心情が切々と伝わります。

この間、定安さまはご親戚の松平春嶽さまや、公家の方、または新政府の要人の方に、松江藩の窮状を訴え、救済を働きかけ、大事はないとの感触を得ておられます。こうしてみますと、新政府と現地の鎮撫使との対応がまるきり違うことがお分かりだと思います。すなわち鎮撫使は京都の新政府とは別の独自の行動をとっていたのです。

大橋筑後さまは、二月十五日に松江に帰っておられ、ただちに老臣の方と協議されたとありますが、大橋さまはすでに二項の「重臣死を以て謝罪す」をもってこの難局を切り開こうとなさっています。この大橋さまのご決意を聞いて、

「一同、悲憤慷慨《こうがい》し、凄愴《せいそう》の気、城の内外に満つ」

と、『公伝』は記しています。「凄愴」とは悼み悲しむこと、血気にはやる方は戦も辞さないと

叫ぶ方もあったことでしょう。

大橋を死なせてはならない、という定安さまの意を受けて帰りました雨森謙三郎さまも必死にお止めしたと申しますが、お聞き入れになりませんでした。傲慢《ごうまん》な鎮撫使側近に対する義憤《ぎふん》がそうさせたのでしょう。

この山陰道鎮撫使の挑発は、東に向かった征討軍が奥州の各地で戦果を挙げていることに負けてはならないと、松江藩にひと戦《いくさ》仕掛けたのかもしれません。

戊辰戦争での東北の諸藩の悲劇を思いますとき、大橋さまのご決意、そして終始隠忍自重を説かれた定安さまのご決断に心から敬意を払わねばなりませんし、松江が戦火をさけることができたご恩は、のちのちの世に語り継がねばなりません。いまの松江の方は、鎮撫使の難を避けたのは「玄丹おかよ」だと言い伝えていますが、わたくしからみれば、玄丹おかよの功績は刺身の端《つま》ほどのものなのです。

もしも、大橋さまが自刃の覚悟がなく、戦《いくさ》になれば松江の町は火の海となったでしょう。

その夜、京都におられる平賀縫《ぬい》殿さまから大橋筑後さまに次のような手紙が届いています。

「今、京にあっては藩主定安公は筑後を死なせてはならないと、本家筋の越前松平春嶽様をはじめ親戚縁者を求めて嘆願に走っておられ、それは徳大寺実則《さねつね》（西園寺公望の兄）様、中山忠能《ただやす》（明治天皇の外祖父）さま、岩倉具視《ともみ》さまなど新政権の力ある方に及んでいます。これら殿のご努力により、ようやく松江藩の誠意が朝廷に通じ理解を得るところまできています。どうか、諸事早まることなく、切に忍耐の程をお願いする」

読み終えた大橋さまは深く頭を下げ、

「ご誠実な殿が」

そういって、奥方の多美《たみ》に渡されました。目をとおされた多美さまもおし戴いて大橋さまにお返しになります。大橋さまの目にうっすらと光るものがありました。定安さまの慈愛に対する涙だったのでしょう。しかし、大橋さまの覚悟に変わりはありませんでした。

安来の常福寺　大橋筑後が鎮撫使の検使を待った寺

十六日、藩庁から謹慎の令がでています。これによって藩士は月代《さかやき》を剃らず、裃《かみしも》を着し、門を閉じ謹慎の意を表します。また、城下では商店は店を閉じ、一切の作事音曲《さじおんきょく》は禁止されたといいます。この謹慎は、鎮撫使への謝罪なのでしょうか、自刃なさる大橋さまへの哀悼《あいとう》の念からでたものでしょうか。いずれにしても城下は深い憂いにつつまれました。

大橋さまは、十六日に松江を発って安来（吉佐）に向かっておられます。そうしますと安来から帰られたのが十五日、また定安さまからの親書が届いたのがこれも十五日ですから、翌日には発っておられることになります。大橋さまは定安さまからの温情ある親書に接し涙されました。またご家族の方の心情を思うとき哀惜《あいせき》の念を禁じえません。大橋さまは奥さまと娘の三人のご家族でした。

出立にあたり、世子の瑶彩麿さまから次のお言葉をいただいておられます。

「この度、一命をもって国家の大事に代わり候志、忠節この上なし、悲嘆の至りに候。よって彌々《いよいよ》覚悟の場に至り候節は、跡の儀別段のお沙汰に相なるべく候。この段安心致すべく候」

後の話になりますが、定安さまは大橋さまの忠義にいたく感激なされ、実子（長男）の源寿郎さまを大橋家に養子に差し出しておられます。

大橋さまのお発ちと同時に、松江藩から総督府に対して次の文書を提出しておられます。

「今回の謝罪表示として、国老大橋筑後、自決《じけつ》のため、明日安来に至らんとす。よって検使の臨席あらんことを請う。かつ彼の自裁の地としては同地近村の常福寺《じょうふくじ》をもってこれに充て、その準備すでに整頓せり」

この文を繰り返し読みますと、松江藩の意地が感じられます。多分鎮撫使側とすれば何らかの嘆願や条件の緩和《かんわ》の願いがあるものと予測していたでしょうが、それらを一切避け、潔《いさぎよ》く死をもって謝罪する道をえらばれたことは、非道を唱える鎮撫使に対する無言の抵抗であったと思います。それは直接交渉に当たられた大橋さまの武士としての意地や気概《きがい》が大きく作用したものでしょう。

大橋さまは十七日に安来に入られ、ひたすら検使がくるのを待っておられます。

十八日に、鳥取藩の使いの方がまいられ、次のように申されます。

「寡人《かじん》（徳の少ない者）、今回の事件について、審思同情するところあり。すなわち（そこで）隣国の情誼《じょうぎ》を以て、種々総督府当事者の間に周旋《しゅうせん》し、終に過般の四ヵ条を撤し、別に誓書を以て事件を解決せしむることとせり。されば汝は一先ず松江に退きて後、命を待つべきなり」

ここにおいて、大橋さまの一命が救われたことは喜びとするところですが、この処置は理不尽きわまりないものです。死して罪をつぐなえといい、では死をもって罪をつぐなうというものを、同情するところがあるから免ずるという、しかも隣国の情誼をもって周旋したという、これまでの経過からして筋のとおらない話です。

この総督の豹変《ひょうへん》について『公伝』は次の二点を挙げています。その一つは、定安さまが京都で新政府に恭順を示しておられたから、もう一つは、鳥取藩の変質だというのです。松江藩が藩をあげて朝廷に忠誠を尽しているものを、これ以上追い込んでは後に禍根《かこん》を残す、それより今は名を捨てて実をとることに方針を変えたのだというのです。鎮撫使の下向を聞いて松江藩ではその対応を鳥取藩にたずねていますが、誠意ある答えは頂きませんでした。また、この事件に並行して隠岐島の支配権をめぐって鳥取藩と対立した経緯《けいい》などをみますと、松江藩が鳥取藩に疑念を抱くのも不思議ではありません。

大橋筑後さまはお許しを得て松江に帰られましたが、二十二日に再び安来に呼び出され、そこで次の達書を頂いておられます。

「今般、出羽守（定安）ご不審の廉《かど》あるがため、謝罪四ヶ条を以て仰せ渡され候ところ、国老大橋筑後死を以て謝罪決心の段、因幡中将より相伺い、隣国の情誼《じょうぎ》、武門の忍ばざる訳をもってお詫び申し立てられ、理《ことわり》、余儀なく思《おぼ》し召され、右筑後一身の儀は勿論、一国士民に至るまで、ご不審は晴れ、この節寛大の処置なされ候段、申し出候間、一藩安堵《あんど》、精忠致すべくお沙汰に候こと」

　ここに「一国安堵」の沙汰をいただき、早速、家老の神谷兵庫さまが世子瑶彩麿さまの代理として米子にまいられ、鳥取藩主の労に謝しておられます。その頃の藩主池田慶徳さまは病に伏せておられ、また鳥羽・伏見の戦ののち弟の徳川慶喜さまが朝敵と名指しされたことから隠居を考えておられた時期で、実際に周旋の労をとられたかどうか疑問のあるところです。多分、藩政をにぎった尊皇派による工作であったことでしょう。

松江市外中原町の法眼寺の門前にある、大橋茂右衛門（筑後）の墓

　松江藩では老臣の乙部、有沢、神谷《かみや》、今村、脇坂、三谷、大野、柳多《やなぎだ》、高木、黒川さまらの連署をもって、これまでの経過ならびに今後は一層尊皇に尽すべしとの書簡を発しておられます。

　こうして、松江藩の危機は救われたのですが、次には鎮撫使一行が松江に侵入され無理難題を押し付けられるという災難が待ち受けていました。

## (三) 鎮撫使松江城に入城

松江藩に対する嫌疑は消えたはずですが、鎮撫使一行はなお巡検《じゅんけん》の必要があると松江に向かいます。この知らせを受け藩は大騒ぎです。

まず、三の丸を鎮撫使の本営として、藩の事務所は三谷権大夫さまのお屋敷に移し、神谷《かみや》兵庫《ひょうご》さまの屋敷を中老の方の詰め所とし、公の室熙姫さまは香西太郎右衛門さまの屋敷に、世子瑶彩麿さまは酒井造酒さまのお屋敷へお移りになるなど、その騒ぎはさながら、城の明け渡しに近いものでした。

鎮撫使一行四百四十余人が松江に入られたのは慶応四年(一八六八)二月二十八日でした。まず、公の名代として黒川又左衛門さまが米子に伺候《しこう》され、家老の柳多図書さまが国境の安来まで、また世子の瑶彩麿さまは津田(村)の善福寺まで出向いて一行をお待ち申し上げておられます。

市内に入りますと、大番頭の黒澤三右衛門さまが三十七人の藩兵を率いて先導され、城下では家老をはじめ藩士の方が熨斗目《のしめ》の裃《かみしも》を着て土下座《どげざ》で一行を迎えられました。

その折りの様子を鎮撫使に従った丹波国の郷士中川禄左衛門という方が手記を残しておられ、そこには次のように記されています。

「松江城の広小路《ひろこうじ》、両側に家老老臣始め一家、重臣は馬乗り提灯《ちょうちん》、裃、無刀、重臣以下は弓張り提灯、麻の裃、皆々雪積もる上に土下座《どげざ》、平伏お迎え、言語に尽くし難き次第」

雪が積もっている路上で土下座している藩士の方は、ただ、定安さまからの言葉、「この節の形勢、いかようの変動も図り難く候あいだ、諸事鎮静自重を旨として、容易に点謀《てんぼう》に陥り申し候こと、これなきよう心得るべきこと」を胸に、奥歯を噛み締め耐えておられたことでしょう。

二十九日は、無事ご到着を賀し、翌二月一日には、鎮撫使から松江藩の重役の方の呼び出しを求められ、上席には鳥取藩士の神戸源内、山部隼人、門脇少造、沖探三さまたちが控えておられます。神戸源内さまは松江藩から鎮撫使への対応の指示を相談し、不誠実な対応をされた方です。

主席家老の乙部九郎兵衛さまから、

「松江藩、君臣一同、ひたすら王命を奉戴し、皇国のため微衷《びちゅう》を捧げる」

決意を表明されますが、容易に納得されず引き下がり、再度呼び出しがあり、乙部さまが参上すると鎮撫使の用人に加え、鳥取藩の家老荒尾光就《みつなり》さまに神戸源内さまが付き添って上座に座っておられます。

世子の名代として三谷権大夫さまから、次の誓書が手渡されました。

「この度、朝政復古、山陰道鎮撫使ご下向お糺問《きゅうもん》これあり、家来大橋筑後決死を以て赤心、謝罪の道相立ち候上は、反臣徳川慶喜、本家親縁の間を、大義を以て相絶し、向後、勤王奉仕無二の段、天地神明に誓い、子々孫々異議これご座あるまじく、万一二心候節は、天地神明の厳罰を蒙るべし。後年の為、誓書件《くだん》の如し。

恐惶《きょうこう》謹言。

慶応四戊辰《ぼしん》年　二月晦日《みそか》

松平瑶彩麿（黒印花押）

西園寺中将殿」

つづいて、広瀬、母里の両藩からも同様の誓書が提出されました。ただ、中程の異なるところだけを挙げておきましょう。

「……、出羽守留守中にはご座候えども、瑶彩麿黒印誓書の通り、勤王奉仕の段、子々孫々……」とつづきます。この誓書に松江藩のご家老十一人と、広瀬と母里藩の家老の方が自書し血判を押して提出されました。

誓書に自書血判されたのは次の十一人の方でした。

乙部九郎兵衛、有沢能登《のと》、神谷兵庫、今村修礼、脇坂十郎兵衛、三谷権大夫、大野舎人《とねり》、柳多図書《としょ》、高木佐五左衛門、黒川又左衛門

ただ、ここに大橋筑後さまのお名前がないのはなぜでしょう。

また、周旋いただいた鳥取藩主に対して、世子の瑶彩麿さまから、鳥取の藩主に次の誓書を差し出しておられます。

「幣藩ご不審の廉《かど》を以て、鎮撫使より四ヶ条の謝罪仰せ出され候ところ、隣国の情誼、武門の忍び難きを以てお詫び下され、忝《かたじけな》く存じ候。これに依って今般寛大のご処置仰せ出され、一藩精忠すべき旨、お沙汰蒙《こうむ》り候上は、勤王の大義黒印を以て誓約お請け候通り、永世異変これあるまじく、なお御藩尽力下され候情誼、失脚これなく、勤王の実効を奏《そう》し申すべく候。仍《よっ》て誓状この

恐惶謹言。

如くにご座候。

慶応四年　三月朔日

松平瑤彩麿（黒印花押）

池田因幡守殿」

これとほぼ同じ内容の誓書が、鳥取藩家老の荒尾近江《あらおおうみ》（成尚）さまに松江藩家老乙部さま以下十一人の方が自書血判して差し出しておられます。

『公伝』には、

「これら誓書は、皆、彼等の意を承けて起稿《きこう》せるものなるべしと雖《いえど》も、それ何《いず》れも我が藩にとって、不本意千万のものたりしは、もとより疑いを入れざるところなりき」と記してあります。原文は彼のものたちの示唆《しさ》によるものであったようで、これも屈辱《くつじょく》でした。

午後には、お花畑を一巡して、本丸や一の丸の検分があり、二の丸の月見櫓で小憩《しょうけい》したとあります。

この頃、京都にあっては、定安さまは執政の小田要人さまを鳥取に遣《つか》わせて、藩主の池田さまに次の書簡を届けておられます。

「……、今般、雲国（松江藩）存亡の堺に立ちいたり候ところ、一形なきご尽力を以て御保全遺くだされ、幣生の感荷《かんか》は申すに及ばず、全国の士民これがために蘇息《そそく》、海岳の鴻誼《こうぎ》謝し奉るべきようもご座なく候。何分にも鴻誼唇歯《こうぎしんし》の御国、さりながらこの上ひたすらい倚頼《いらい》候あいだ、万々しかるべくご教示下され候……」

感荷は有り難く感じいつまでも忘れぬこと、蘇息は一休みすること、海岳は海や山、鴻誼は大いなる親しみ、唇歯は大変親しい仲。倚頼は頼りにすること。

このように、松江藩では藩主の定安さまをはじめ、みなさまが恭順に撤しておられます。こうしたなか、鎮撫使の西園寺さまは書院に篭《こも》っておられたと聞きますが、隊士の方は、それこそ占領地に侵入したかのように傍若無人《ぼうじゃくぶじん》の振舞いをなさいます。ここは『公伝』の記述をもってその様子をお継ぎしましょう。

「鎮撫使総督一行の城内巡検終るや、我が藩はあらん限りの歓待を以て彼らを満足せしめ、滞在三日間にしてようやく退松を見、上下一同安堵の胸を撫《ぶ》するに至れり。古老の実見談に曰く、『一行入松の日は、寒雨粛々《かんうしゅくしゅく》として降り、家老以下悉《ことごと》く麻裃にて京橋際の泥濘《でいねい》上に下座す云々。御殿の玄関口には「山陰道鎮撫総督御旅館」の大掲下がる。

又、鎮撫使滞在三日間は、一国悉《ことごと》く閉門、謹慎の命下り、松江城下火の消えたる如し。市中ただ異様なる一行人の徘徊《はいかい》せる姿を見るのみ、当時西園寺卿は笏板装束《しゃくはんしょうぞく》にて、穏順に三の丸ご殿に宿泊あり、ただ天上界の栄華に酔われし体なりしが、後見参謀らの連中は、いわゆる虎の如く誇り、あらん限りの誅求《ちゅうきゅう》をなせり。珍宝・財宝の搾取は勿論、いわゆる黄金は雨の如く蒔き散らさる。

と、或いは針小棒大の嫌いなきに非ずとするも、当時の一行が、我の歓待に飽満《ほうまん》して、得意の絶頂に達し、意気揚々として国境を去りしを想像すべきなり」

また、『公伝』の注書きに、これも古老の曰《いわ》くとして次のような記述があります。

「当時の料理は関西無双《むそう》と称しられし台所役人高岡此右衛門以下が費用を惜しまず手を尽くしての包丁に塩梅《あんばい》したが、「一行は箸にも触れず、運び去られし膳部多し」

これをみますと、鎮撫使に伴ってこられた方々は、粋《いき》の分かる御仁《ごじん》ではなかったようです。

街は謹慎の触れがでていて、火の消えたような寂しさに包まれていましたが、彼の方たちが繰り出されるところだけは賑わっていました。何分、美保関や一畑薬師の置屋から大勢の芸者や仲《なか》居《い》たちが呼び寄せられたといいますから悦に入っておられたのでしょう。

「或る日の如きは、本膳の吸い物椀中《わんちゅう》に黄金を見たり云々」

事実かどうかは定《さだ》かでありませんが、こうした記述もあります。また玄丹《げんたん》おかよという仲居さんが鎮撫使随伴の士から刀に蒲鉾《かまぼこ》を突きつけられ、平然としてそれを口にしてご機嫌をとったという話はこの時のことです。

鎮撫使の出立は二日の午前十時頃、杵築《きつき》（出雲大社）に向かわれます。出立もお出迎えと同様とありますから、家老以下藩士の方は裃に土下座をしてお見送りなさったのでしょう。

出立に当たってのお土産が『公伝』に記してありますので紹介しておきましょう。

勅使（総督）―儀刀一鞘、短施条銃五挺、馬一匹。

諸太夫両名―馬上銃各一挺。

用人二名及び添役一名―ピストル銃各一挺。
近習頭四名―カッサン敷物二切（二切の元金五両と品替）
医師二階堂某―時計一個（元金三千疋と品替）
医師吉田某―縞縮緬一反（〃　　　　　）
その他、小頭以下、下々《しもじも》の方にいたるまでお土産が贈られています。「品替」とありますのは、現金に替えたのでしょう。
なお、鳥取藩の家老荒尾さまには馬一頭を、重臣の方に羅紗《らしゃ》一巻を、その他お供の方にも土産を届けておられます。
さらに、鳥取藩へは世子瑶彩麿《ようさいまろ》さまから、藩主に鞍置馬一匹、短ライフル銃二十挺、粕漬甘鯛一桶を贈り、用人の神戸源内《げんない》、山部隼人《はやと》、門脇少造、沖探三さまたちには、八丈縞《はちじょうしま》各一反、銀各百枚が贈られ、「その餘、大橋筑後以下よりも、多くの贈遺《ぞうい》を為したり」とありますから重臣の方からもそれぞれお届けがあったのでしょう。沖探三さまなどは、鎮撫使の役と鳥取藩への贈り物と、二重にいただいておられます。厚かましい次第です。この沖探三さまは、つづいて起きます隠岐騒動にも介入される方です。
また、京都にあっては、定安さまは鳥取の藩主に対して謝書を届けておられます。
こうした経過をみますと、鎮撫使一行に対しては、定安さまをはじめ家臣の方が、ただ隠忍自重《いんにんじちょう》、耐え忍んでおられた様子がうかがえます。こうして松江が戦火を免れたとすれば、感謝申し上げねばならないことです。

鎮撫使一行は、三月一日松江を発って杵築に向かわれました。この三日間は松江藩にとっては悪夢《あくむ》の日々、これは町民にとっても同じことでした。

それでも気は抜けません。一行は杵築に向かわれ、秋鹿で小休止して、平田で一泊なさっています。そこでの記録はありませんが、松江と同様我儘な振る舞いをなさったことでしょう。

翌三日は大社に参拝し一泊、四日には湖南を通り、宍道で一泊、五日玉造で昼食、再び松江に入られ、乃木では家老柳多さまがお迎え、津田別館で小休止して、その日は揖屋《いや》村でお泊りになり、六日に至りようやく国境の安来に到着、ここで、お土産の披露があり、意気揚々に出雲の国を出て行かれました。

一日から六日までの杵築大社参拝の道中にも、松江藩の方が付き添われ世話をやかれたことでしょうが、大変なご苦労と費用がかかったことでありましょう。定安さまからの「忍」に徹してくれとのお言葉があって事なきを得たことです。

国境を越えられた一行を見て、安堵の胸を撫で下ろされますが、そのあと、沸々《ふつふつ》と悔しい思いが込み上げたことでしょう。

ただ、これをもって幕末に松江藩を襲った災厄《さいやく》がすべて終ったかというとそうではありません。鎮撫使が持参したもう一つの災厄、「隠岐騒動」が目の前に現れてきたのです。

# 六章　隠岐騒動

## 一　予兆

歴史とは大河の流れのようなもの、流れのなかでさまざまな歪《ゆが》みが生まれます。また、そのなかで起きる争いには往々にして双方に正義があります。これからお話する松江藩と隠岐勤王党《きんのうとう》との間に起きた隠岐騒動もそれと同じようにみられます。いわんや同じ藩のなかで起きた事件ですから双方に言い分があり、話のすすめ方に苦慮しています。

ただ、わたくしの話は松平定安さまの立場ですすめていますので、隠岐勤王党の立場をとられる方には不本意な内容に映るかもしれません。松江藩の方からみればそうなるのか、松江藩ではそのように対処していたのか、できれば松江藩にはそのように迷惑をかけたのかと理解してくだされば、わたくしとしても話し甲斐があるというものです。

話に入るまえに隠岐の歴史にふれておきましょう。ある人は「隠岐からみれば日本列島が島なのだ」といっていましたが、隠岐島は大陸からの文化の伝承の基地で、日本列島の先進地だったという潜在意識があるように思われます。

さらに隠岐は流人の島という認識があります。流人は犯罪を犯した悪質な罪人というより、時の権力に逆らった文化人というイメージがつよいのです。それは古く天平の時代にさかのぼり、七六四年藤原仲麻呂《ふじわらのなかまろ》の乱に関係した藤原刷雄《よしお》、八三八年に流された遣唐副使の小野篁《おののたかむら》をはじめ、中世に入ると承久の乱に敗れて流され、自らを「新島守《にいじまもり》」といった後鳥羽上皇《ごとばじょうこう》（一二二一）、それから百十年後の討幕に敗れた後醍醐《ごだいご》天皇など、隠岐は勤王とかかわりが深いのです。

幕末に発生した隠岐の勤王党もそうした背景があるのです。幕末には天皇のそば近くに仕えた、隠岐五箇村出身の中沼了三《りょうぞう》という方は、吉野の十津川に朝廷直轄の文武館を造るのですが、隠岐にもそうした文武館を造り、朝廷を守ろうという機運が生まれ、隠岐騒動を複雑なものにしていきます。

ここで名前の出ました中沼了三という方について話しておきましょう。といいますのもこの方が隠岐勤王党に大きな影響をあたえていたからです。

中沼了三さまは文化十三年（一八一六）の生まれ、十九才の時、京都にでて鈴木《すずき》遺音《いおん》という方の門下に入られ、二十七才の時には私塾を開き、三十二才で学習院の講師になっておられますから優れた方のようです。四十八才の折に朝廷から特命をうけて吉野の十津川に文武館《ぶんぶかん》を設立されます。この文武館の設立は、朝廷つまり天皇直属の軍隊の育成を主眼に建設されました。その頃学習院も開かれますが、これは公家の教育をねらったものです。明治維新は薩長を中心に形つくられていきますが、はじめは朝廷、それも天皇を中心とした公家による国つくりを模索されていて、中沼了三さまはそうした渦中《かちゅう》で働いておられました。

明治維新では征討大将軍の参謀を、のちに明治天皇の侍講《じこう》も勤めておられますから、単に学問だけでなく政治の面でも活躍されていました。

ことに公家のなかでも中川宮朝彦親王《あさひこしんのう》と行動をともにしておられ、親王は帝位を継ぐほどの立場と見識をもっておられましたが、薩長と反目明治元年に幽閉《ゆうへい》され歴史の流れから消えていかれ、中沼了三さまの思想も洋学を指向する新政府では疎《うと》んじられたようです。

注―中川宮は文久三年（一八六三）に起きた「八月一八日の政変」を主導し、京都から長州の志士を追い出したため、長州から憎まれていた。

中沼了三さまが設立された十津川の文武館が陸軍なら、天皇を守る海軍を隠岐につくろう、そうした機運も隠岐の勤王党の方にはありました。

隠岐騒動の勃発にはこれのみでは説明がつきません。次に二点を挙げておきましょう。

一つは江戸期に襲った飢饉《ききん》です。享保の飢饉は深刻で享保十六年（一七三一）には島後だけで三千人、十七年（一七三二）には千人の餓死者がでたといいます。宝暦五年（一七五五）の記録には、「去冬より乞食おびただしく、西郷三町、御役所、その外《ほか》町屋の軒下や堂、寺、神社まで飢人充満せり」とあり、「御公儀よりご憐憫《れんびん》お救いの筋はこれなく」それどころか、二度にわたって田畑検見がおこなわれ、「一粒の米も宥免《ゆうめん》なく召し上げられ」よって「国中餓死人千五百人相果てた」などという記録もあります。

さらに天明の飢饉が追い打ちをかけます。天明年間（一七八一〜一七八八）の飢饉では、隠岐一の宮の宮司忌部《いんべ》正興《まさおき》さまが豪農に米を拠出させ、飢人粥《うえにんかゆ》を炊き出し「昔の飢饉よりは飢死人も稀にして、唯百人のうち十人にはみたず」とありますから被害は最小限にとどまったようです。

隠岐は島国で凶作による困窮の度合いも厳しかったようです。幕末になりますと、北前船《きたまえぶね》の就航などにより商品経済が発達して、隠岐産の木材や海産物が出回り、これら商品に対しても松江藩より厳しい統制がなされました。ここにあります、忌部氏は水若酢《みずわかす》神社の大宮司で、隠岐騒動が起きましたとき指導的立場に立たれています。

隠岐騒動が起きたもう一つの原因に異国船の襲来があります。記録では享保二年（一七一七）に異国船が見えたとあります。寛延三年（一七五〇）には沿岸の村々に遠見番がおかれ、唐船番を整備し台場などを設置し、文政八年（一八二五）には幕府から「外国船打払令」が出されています。

ところが嘉永元年（一八四八）に島前の三度浦（西ノ島町）に六人の異国人が上陸する事件が起き、松江藩から出兵していますが、何分、海をへだてているためおいそれといきません。文久三年（一八六三）には、松江藩は兵百人余りを送って台場を守ることにしましたが、それでも手がたりません。そこで島民から若者を募集して農兵隊を組織します。この農兵隊は間もなく解散されますが、農民が武器を持って国を守るという意識が、のちの農民蜂起の引き金の一つになります。

隠岐騒動の勃発にはそうした背景があったのですが、ここで松江藩と隠岐との関係についてもふれておきましょう。

関ヶ原の戦で徳川幕府が成立しますと、それまで隠岐の国を支配していた吉川《きっかわ》氏にかわって堀尾氏が入り、隠岐の検地をおこない一万千石と定め領有します。堀尾氏が三代で断絶するとそのあとへ京極氏が入り出雲と隠岐を支配しますが、京極氏にも嗣子がなく断絶、寛永十五年（一六三八）に松平直政公が松江の城主になられます。そのときの隠岐の石高は一万八千石とされています。総じて生産性は低く、そのうえ租率は二割から三割で島の人たちの暮らしは苦しいものであったと思います。

ところが貞享《じょうきょう》四年（一六八七）に松江藩の手を離れ、大森の銀山領になります。貞享年間は幕府の体制もゆるみ、財政が逼迫したところで、幕府直轄とされたのでしょう。しかし、享保四年（一七一九）に隠岐は松江藩に預けられます。つまり隠岐は幕府からの預り地だったのです。こうした経緯も隠岐騒動の勃発に影響したのかもしれません。

また公租の仕組みも本土とは違っており、銀納でした。隠岐でとれる米はわずかです、しかし商品の流通が多くなると、アワビの干物や海産物が九州から朝鮮半島や大陸にも流れ商業の規模が大きくなりますが、一部の商人が独占し巨利をむさぼり、彼らが藩の役人と結託して貧富の格差が生まれ不満が生じていました。

さらにもう一点くわえておきましょう。それは鎮撫使事件のときにも話しましたが、新政府には統一した行政がなかったことです。ことに京都の太政官と出先の鎮撫使との意志の疎通がまったくなかったことです。これから話しますが松江藩は藩主の松平定安さまが京都にあられたこともあり太政官の意志で動き、隠岐の勤王党の方は鎮撫使の意向をもとに行動されます。ここに悲劇が生まれるのです。鎮撫使のところでも話しましたが、鎮撫使一行には長州藩や鳥取藩の勢力が中心でしたから、中央の新政府の意志とはずれていました。というより松江藩に対する恣意《しい》的なところがありました。

こうした事情が複層して隠岐騒動を複雑なものにしています。前置きはこれぐらいにして、事件そのものに話に入りましょう。

注―藩主定安は一月十五日、藩論がひたすら勤皇に決し直ちに兵を率いて京都に向かわれ、勤皇に藩論が決したことを太政官に報告した。この留守中に鎮撫使事件が起こる。

## 二　事件の勃発

幕末、風雲急をつげるなか、公卿の世界は乱れ、教育には関心が薄れていました。これを憂いておられたのが百十九代の光格《こうかく》天皇ですが、その頃、幕府は公卿の教育に批判的で容易に実現しません。光格天皇のご意志は次の仁孝《にんこう》天皇に引き継がれ、弘化二年（一八四五）に学習所を建てることろに漕ぎつけられたが、道半ばで亡くなられました。その志を継がれたのが孝明《こうめい》天皇でした。天皇の努力でやっと京都の御所のなかに学習院が生まれます。落成式は弘化三年（一八四六）五月で、六月には隠岐出身の中沼了三さま他三人の方が講師に任命されています。それまで中沼さまは京都烏丸《からすま》竹屋町で塾を開いておられました。

また、その頃中沼さまは孝明天皇の侍講《じこう》を勤めておられたといいますから、天皇から篤《あつ》い信頼を得ておられたのでしょう。

奈良の吉野に十津川《とつかわ》村というところがあります。後醍醐天皇の代に忠勤を励んだ功により、租《そ》税《ぜい》が免じられ、士班に加えられたことがあり、尊皇の気風の盛んなところで、これらを世に「十津川の千本槍《せんぼんやり》」と云われていました。幕末、幕府の権威が衰え、天皇中心の政治に移りますと、勤皇の志が燃え広がります。十津川の郷士たちは嘉永六年（一八五三）には幕府の五条代官に、この国難に尽くしたいと願い出られますが許されず、さらに中川宮に朝廷の守護を申し入れたがこれも却下されました。

そこで十津川の郷士の方たちは、隠岐出身で尊皇の志の篤い中沼了三さまを慕って京にまいられ指導を受け、そうした縁で寺町通りの円福寺に入られ天皇と親王の護衛の活動をはじめられます。実際の護衛についてみられると相応の教養が必要であることを自覚されたのでしょう。十津川に文武館を設立することを思い立たれ、中沼了三さまをとおして朝廷に願い入れ、元治元年（一八六四）に、天皇の思《おぼ》し召《め》しで文武館の設立が認められました。

中沼了三さまは、長男の清蔵《せいぞう》さまをつれて十津川に向かわれ、文武館の設立の仕事にかかられます。ここのところは郷士の中西孝則という方が書き残しておられる「十津川記事」によって紹介しましょう。

「元治元年五月五日、折立《おりたち》村松雲寺を以て、仮の文武館となし、各村まず生徒一名を出さしめ、朝廷の儒官中沼了三翁命を蒙り、これに臨んで開館の式典を行う。この日、先生、大学の三綱領を講ず。……これより我ら先輩らは文武の道振るわざるを憂いて、朝廷に内願するところありしが、ついに恩命ありて、ここに開校の良運にいたりしなり。……」

こうした中沼了三さまの活躍は隠岐にも伝わり、憂国の士が京都に向かわれ中沼了三さまの門下に入られます。そのなかに中西毅男《はたお》という方がおられ、この方が中沼了三さまの開かれた十津川の文武館開設を見聞され、のちに隠岐に文武館設置への原動力になられるのです。

その中西毅男さまが隠岐に帰られたのが慶応三年（一八六七）五月のことです。帰られますとただちに行動を起こされます。慶応三年の五月といいますと、板垣、中岡、西郷さまたちが討幕の密約をなされた時期で、京は風雲急を告げています。

松江藩はといいますと、その五月に隠岐の「農兵隊」が百姓一揆に発展することを恐れて、解散を命じ、武術の訓練を差し止めておられ、島内には不満が充満していました。そこへ、決起を胸に秘めた中西さまが帰られたのです。早速、旧周吉《すきぐん》郡加茂村の庄屋井上甃介《しゅんすけ》さまや同志の方たちと語らい七十五名の署名をもって「隠岐文武館設置嘆願書」を松江藩郡代の山郡宇右衛門《ううえもん》さまに差し出しておられますが、不穏当な申し入れだとして却下されています。却下の理由には庄屋の添え書きがなかったことも挙げてあります。

そこで、六月十一日には井上甃介さまたち庄屋の方が申し入れておられますが、これも門前払いにされています。中西さまが京から帰られたのが五月でしたから、帰られて早々行動に移されています。この文武館設置の嘆願が隠岐騒動の発端だと思います。

この嘆願書に対する松江藩の対応もよいものではありませんでした。農民の方たちの記録によりますと、隠岐駐在の藩士の方は、

「その方らは、この国の大将にでもなるつもりか、やれるならやってみよ。どうだ、返答をいたせ」

とか、

「お前たちは、糞肥《くそこや》しをシゴ（始末）して、年貢を納めていればよいのだ」

とか、傲慢《ごうまん》な対応だったようです。これまでお話しましたように、松江藩の方は欧米のすすんだ文明をある程度理解しておられ、軍艦を購入され軍隊を洋式化することも考えておられます。隠岐の方はコチコチの西欧嫌い、王政復古を大歓迎で、激しい攘夷思想を持っておられます。その違いが悲劇を生んだように思います。

それと隠岐勤王党の方は京都の政変を直輸入しておられますが、松江藩の隠岐に駐在しておられる藩士の方は、旧態依然の感覚で隠岐島の治安に当たっておられるのも悲劇を生んだ要因だったようです。

その年はまれにみる凶作でしたから、松江藩の出先の役人の方たちは、百姓一揆に発展することをおそれて、農民の武芸などもっての外《ほか》と判断されたのでしょう。

こうした隠岐の不穏な情勢は、慶応三年（一八六七）の年末にかけての京都の政変によりさらに加速され、十月には将軍の徳川慶喜さまが朝廷に大政を奉還されます。ここでこれから起きる隠岐騒動が複雑なものになります。つまり隠岐の方は、大政が朝廷に返ったのだから隠岐は朝廷のものになったと理解され、隠岐は松江藩の差配は受けないと考えられ、松江藩は隠岐の治安は継続されていると認識していました。ここに大きな齟齬《そご》が生まれます。

この大政奉還という情勢の変化で、十二月に隠岐からは安部運平という方が松江藩にでて、元隠岐の代官高橋伴蔵《ばんぞう》さまに三回目の嘆願書を提出しておられますが、これも無視されます。

京都では十二月九日には王政復古の大号令が発せられ、徳川慶喜さまは朝敵に指弾《しだん》され、さらに年が明けた翌正月五日には、鳥羽・伏見の戦がはじまり、幕府軍はあえなく敗北、徳川慶喜さまは少数の供をつれて海路江戸へ引き上げ、上野の寛永寺《かんえいじ》に入り謹慎されます。

二月三日、三回にわたる嘆願が却下されたことに反発して、同志の方は京都へのぼり事態の打開をはかります。おそらく勤皇の立場で活躍される中沼了三さまを頼っていかれたのでしょう。京へ向かわれたのは次の十一人の方でした。

忌部正弘、中西毅男、八幡信左衛門、横地官三郎、長谷川貫一郎、藤田冬之助、大西政一郎、古木久賀、船田和一郎、永海文之丞。（うち井上甃介は島前で合流）

一行は西回りの航路をとっておられます。なぜ距離の短い東回りを避けられたのか分かりませんが、ただ風向きが悪く浜田港に漂着されます。浜田にはその頃長州藩が駐屯していました。長州兵の方は、はじめは同志の方を幕府方の隠密かと疑われますが、その時、長州の方から隠岐の同志の方たちに、鳥羽・伏見の戦で朝廷側が勝ち、幕府は崩壊しており京へ上るのは無益で、それより隠岐に帰り王事に尽くせと説得され隠岐に引き返され、三月九日に島後の福浦《ふくうら》港に入っておられます。

この十一人の方とは別に十六人の方が後を追って、東回りで京都に向って発たれています。

慶応四年という年は、九月に明治に改まりますから明治元年で、世の中は大きく変わります。これらの情報はちくいち隠岐につたわりますが、隠岐に駐在している松江藩の方たちは情報に疎《うと》く、中央の政変を承知していなかったようです。さらにこの問題を複雑にしたのが山陰道鎮撫使の到来です。この山陰道鎮撫使についてはすでに話していますが、隠岐騒動にかかわるところに触れておきましょう。山陰道鎮撫使は薩摩や長州それに鳥取藩を主体に編成され、松江藩をいじめてやろうという立場で行動しています。あるいは松江藩を孤立させようという考えがあったかもしれません。二月二十六日に米子にいた鎮撫使から書簡が隠岐公文（庄屋）あてに届きます。

表の宛名は、

「隠岐国　公文役方江　　大急御用

山陰道鎮撫使　西園寺殿　御守衛役所」

封書の裏には「伯州《はくしゅう》米子城下より」とあります。二月二十六日といいますと、松江藩の家老大橋筑後さまが切腹のため安来に向かわれた翌日になります。この公簡は松江藩の隠岐役所で受け取り開封します。しかし、封書は二重になっていたため、そこで思いとどまり上役に差し出されます、これが二十八日。この日は藩主の世子をはじめ家老、老臣の方が城下に土下座して鎮撫使を迎えた日です。ことの重大さに気付いた藩庁では、隠岐にかかわりのある有能な鈴村祐平《ゆうへい》さまに処理をまかせ、鈴村さまは三人の隠岐の公文（庄屋）の方を前に、

「この度、鎮撫使よりの公簡の表の封書を我が藩士が開封した。決して朝廷を軽んじたわけではなく、貴公らを無視したわけでもない。藩の役人の軽率によるものだ、許してほしい」

と丁重に謝り、隠岐の公文方も納得しましたが、鈴村さまはつづいて次のように申されます。

「ところで、その公簡、この場で開けてくれぬか」

鈴村さま、いや松江藩にとっても、鎮撫使から頭越しに隠岐に渡された公簡の内容を知りたい。言葉は丁重でしたが、その要求はかなり強引だったかもしれません。押し問答のすえ開封します。その内容は、

「勅使は帰京を控えているうえ、隠岐は海上に孤絶し、巡撫できないため、公文方（庄屋）のうち一名、松江の陣営に参上せよ。もっとも風波に妨げられ、松江出発の後になれば、ただちに上京すべし。ただし、自今、御料となったため、田畑石高・人員・牛馬・海上産物などの書を持参せよ」

というものでした。鈴村さまは驚かれましたが、この書簡を受け取った隠岐の有志の方たちは、「幕府は滅んだのだ、これからの隠岐は幕府の島ではない、まして松江藩の島でもない。隠岐の国はかつての後醍醐天皇の時代とおなじように、朝廷の天領となったのだ」そういって燃え上がられます。さらに悪いことに、この公簡が松江藩の役人に強要されて開封したことが大問題になります。

京都で中沼さまの薫陶《くんとう》をうけられた同志の方は、王政復古になったのだから、松江藩の差配は受けない、郡代は追放すべきだと主張されます。この一派を正義党と名づけられました。これに対して、いや長い間松江藩の世話になったのだから、藩のいうことを聞いて行動したらいいという方があり、この方たちを出雲党と呼ぶようになります。

これを松江藩の立場でみますと言い分があるのです。鳥羽・伏見の戦により新政府が誕生しましたので、一月二十四日に太政官に対して次のような問い合わせをしています。

「隠岐国、田畑高一万二千五百石余は、大政一新の際にて、所管の解かれるのか、また従来の貢租は銀納にて、翌年四月、前年分を徴収して、五月中に納官する定めなりしが、昨卯年（慶応三年）の貢租も、また同一に心得えてよいか」

と問い合わせ、二月二十八日に次のような回答を得ています。

「収納の期は、従前のとおり五月とする。また銀納は会計裁判所へ出せ」

これをもって松江藩は、政変後も隠岐の管轄は存続しているものと理解していました。さきに鎮撫使のところでも話しましたが、京都にいる太政官と出先の鎮撫使との不統一が事件を複雑にしています。隠岐と松江藩との対立は、鎮撫使の見解のもとに行動する隠岐の方と、太政官の見解をもって隠岐の支配にあたる松江藩との紛争という構図になります。

## 三　蜂　起

三月上旬、松江で開封された書簡を持ち帰った吉岡要男さまたちと、浜田から帰られた十一人の方が同じ時期であったことから議論は相乗し、同志の方たちは山郡郡代を追放すべきだと立ち上がります。三月十五日には、池田村の国分寺で島後の庄屋大会が開かれ、その争点は、次の三点です。

一つは、政権が朝廷に返ったのだから松江藩の郡代は追放すべきだ。
二つは、朝廷からの書簡を開封した責任を追及せよ。
三つは、鎮撫使からの書簡に郷帳を出せとあるから、早速朝廷に提出しよう。

この大会は正義党と出雲党の二派に分かれて、三日三晩激論が交わされますが容易に結論がでません。正義党は浜田から帰った十一人の方が主導し、

「我らは京へ上る途中浜田港に入った。驚くなかれ、浜田はすでに長州の軍門に下っている。徳川幕府は崩壊、日本は天皇の親政となっている。故に、我らは松江藩の支配下に甘んずるわけにはいかない」

　またある同志は、

「我らは浜田にあって長州藩の幹部と松江藩の隠岐役所の追放を約束してきた。我らが立ち上がれば長州が支援にかけつける。早速、郡代を斬るべし。さもなくば何の顔《かんばせ》をもって他日長州藩とまみえることができようぞ。郡役所の追放に立ち上がるべし。」

　こうした過激な発言が主流となり、穏健派の出雲党の方々は席をけって退席します。先に公簡を受けとられた庄屋の方たちが松江にいて鎮撫使一行が威風堂々と入城なさり、それを松江藩では家老以下の方が土下座をして迎えられる様子をご覧になり、今のこの様子を隠岐に帰り報告されますから、隠岐の正義党の方はさらに燃え上がられます。

島後の地図

　三月十八日、正義党の方は郡代追放を決議し、蜂起の檄《げき》を飛ばし、同志を糾合《きゅうごう》され、集まったものは三千人におよんだといいます。

　ここで島前の動きに触れておきましょう。島前は島後と違って少し穏やかな対応でした。さきの郷帳を朝廷に提出する島後の誘いを、煮え切らない返答を繰り返し曖昧なまま過ごしています。実をいうと、島前には松江藩からさきに太政官に問い合わせた返書を見せ、これによって年貢の収納は松江藩に収納することに内々きめておられたようです。わたしは思うのですが隠岐の島後の方は鎮撫使からの情報で、松江藩の方は朝廷（太政官）からの情報で動きますから双方に食い違いが生じます。

この度の決起についても、島後の有力な方が出向いて説得されますが、島前の方からは色よい返事がいただけません。島前の方は島後の方とは気風が少し違っていたようです。

話を島後に移しましょう。

決起の三月十八日、小さな事件が起きました。渡辺紋七という藩の役人が村々の探索に出向いていました。このことを知った同志の方は彼を捕え籾蔵《もみぐら》に閉じ込めてしまいました。結局このことも火に油を注ぐ事態となりました。その夜、正義党から、

「時宜《じぎ》によりては戦争におよび候も計り難く」

と、武器を携《たずさ》え兵糧を持参のうえ西村総社へ集まれという檄《げき》が飛びました。この檄により三千人の方が集まったといいます。その頃の島の住民は一万六千人といい、五人家族でおよそ三千戸、そうしますとほぼ一戸から一人の男子が集まったことになります。

三月十九日の夜明け、各自が鳶口《とびぐち》や竹槍を担ぎ、松明《たいまつ》を掲げ三千人の同志の方が西郷の松江藩の陣屋に向かいます。総指揮は忌部正弘さまがあたっておられます。

陣屋には藩士の方が三十人ほど、緊急に組織した農民兵の方は早々に投降され、松江藩の陣屋では蜂起軍に対する鎮圧の能力はまったくありません。昼前になると陣屋のまわりは同志の方で埋まり、正面には櫓《やぐら》が設けられ、そのうえから、

「義をもって告ぐ、隠岐は天朝御料となった、藩の役人は、早々にご退却これあるべし」と告げると、歓声があがり、鐘や太鼓が打ち鳴らされ、筵旗《むしろはた》がうごめく。陣屋は完全に孤立してしまいました。

昼過ぎでしょうか、折衝がはじまりました。郡代の山郡さまは最後まで討死しても陣屋を守るとのお考えであったようですが、折衝にあたられた鈴村さまが説得され、退去に同意されたようです。山郡さまには、捕捉された渡辺紋七さまを救出しなくてはならないという弱味もあったのでしょう。後に山郡さまはこの陣屋明け渡しの責任を問われ切腹を申しわたされます。この措置も多分に鎮撫使への配慮によるものであったと思います。

なお、陣屋退去にあたって、次のような「屈服の一書」を提出することが同志の方から求められました。

「この度憂国同志中より申し出され候件、一々屈服つかまつり、即ち今日、立退き帰国つかまつり候。　以上。

三月十九日

憂国同志衆中　　　　　　山郡《やまごおり》宇右衛門《うえもん》　印」

この「屈服書」の提出には山郡さまは抵抗されたようですが、鈴村さまが、一応島後を引き上げ、島前に向かい、島前で体制を整えて島後の陣屋奪還を果たすからと説得されたようです。

その夜、藩士三十余人は藩船、観音丸《かんのんまる》に乗り移り一夜を明かし、翌二十日の夕刻隠岐を離れました。同志から白米二俵と清酒一樽（二斗）が届けられました。船は島前には立ち寄らず松江に向かいます。

これらの経過をみますと鈴村さまは、もし武闘派の山郡郡代が島前に立ち寄られたら大変な騒動になることを懸念されたのでしょう。しかし山郡さまの立場は丸つぶれです。三月二十四日松江藩に出庁されますが、即日役御免《やくごめん》、謹慎の処分を受けておられます。

郡代を追放した同志の方たちが、まず手をつけたのが松江藩の役所にかわる治安組織の確立です。まず惣会所を設け公用にあたられます。ここに同志の方による自治政府が立ち上がります。この組織を次に掲げておきましょう。

惣会所の頭取には、重栖《おもす》恕平《じょへい》さまが就いておられ、億岐有尚《ありひさ》、忌部正弘、中西貞二郎、井上権之丞さまたちが名を連ねておられます。みな正義党の中心の方たちです。あとは部署だけあげておきましょう。

算用衆　周旋方　文事頭取
軍事方頭取　撃剣頭取　武具方　兵糧方　同世話方
廻船方頭取　三町壮士付添　記録方　直用方
警衛頭取　目付役

別に兵事の組織として、戎兵局《じゅへい》、義勇局、揮刀局《きとう》を設け、それぞれ五十人を配しておられます。

そして念願の文武館を設立し「立教館」と名づけ、中西淡斎《たんさい》さまたちが教授を勤められます。こうした組織が郡代を追放した翌日の二十日に成立しており、この組織が維新の新政府機構より近代的で、一八七一年に起きたパリのコミューンより先に生まれたことから、日本における人民政府の樹立の先駆けとの評価もありますが、ここでは深入りはさけて先へすすみましょう。

できあがった自治政府でまず手を打たねばならないのが島前への対策でした。孤立をさけたかったのでしょう。郡代を追放した翌日の二十日に同志派の主だった方が、島前に渡り島後と歩調をあわせるよう説得しますが曖昧《あいまい》な態度で終始しておられます。ついに、隠岐の長老億岐有尚さまや中西淡斎さまが渡られ、郷帳《ごうちょう》を島後とともに京都へ持参することを約束させ、二十四日に島後に帰っておられますから急を要した措置だったのでしょう。

ところが島前の村上助九郎さま他十二人の庄屋の方は、島後との約束を破り、密《ひそか》に島を抜け出し、松江に向かいそのまま上京されます。これが四月一日で、丁度この日に島後からは中西毅男さま他二人の方が郷帳の提出が遅れていることのお詫びと、松江藩が報復してきたときの支援をお願いするため、京に向かわれ四月四日に京都に入っておられ、この島前、島後の方が四月二十八日に京都の町で鉢合わせされ、島後の方が約束違反だと詰問され、島前の方が謝られるという珍事がありました。

一方、四月五日には、井上甃介さま他三人の方が浜田に向かわれ、浜田に駐屯している長州藩に事件の経過を説明し、朝廷との斡旋と松江藩が攻撃してきた場合の援軍を依頼しておられます。

四月十二日には、乃木守吉さまたちが郷帳を持参して京都に入りますが、翌十三日には太政官から松江藩へ隠岐を預けるとの指令がでます。生まれたばかりの新政府の混乱振りがうかがえます。

郷帳を持参した同志の方は、鎮撫使の役人に隠岐の土産物をもって面会を求めますが、居留守《いるす》をつかわれたりしてなかなか会ってもらえません。郷帳の受け取りは太政官の管轄だったのでしょう。

この頃、上京された同志の方は中沼了三さまに会っておられます。その頃、中沼さまは新政府から遠ざけられていました。中沼さまは元々公武合体派で中川宮の考えに近く、中川宮が討幕派に嫌われ新政権の中枢から離れ広島藩に預けられ、中川宮と共に歩いた中沼さまも政権の中枢から離れておられます。しかし、新政府から明治天皇の侍講《じこう》を命じられ、中沼さま自身は新政府が西欧の文化を導入することに批判的だったのです。ただ勤皇の志はどなたにも劣るものではありません。

注―中沼了三氏は中川宮に添い、公武合体派で討幕を主張する長州には嫌われていた。ついで明治元年明治天皇の侍講を仰せつかる。

この年は閏月《うるうづき》が入っています。閏四月になりますと松江藩が動き始め、五日には藩の医師長谷川文柳さまを偵察のため島後に送り込んでおられます。

さきに話したように四月十二日に太政官から隠岐は従来どおり松江藩の管轄とするとの指令を

受け、これをもって閏四月十二日に乙部勘解由《おとべかげゆ》さまを総指揮とする七十人の先発隊を島前に送り込み、十七日には前線基地を築きます。

こうした松江藩の動きは即座に京都にいる同志の方へ通報され、同志の方は帰島の手続きをされますが、容易に船便が得られず出立が遅れます。

閏四月二十七日の夕刻、松江藩の二十人の先発隊が西郷港に上陸し、五月三日には五十人が加わり隠岐島は緊迫に包まれ、同志派の方は急遽浜田へ使者を送り、駐屯している長州藩へ事態の報告と支援の要請をなさいます。

松江藩では、九日にはいよいよ総指揮の重臣の乙部さまが島後に入り、陣屋の明け渡しを求められ、一方、十日に京都から横地官三郎、井上甃介さまたち四人が福浦の港に着かれ、西郷の町は一触即発の事態になりました。この時、京都から帰られた四人の方は、福浦から飛脚《ひきゃく》をもって同志の方へ、

「松江藩は、朝命を受けずに武力行使はしないだろう。止むを得ない場合はひとまず、尼寺村《あまでらむら》へ退却するがよい」

との意向を伝えますが、その日別便で京都から帰られた乃木守吉さまが、

「我が方の勝利なり、隠岐は松江藩の支配を脱した」

と叫んで陣屋に入られると同志の方は燃え上がり強硬派が勢いを制します。昼過ぎから交渉がはじまり、交渉の経過は陣屋の前に設けられた櫓《やぐら》のうえから遂一報告され、その都度歓声があが

ります。

一方の松江藩は訓練と称して隊列を組んで示威《じい》行動に出て、ついには陣屋を包囲します。午後の四時頃、交渉は決裂し、合図の笛が鳴りますと双方から銃声が轟《とどろ》きます。この時どちらが先に発砲したかということがのちに大問題になるのです。

しかし、いざ戦になると兵力の差は歴然としていて、交戦と同時に同志派の方が二人撃ち果たされ、それと同時に同志派の陣形は崩れ、蜘蛛《くも》の子を散らすように野山に四散され、幹部の方は島前や本土に逃れ、中には浜田や京都に向かわれた方もおられます。

この時、同志の方で戦死された方が十四人、他に負傷者の方が八人、捕えられた方が二十五人だったといいます。

ここに三月二十日に成立した隠岐島後《どうご》の自治政府は、閏四月をはさんで八十一日の歴史を閉じたのです。その日から松江藩は同志の方に対する探索がはじまり、それは厳しいものであったといい、この探索に僧侶の方が加担したという噂が流れ、このことがのちの隠岐における激しい廃《はい》仏毀釈《ぶっきしゃく》につながったという方もいます。

## 四　他藩の介入

西郷の陣屋を奪還したことで、藩にとってはひとつの区切りがついたことになりますが、他の藩からの介入という厄介《やっかい》な問題が生じました。

まず、鳥取藩では事件が起きる前に隠岐島の不穏な動きを知り、景山龍三という方を探索に差し向けます。この景山さまは事件の当日は美保関に着いておられ、これを知った隠岐同志派の方は、八丁櫓《はちちょうろ》の押切船《おしきりふね》で迎えにいき、隠岐に向かう途中の海上で、鳥取へ逃れようとする同志の横地官三郎さま、井上毿介さまと遭遇され、ともに西郷港に引き返えしておられます。西郷港に入った景山さまは、松江藩に対して次のような申し入れをされました。

一、松江藩のとった強攻策は横暴である。

一、島民に対する暴行は直ちに中止し、捕縛者《ほばくしゃ》を開放し、逃亡者は帰郷させること。

こうした内政干渉ともとれる介入は、平常時にはないことですが、何分、松江藩はこの春鎮撫使に痛めつけられ、いまだ尾を引いていて鳥取藩は鎮撫使に大きな影響力をもっています。西郷にいた松江藩の方は渋々ながら申し入れを受け入れ捕縛者は解き放ち、逃亡者には帰郷するよう布告します。

浜田へ逃亡したのは乃木守吉さまら数十人に達していました。浜田に駐屯していた長州藩では、事の重大性から萩の本庁に上申、藩では東北戦争に派遣するために停泊していた軍艦丁卯《ていぼう》丸を隠岐に向かわせることを決めます。

京都へは重栖《おもす》恕平さまたちが向かわれ、中沼了三さまや京に滞在の同志の方と太政官へ訴えられています。この太政官には長州からも隠岐争乱の情報が入っていて、庁議の末、次のような方針を決められました。

「御一新の初政にあたっては、民を畏服《いふく》させるに、あくまで皇化をもって普及させるべきところ、軍を連ね干戈《かんか》をもって民を制するとは、理の上であるべからざること」

この決定により、朝廷は刑法官判事土肥謙造《けんぞう》さまを監察使に命じ、副使に津和野藩の椋木弥助さま、鳥取藩士景山桂（景山龍造の弟）さまを添え隠岐に渡らせました。こうした動きを警戒した松江藩では、早期の鎮圧を急ぎ、軍艦二番八雲丸をもって兵士を送り込みます。

ところが十四日の夕刻、長州藩の丁卯丸《ていぼうまる》と薩摩藩の乾行丸《かんこうまる》の二艘の軍艦が西郷港に入り、二番八雲丸を挟《はさ》むように着岸します。ともに東北戦争の支援に向かう途中だといい、さらに筑前藩の大鳳丸《たいほうまる》も加わったといいます。

「我ら征討軍の司令官は後刻入る大鳳丸に乗っている。この度の松江藩の隠岐支配は極めて横暴である。屈服しなければ我ら三艘の軍艦が相手をいたす」

十五日に乾行丸の艦上で鳥取藩の景山龍蔵《りゅうぞう》さまの主導により、長州、薩摩、鳥取それに松江藩の四者による談判が開かれましたが、松江藩はここにおいて沈黙せざるをえなくなり、次の取り決めを飲まされました。

「隠岐の国はもはや鎮静しているから、松江藩は速やかに撤退し、さらに捕縛者を解放し、島を脱走した者も帰島の措置をとるべし。四藩の衆議は決したから松江藩兵は二十日をもって隠岐から立ち去ること」

有無をいわせない強硬な措置で、翌十六日から同志の掃討にあたっていた松江藩兵は西郷に呼び返され帰省にとりかかります。

藩の首脳の方はまだ鎮撫使の悪夢から立ち直っていませんから、こうした事態の急変を聞いて藩庁は動転《どうてん》します。心配なのは、隠岐国の治安の不始末をもって、定安さまに罪がおよび松江藩の取り潰しに発展することです。こうした憂慮《ゆうりょ》から、いち早く責任者の処分をおこない、朝廷に証《あかし》をたてなくてはなりません。そこで浮かびあがったのが山郡宇右衛門さまでした。

松江藩の狼狽《ろうばい》のさまはその処置の速さにあらわれています。十五日に四藩による松江藩兵の撤退が決まりましたが、十六日には山郡さまに、

「その方、隠岐郡代としてお治め方宜《よろ》しからず」

として切腹を申し渡されます。

山郡宇右衛門さまは、謹んでその命を受け、十七日の深夜、菩提寺《ぼだいじ》である和多見町の善導寺《ぜんどうじ》に設けられた仮小屋で切腹なさいました。何か言い残すことはないかとの問いに、

「ただ、鈴村祐平に一言することを得ざるを残念とす」

と申されたそうです。隠岐の陣屋で死守する覚悟のところを、島前にて反撃するという鈴村さまの策に乗って、帰藩したことを悔やんでおられ、死に場所を間違えたことを無念に思われたのでしょう。

その鈴村さまも同罪として、家禄《かろく》と取り上げ永禁錮《えいきんこ》の処罰を受けておられます。山郡さまも鈴村さまも私心はなく、それぞれの立場で誠意を尽くされたのですが、時代の流れのなかに飲み込

まれたとしかいいようがありません。

隠岐では、松江藩に協力した出雲党にも制裁の手が伸び、捕えられた人のなかには、

「お前たちは、いま天朝だといってはしゃいでいるが、徳川幕府は全壊したわけではない。現に東北では新政府と戦っている。戦況が逆転すれば松江藩の威勢は盛り返す」

と公言する方もおられたそうです。勝てば官軍なのですね。しかし、松江藩は隠岐島への政策を一変します。五月十八日には米五百俵を島に届け、七十才以上の老人には金子《きんす》が配られました。

山郡宇右衛門が切腹した善導寺（松江市）

こうした情勢の変化で、わたくしの夫雨森謙三郎さまも文治派の切れ者平賀縫《ぬい》殿さまと一緒に隠岐に渡りました。松江藩は十九日には次の布告をだしています。
「この度、王政御一新となり、両島お預かりの儀となった。改めて朝命を蒙り諸事草創の心得をもって島政にあたりたい。これまでの仕来《しき》たりに拘わらず、諸民難儀《なんぎ》になるようなことがあれば、公論をもって裁き、許可をつかわすから、無用な配慮は捨てて申し出よ」
そうして、村々をまわり善政に努められますが藩と住民、住民同士の不信は一朝に氷解しません。二十八日には朝廷から土肥謙蔵さまが、隠岐監察使《かんさつし》の肩書きをもって西郷に入り、

陣屋裏の善立寺に宿をとられますが、のちに同志派の横地官三郎さまの家に移られますから、松江藩は不利な立場にたたされます。

監察使の糾明《きゅうめい》の焦点は、争いでどちらが先に発砲したかということに絞られます。これは双方の主張が食い違い、松江藩の志立郡代は、

「暴徒が先に発砲し、止むを得ずこれを鎮圧するために当方も応戦した」

といい、同志派は、

「松江藩が発砲し、しかるのちに我らが応戦した」

と主張され真っ向から対立します。この論争に監察使は次のようにいいます。

「たとえ同志派が戦端を開いたにせよ、治安にあたる藩としては先ずその巨魁《きょかい》を取り押さえ、鎮圧の方途をとるべきところ、ただちに兵火をもって島民を殺傷《さっしょう》したるは雲藩（松江藩）の罪科である」

さらに、

「このうえ、同志派が先に発砲したと言い張るなら、関係者一同を京都の太政官の法廷に喚問《かんもん》する。その場合は雲州藩の罪科《ざいか》は一層おもくなり、少将（藩主松平定安）殿の立場も安泰ではあるまい」

と恫喝《どうかつ》ともとれる態度で詰め寄り、

「その方らから提出された事件の顛末書《てんまつしょ》のなかの、〝彼より発砲し、我らより止むを得ず応戦し

進撃す〟とあるを、〝我より発砲し、彼より応戦す〟と書き改めよ。しからば、拙者も隣藩に仕えるものであり、自首減刑の労をとり何とか助力いたそう」

そう申されます。志立さまは顛末書を持ち帰り平賀縫殿さまらと協議します。苦渋の選択であったと思いますが、結局書き替えに応じられました。さらに次のような請書の提出を求められます。

「……右の事件は如何ようにも島民への教化の仕方もありながら、発砲の処置に及びましたこと、まったくもって隊長をはじめ出先の軽挙であります。かねてより朝廷の仰せ出されていた、民への仁恤《じんじゅつ》の御趣旨に沿わず、ただ恐れ入るばかりであります。これより隊長の乙部勘解由に謹慎を申し付け、朝廷の御沙汰を待つ所存であります」

これは、まさに屈伏書であります。「松平定安公伝」には、次のように記されています。

「以上は主として島民側の記録によるものなるが、この隠島暴動がほとんど計画的に企だてたるは、要するに同島有志者が、当時の薩長および因《いん》（鳥取）等の有志と予め気脈を通じ、かくは迅速に運べしものなるを了《りょう》すべし。

要するに明治維新の大変動が、自然この辺島の政局面にも波動し、しかも当時の政府が、極力徳川氏およびその親近者を威圧せる騎虎《きこ》の勢いは、従前徳川氏の所領にして我が藩の管理下にありしこの島国にまでその余波をおよぼせしものなり。しかも、このこと全然公（定安）の関知するところにあらず。また、藩庁派遣の吏員が、ほとんど手を下す余地のなかりし如き、もって当時犠牲となりし諸士に対し、一掬《いっきく》の同情の涙なきことあたわざるなり」

ここに「犠牲となりし諸士」とありますが、すでに自刃された山郡宇右衛門さま、家禄を取り上げ永禁錮の処罰を受けられた鈴村さまがおられますが、ここでこの事件の処罰された方を書きあげておきましょう。

松江藩
切　腹　　山郡宇右衛門
家禄取り上げ　鈴村祐平
禁錮一年半　乙部勘解由　志立範蔵
禁錮一年　岡田隼人他六人
隠　居　今西惣兵衛
その他　謹慎の方数人

同　志　派
徒刑《ずけい》一年半　横地官三郎
禁錮一年　忌部正弘
官一等減　大西政一郎
杖《じょう》百　井上甃介他六人
杖九十　永海真一郎他一人

こうした干渉により、六月十四日に松江藩は屈服し島を離れ、島では自治政府が復活します。

これを第二次自治政府と呼びます。

## 五　事後処理

新政府の松江藩に対する苛《いじ》めはさらにつづきます。六月二十七日には太政官の名で次のような通達がまいります。

「至急、軍費の必要につき、金十五万両を調達すべし。おって返済いたす故　献納には及ばず」

「献納には及ばず」とは何という居丈高《いたけだか》な要求でしょう。新政府に返済する気があったのでしょうか。十五万両とは大金です。松江藩からは、

「近時、疲弊《ひへい》中につき一時に全額、納めがたきをもって、内八万両を出金する」

ことを申し出ましたが、折り返し、

「この際、奥羽征伐のため兵三百人、秋田表へ出陣せしむるか、しからずんば軍用金として十五万両を献納せよ。この二者のうちその一を選ぶは貴藩の裁断《さいだん》に任す」

この申し出に藩は大揺れにゆれました。藩論は二つに分かれます。一つは、十五万両といえば大金である。たとえこの金を上納しても、奥羽の戦に出兵しろというに違いない。表向きは二者択一というけれど、その実は二者とも履行《りこう》を求めるものだ。出兵の道を選ぶべきである、というものです。

これに対して家老の朝日千助さまは献納を主張します。この背景には定安さまのご意向があっ

たのかもしれません。定安さまは藩士を戦場に送り犠牲者のでることを案じられたようです。そのうえ奥羽諸藩に対する仁義もあったのでしょう。藩論は拠出にきまりました。

このことがまた薩長因など藩の方々から、

「松江藩のごときは、金銭をもって出兵に代えた。これは親藩なるが故のことだ、臆病《おくびょう》にもほどがある。いまに反旗を挙げるにちがいない」

などという風評を流し、血の気の多い藩士のなかには歯ぎしりする方もおられました。

丁度その頃、一番八雲丸が能登半島の沖で座礁《ざしょう》し沈没します。定安さまがこのことに憂慮されたことは話しましたが、この事件がまた奥羽への出兵を決断される契機にもなったようです。定安さまにとっては八雲丸の活躍をもって朝廷への忠誠を果たしているとのお考えだったのですが、それが消えた以上出兵やむなしと決断されたのでしょう、次の文書を朝廷に差し出しておられます。

「東北賊徒今もって鎮静仕《ちんせいつか》まつらず趣、追々承知、実にもって切歯《せっし》に耐えず、かかるご時態に立ちいたり候ては、国力を傾け、勤王の微誠《びせい》に尽したく存じ罷《まか》りあり候ところ、先だってお達しにより出し置き候蒸気船までも破損いたし何とも残念至極。爾来《じらい》一同奮発仕り、この上は出兵願奉る外これなきと決心仕り、一手の人数差し出したく存じ奉り候。区々の鄙願《ひがん》、お采録《さいろく》下し置かれ候はば、有難き仕合せに存じ奉り候。以上」

注―鄙願・自分の願いを云う謙辞

こうして松江藩の東北出兵が現実のものとなりましたが、藩内へは、「急速に出兵、仰せ出される心得をもって、一同武備を修し、その場に至り不当の申し出をなすことなかれ。もしこの如き者あらば、厳重に処分する」との告示がでていますから、戦場へ赴《おもむ》くことはいつの時代でも嫌がられたのです。こうして七月に五百人の藩士の方が秋田へ出兵されました。出兵された松江藩は、維新に出遅れ、また幕政時代は親藩として幕府を擁護《ようご》したためか、戦場では名誉ある任務が与えられず、過酷なものであったのです。この話はのちほど話すことにしましょう。

新政府から献金か出兵かを迫られたとき、献金を支持され、朝廷においては「食言なかるべし」と主張された家老朝日さまの苦衷《くちゅう》はいかほどだったでしょう。それにしても新政府の松江藩に対する措置は冷酷です。

新政府からの松江藩に対する苛めはなお続きます。七月十七日のこと、太政官から、隠岐事件について、訊問《じんもん》することがあるので、執政平賀縫殿《ぬい》、参政乙部勘解由、隠岐取締役志立範蔵さまらに京都に喚問《かんもん》するとの命がきて、その時、これらの方は隠岐島におられたため、翌月の二十一日に京都に入りますが、麹獄司にまわされ他家に預けられます。いわゆる罪人として扱われたのです。

さらに十二月には元郡代など三人が呼び出され、それぞれ他家に預けられ、判決が言い渡されれたのは明治三年の暮れのことでした。それによりますと平賀、乙部さまたちは松江藩に預け替え、また松江でも老臣大野権右衛門さまや太田主米さまなどが謹慎の処分を受けておられます。

その間、慶応四年九月八日には元号が明治となりますが、そのひと月のちの十月二日、隠岐の自治政府から松江藩は打倒すべきとの嘆願書が鳥取藩へ提出され、十一月六日に太政官から、「隠岐の管轄を松江藩から取り上げ、鳥取藩へ移管する」との指令が届きます。自治政府から鳥取藩への松江藩打倒の嘆願書は、鳥取藩の入れ知恵だったのかもしれません。

松江藩はその令にしたがい移管の手続きに入りますが、これがまた大変でした。帳簿と現品が合わないとか、銃器が不揃いとか、記帳漏れがあるとかいろいろ難題を持ち込まれ、完了したのは翌年の正月でした。

こうした事実をおっていきますと、『公伝』において、

「要するに隠島事件は、徹頭徹尾《てっとうてつび》・明治新政当時にあって、我が藩を累《るい》せる一大災厄《さいやく》たりしなり」

というのも無理はありません。さらに『公伝』には次のような文言があります。

「（これらの事実は）後世史家の十分考慮を払はざるべからざるところなり」

『公伝』は、十五代の松平直亮さまの名で編纂されていますが、執筆にあたられたのは足立栗園という方です。こうした事実を後世の判断にゆだねようとされるお気持ちがわたしたちに伝わります。

ここで、こののちの隠岐島の管轄について触れておきましょう。隠岐島が鳥取藩の管理下に入っ

たのが明治元年（慶応四年）の十一月でしたが、翌年の二月に隠岐県が設置され、八月には隠岐県は廃止され大森県に含まれます。明治三年の一月に大森県は浜田県に移管し、明治四年十一月に松江県が廃止され出雲、隠岐を合わせて島根県が発足します。隠岐については十二月に鳥取県に移管、明治九年九月に鳥取県が島根県に合併され、これに伴って隠岐島も島根県の管轄に入り、山陰を含む大島根県が誕生します。こうした経緯《けいい》をみましてもいかに隠岐騒動が根の深いものであったかお分かりであろうと思います。

蛇足ですが、こののち、合併された鳥取側から猛烈な分離独立の運動が展開され、明治十四年に鳥取が分離し鳥取県が誕生します。鎮撫使事件や隠岐騒動という因縁を抱えての両県の統合には無理があったのでしょう。

ここで本題とははなれますが、京都の守衛のことに触れておきましょう。松江藩はこれまで京都において山崎関門の警備を仰せつかっていましたが、慶応四年（明治元年）閏《うるう》四月に泉州堺の守衛を命ぜられます。

この堺では幕末の外交史にのこる事件が発生しています。二月のこと守衛にあたっていた土佐藩士が、無礼を働いたフランス兵を射殺したのです。この顛末については、のちに島根県津和野町の生まれ文豪森鷗外《おうがい》という方が「堺事件《さかいじけん》」として発表されています。大要は不当に上陸したフランスの水兵を警備していた土佐藩士が射殺し、フランス側から亡くなった十三人と同数の十三人の土佐藩士の死刑を要求してきました。事件にかかわった土佐藩士は七十人ほどでしたが、そのうち発砲したと申し出た二十四人から、くじ引きで十三人を割り出し、処刑することにしました。藩士たちは身分の低い方が多かったようですが、武士としての面目をたて切腹を希望、かなえられて妙国寺で執り行われますが、立ち会ったフランスの役人が余りにも凄惨《せいさん》なために十一人が行われたところで席を離れたためここで打ち止めとなり、処刑されたのは十一人ということになりました。

このあと、堺の守衛は筑前藩が受け持ちますが、二ヵ月余りすぎた閏四月に松江藩に守衛の命が下ります。こうした問題のあるところの守衛を松江藩に命じるところにも、当時の政府の松江藩に対する認識の一端を知ることができます。

## 六　廃仏毀釈

隠岐騒動の話で避けて通れないのが、騒動に並行して展開した廃仏毀釈《はいぶつきしゃく》です。この話にも触れておきましょう。

日本の国はもともと神によって開かれたという気風があり、国学者や儒学者の間では仏教を批判する気風はあったようです。ただこの仏教排斥の運動が顕在化《けんざいか》したのは明治維新による神祇《じんぎ》政策でした。

明治維新の為政者の方たちは「王政復古」を唱えました。王政復古は天皇の親政を意味しますから、奈良時代の律令《りつりょう》政権までさかのぼるのでしょうか、いずれにしても徳川の幕藩体制の護《ご》持《じ》の役割を担っていた仏教を一掃しようとする政策が廃仏毀釈という不幸な事件を生んだのです。

幕末から維新にかけてこの王政復古の思想を高らかに唱えた思想家のなかに隠岐島出身の国学者中沼了三さまがおられたのです。隠岐で全国的にみても激しい廃仏毀釈の行動が起きたのはこの方の影響があると思います。

中沼了三さまは孝明天皇の侍講を勤めておられたので天皇からの信頼が厚く、天皇の命で学習院を創設し、また大和の十津川に文武館を設立されています。どうも中沼さまは天皇の親兵によって新しい時代を開こうとなさり、討幕軍の参謀に加わっておられますから、討幕の頃は中心的な存在であられたようです。

後に維新が薩長などの主導により欧化《おうか》政策をとるようになってから、中沼さまは維新政府から疎《うと》んじられるようになります。察しますと中沼さまは孝明天皇を補佐しておられた中川宮さまに近く、孝明天皇や中川宮さまは公武合体で新しい政治の仕組みを考えておられ、文久三年（一八六三）の「八月十八日の政変」では、長州の過激派を都から追放しておられます。それ以来中川宮さまは長州に嫌われ、慶応三年（一八六七）十二月王政復古が発令され薩長が政権を執ると、新政権から疎んじられるようになります。中沼さまも信任を戴いておられた、中川宮に殉じられたとそのように思います。節を曲げない一徹な方だったのでしょう。王政復古ののちも明治天皇の侍講を勤めておられるので明治天皇にも信頼されていたのです。

本題にもどりましょう。慶応四年（明治元年）三月十四日、新政府は「五ヶ条のご誓文《せいもん》」を公布しますが、この儀式は紫宸殿《ししんでん》に神座を設け、そこへ天神地祇《ちぎ》を招きよせ、諸侯や公卿を率いて天皇が神に誓うという形がとられました。これを演出したのは神祇事務局で、神祇事務局は太政官の筆頭の地位にありました。これをみてもいかに神祇政策が維新の改変で重要な役割を果たしたかお分かりと思います。

この三月といえば、松江藩ではやっと鎮撫使が出雲を去って胸をなでおろしていた時期でした。同じ月の十七日にはその神祇事務局から次のような「達」が全国の神社に配布されます。

「今般、王政復古、旧弊一洗《きゅうへいいっせん》あらせられ候につき、諸国の大小の神社において、僧形にて別当あるいは社僧などと唱え候輩《やから》は、復飾《ふくしょく》仰せ出され候」

復飾とは還俗《げんぞく》、つまり僧籍をはなれ俗人《ぞくじん》に帰ることをいいます。つづいて閏四月には、

「今般、神仏混淆《しんぶつこんこう》の儀は廃止と相なり候」

我が国に仏教が入ると、従来の神道との融合をはかり、神仏混淆の思想で調和がたもたれていました。この思想で神社には別当などという僧籍の方がおられました。

さらに新政府は次々に沙汰をだし、神仏分離から神道帰一となり、ついに廃仏毀釈にまで発展していくのです。

こうした背景をみますと、廃仏毀釈は隠岐に限ったことではなかったのですが、とりわけ隠岐

で激しい毀釈の行動が生まれたのは中沼了三さまの影響や、隠岐の方の実直な気性によるものでしょう。松江藩がどちらかというと寺院側に立ったことも火に油を注ぐ結果になりました。

もともと幕藩体制の保持に一役かっていた寺院側にとって頼りになるのは松江藩でした。慶応四年（一八六八）五月に隠岐島の寺院側から次のような内容の嘆願書がでています（読み下しています）。

「曹洞宗一派《そうとうしゅういっぱ》は天皇のご尊牌《そんぱい》を安置し、ご綸旨《りんじ》を頂戴仕り、ご祈念いたしています。しかるに今般、社家百姓ども、国家騒動を唱え上《かみ》を蔑《ないがしろ》にし万民を苦しめ、寺院破却《はきゃく》などと取り沙汰いたし、辻《つじ》の地蔵や庚申塚《こうしんづか》など手当たり次第打倒、乱暴狼藉《ろうぜき》の振る舞い言語同断……。国法に背《そむ》き、往来《おうらい》手形や人別の無視し、このままでは檀家の勤めもできず困窮しています。何卒ご憐憫《れんびん》をもってご吟味《ぎんみ》ください」

一方、同志の側からは次のような内容の住職に対する弾劾書《だんがいしょ》が提出されます。（読み下しています）

「隠岐両島の僧侶は、日夜碁会と称して賭博《とばく》に耽《ふけ》り、島内に贋札《にせさつ》を流し、寺院の内に女を囲い、召使など大勢を養育し、金銭に困ると寄付した田畑を売り払い、贅《ぜい》を尽くしている。

このような実情では、人民の教導や人別改《じんべつあらた》めなどできることではなく、島民はあげて不承知でありますす」

その頃の松江藩は、鎮撫使の来藩や隠岐騒動の始末など、ことに薩長が主導する新政府への対応に苦慮しているさなかです。勿論同志の方たちの背後には長州や鳥取藩が控えています。双方からそのような訴えをだされても身動きできなかったと思います。

過激な事件の嵐の発端《ほったん》は、慶応四年（明治元年）八月、東北遊撃将軍総督大納言久我通久《みちひさ》さまが、西郷港に入られたことから起きます。久我さまの寄港は東北への支援が目的でした。ところがその遊撃軍の参謀の早川という方が、政府の神仏分離の政策で困窮している寺院側を支援しようと、隠岐で戦勝祈願を企画しました。

久我家は仏教とかかわりが深く、曹洞宗《そうとうしゅう》の開祖道元《どうげん》さまは久我家の出身です。寺院側は狂喜し早速戦勝祈願を執《と》り行い、そうして護国寺の門前に、

「東北遊撃軍―久我大納言殿下　御祈祷《きとう》中、不浄《ふじょう》之党《やから》、不可入事《いるべからず》」

と掲げました。寺院側は我らも東北の戦に協力していることを誇示《こじ》したかったのでしょう。これをみて、同志派の方たちが怒りをあげます。

「不浄之党とは何事か、僧侶こそ不浄ではないか、日夜碁会と称して賭博《とばく》に耽り、島に贋札《にせさつ》を持ち込み、高い金で寺院を売却し、さらに他人の妻を犯し、寺院に妾を引き入れ子を産ませ、山内に魚肉を運び込み食している。

彼らが人民の教導にあたるとは何事か、宗門人別改めなど我らはことごとく不承知である。彼らこそ、印度伝来の偶像をかかげ、巧みに便法を弄《ろう》して迷信を導き、民財を徴して寺院を荘厳《そうごん》に

し、もって神道国家の本旨を誤る不忠不義のものである」

さらにある方は叫びます。

「彼ら仏徒は、我らが松江藩の反撃をうけたとき、密《ひそ》かに松江藩に通じ、同志の追跡に手を貸し、同志不在の家に乱入、家を壊し金銭器具衣類を掠奪《りゃくだつ》したこと数々ある。ここにおいて王政復古、千歳一遇《せんざいいちぐう》の機会、積年《せきねん》の悪弊《あくへい》を一掃し、皇国の礎《いしずえ》を築かねばならない」

こうした論調に同志の方は燃え上がり、まずは身の回りからと家に帰り、我が家の仏壇仏具さらに仏教の経典などを取り出して川に流し、ある方は仏像を斧《おの》で割り火に投じたりされます。

九月、慶応は明治に改元さますが、その当時は同志派のなかには、僧侶を諭《さと》して還俗させ、彼らに自活の道を授け、新たに弟子に入るものを禁じて暫時寺院の数を減らそうという穏健派の方もおられましたが、過激派の方は新政府が推し進める神道皇国論に乗り、廃仏の徹底を主張されます。

この動きをさらに強烈なものにしたのに隠岐知県事に真木直人《なおと》さまが、明治二年二月に就任なさったことです。真木さまは久留米《くるめ》の水天宮の生まれで、幕末過激な攘夷派の志士として活躍された真木和泉《いずみ》さまの弟、この方も神道皇国論を主唱され、隠岐の廃仏毀釈が過激なものになる遠因にもなります。早速、同志派から次のような嘆願書が出されました。

「隠岐国の僧侶は雲藩の暴挙に一味し、犠牲になった同志の柩《ひつぎ》をその門前を通過させることを拒《こば》み憤懣《ふんまん》に耐えない。僧侶たちは、横欲淫乱《おうよくいんらん》を極め、大いに人倫《じんりん》を害し、良民を損ない醜態悪行《しゅうたいあくぎょう》を尽くしてきた。それは邪宗《じゃしゅう》（キリスト教）同然の所業《しょぎょう》である。……彼らに教導人別改めなど任すことはできない」

これに対して真木知県事は、

「今般、人別宗門改めの儀は、願のとおり神主により執《と》り行う」

このように定められたので同志派の勢いはますます燃え上がります。『隠岐島誌』には次のように記されています。

「この時にあたり、僧侶の中にはあるいは佛体佛具を密かに携帯《けいたい》して逃亡するものもあり、あるいは改心し帰俗を願うものあり……しかるに或る方面において僧俗間に争端を生じ、憤激の余り、路傍《ろぼう》の石佛を毀却《ききゃく》し、勢いに乗じて寺院に乱入して仏像を破壊したれば、各村たちまちこれに呼応して、その寺院をことごとく破壊、焼き捨て、各自私祭の仏像仏具をも皆汚辱《おじょく》としてこれを所持することを恥じ、先を争ってこれを海中に捨てる者ありて、終《つい》には一物も存ぜず……」

などとあり、ここに古代、中世より連綿とつづいた由緒ある名刹《めいさつ》隠岐国分寺も護国寺も、その他大小の寺院がことごとく破壊され灰燼《かいじん》にきしたのであります。

このように、全国でもまれにみる激しい廃仏毀釈の嵐は、明治元年から二年にかけて、島前島後をとわず全島で吹き荒れました。しかし、世の中は大きく変動します。

明治二年の正月に、定安さまは朝廷に版籍《はんせき》の奉還を申し出られ、六月十八日に知藩事に任命されます。つまりこれをもって新政府の官僚になられたのです。

こののち、新政府は欧化《おうか》政策を取り入れ、王政復古は置き去りにされてしまいます。明治二年七月に設けられた新政府の官職では神祇官《じんぎかん》が筆頭で太政官の上にあったのですが、明治四年の改正では下から三番目に、明治六年の改正では消え宮内省へ移され、政府は富国強兵そして欧米に追いつき追い越せをスローガンに国策がすすめられます。

隠岐全島を揺るがせた廃仏毀釈とは何だったんでしょう。

定安さまは知藩事として、松江藩の残務を整理して新政府に引き渡すという大切な仕事が残されています。

注―慶応四年（一八六八）四月新政府は府県藩体制をとり、知府事（主として旧徳川氏の所領）、知県事（主として天領外戊辰戦争で得た領地）、知藩事（藩主が治めている領地）を敷き、松平定安は知藩事に任命された。津和野出身の大国隆正は明治新政府の神祇局権判事に就任している。

# 七章　明治維新

## 一　秋田出兵

慶応三年（一八六七）の暮れに王政復古の大号令がでて、年が明けた正月、鳥羽・伏見で薩長を中心とする新政府軍と幕府軍の戦《いくさ》があり、幕府軍が敗北した話はすでにいたしました。これが戊辰《ぼしん》戦争の起りで、これから上野の戦、北越《ほくえつ》戦争へと最後は幕臣の榎本武揚《えのもとたけあき》が抵抗する函館戦争とつづきます。この北越戦争には松江藩からも出兵していますが、なぜかこのことは皆さんが多くを語っておられません。なぜ語られないのか、それは松江藩にとっては苦々《にがにが》しい戦《いくさ》だったからと思われます。

慶応四年（一八六八）（九月に明治に改元・この日に会津藩降伏）八月十四日に定安さまは兵派遣の伺いを新政府にだし、九月七日に許しをいただき、同月十七日に四六〇人の松江藩士が秋田に向かいましたが、時期が戊辰戦争の終末に近く、効果的でなかったので、新政府からの位置づけは十分とは云えませんでした。

ここで東北の戦況に触れておきましょう。北越戦争とよばれるこの戦も、はじめの頃の優劣は定かではなく、欧米の外交官は互角《ごかく》とみていました。

慶応四年（一八六八）正月五日の鳥羽・伏見の戦で敗れた徳川慶喜さまは早々に江戸に帰られ謹慎なさり、朝廷に恭順を表しておられます。そうした方を討つとは余りにも酷《ひど》いではないかという同情が東北の諸藩にひろがります。

もともと会津藩主の松平容保《たかもり》さまは勤皇の志が篤《あつ》く、先の孝明天皇から信任を得ておられました。元治《げんじ》元年（一八六四）の蛤御門《はまぐりごもん》の変では、薩摩と会津が長州を京都から追い出し、長州を朝敵としたのです（八月十八日の政変）。それが五年たった今は、薩摩と長州が会津を朝敵として攻めているのですから、会津の方は「何だ」ということになります。

では、松江藩が秋田へ出兵した九月十七日までの北越戦争のあらましをお話しましょう。

慶応四年（九月に明治に改元）三月十八日に奥羽鎮撫総督府の九条道孝《みちたか》さまが五百余人の兵に守られて海路仙台に入ります。目的は東北の諸藩に会津藩を討てとの命をもっていました。九条さまは公卿で、実務は薩摩藩士の大山格之助さまと長州藩士の世良修蔵《せらしゅうぞう》さまで、二人はかなり傲慢《ごうまん》だったようです。松江藩にきた山陰道鎮撫使のお供の方の傲慢振りはすでに話しましたが、仙台でもそのようでした。

世良さまは使いにきた仙台藩の家老の玉虫《たまむし》左太夫さまに、

「その方どもは、奥羽の諸藩のなかでも少しは話が分かるものとして、使者に選ばれた者であろう。いまだ会津征討の実をあげないとは見下げはてたるウツケものである。左様のものを使いによこす主人も知れたものであろう。所詮《しょせん》、奥羽には目鼻《めはな》の明いたものは見当たらない」
そのような雑言《ぞうごん》を浴びせられました。ところがこの玉虫さまという方は、万延元年（一八六〇）に日米修好通商条約《にちべいしゅうこうつうしょうじょうやく》の批准書《ひじゅんしょ》の交換の折り米国に渡っておられ、帰国後『航米日録《こうべいにちろく》』八巻をまとめ、米国の共和制に感動しておられる知識人です。玉虫さまからみれば、世良さまをウツケものと思われたでしょう。

その頃、東北の諸藩は会津藩に同情してはいますが、抗戦一筋ではなかったのです。ところが世良さまたちの傲慢《ごうまん》な態度で次第に硬化して、ついには激しい戦になっていくのです。進駐してきた兵士の方の横暴な振る舞いを記した、次のような文章が残っています。

「酒食ニ荒淫《こういん》、醜聞《しゅうぶん》聞クニ堪エザル事件、枚挙ニアリ」つづいて「虚名ヲ張リ、詐謀《さぼう》ヲ飾リ、陰ニ大権ヲ窃《ぬす》ミ、暴動《ぼうどう》ヲ恣《ほしいまま》ニシ候国賊」などとあります。

東北の方には、会津討伐は薩長の私怨《しえん》であり、天皇の意志によるものではないと考えています。そのような流れのなかで、参謀世良修蔵さまの誅殺《ちゅうさつ》計画がもちあがり、「世良ヲ誅スルハ奥羽ノ計《はか》ルニ於テ最モ必要」だとして仙台藩の方の手で血祭りにあげられました。この事件で去就に迷っていた仙台藩が列藩同盟に動き、奥羽列藩同盟が成立したのが閏四月十一日でした。

玉虫左太夫さまは、その書き物に、「人心ヲ和シ上下ニセン事ヲ論ズ」とありますから、アメリカの共和制が頭にあったようです。

越後の長岡藩も去就《きょしゅう》を決めていません。長岡藩の家老河井継《つぐ》之助さまが薩長軍の軍監岩村精一郎さまとお会いになったのが五月二日のことです。このとき河井さまは中立の立場を主張されますが、岩村さまが一笑《いっしょう》に付せられ、長岡藩も決起を決意し、ここに奥羽越《おううえつ》三十三藩による奥羽越列藩同盟が成立したのです。

河井さまも岩村さまが一笑に付すような人物ではなかったのです。二月に江戸を発つとき、藩邸や骨董品を売り払い、外国の武器商から最新の機関銃など新兵器を購入し、武装中立を描く有能な方でした。岩村さまはその頃二十二歳、この河井さまの人物を見抜けなかったのは残念なことだったと、のちに述懐《じゅっかい》しておられます。

奥羽越列藩同盟は成立しましたが、これらの藩には温度差や思惑《おもわく》があり、亀裂《きれつ》をよぶ原因にもなるのです。

その亀裂が緒戦《ちょせん》にあらわれました。鎮撫総督の九条道孝《みちたか》さまと参謀の大山格之助さまは、仙台藩の不穏な動きを知って、秋田藩（久保田）へ向かわれます。迎えた秋田藩では去就に甲論乙駁《おつばく》容易に決まりません。そこへ仙台藩から、鎮撫総督を返すよう使者がきます。仙台藩は総督を人質にしようとしていたのですが、その使者を大山さまが斬殺《ざんさつ》されたのです。使者の斬殺は国交断絶を意味します。このような大山さまの強硬手段で秋田藩は奥羽越列藩同盟から早々と脱落していきます。仙台藩が薩長軍の参謀世良修蔵さまを斬って同盟派に踏み切り、秋田藩は仙台藩の使者を斬って政府側に踏み切ります。秋田の場合は手を下したのは薩摩の大山さまでした。強引に秋田を列藩同盟から離反させる思惑からの措置だったのでしょう。

ここで九条総督は秋田藩に対して庄内藩《しょうない》（盛岡）への討伐を命じます。会津、仙台を核とする列藩同盟は北に秋田という強敵を抱えることになり、最初から作戦に齟齬《そご》をきたします。本来、庄内藩（盛岡）は白河口へ出兵する予定でしたが、足元に火が付き出兵どころではありません。これが七月一日のことです。その頃、松江藩はまだ隠岐騒動で手を焼いていて、新政府から、軍費の拠出か出兵かを迫られているのです。

七月二十九日に長岡城が落城し、薩長軍は会津に集中します。指揮をとった大村益次郎さまは、会津を落とせば戦は終わると申しておられ、薩長軍は怒涛《どとう》の勢いで会津に攻め入り、城外に取り残された年少の兵士で編成された白虎隊《びゃっこたい》が自刃されるのが八月二十三日です。会津の町は焼け野原となり、老幼婦女の方で自刃なさった方も多いと聞いています。

会津藩が降伏の使者をだしたのが九月八日、この会津の動きをみてなのか、この日に明治と改元されます。

ここで松江藩が出陣した秋田戦争について触れましょう。秋田戦争とは奥羽越列藩同盟を離脱した秋田（久保田）藩が、同盟に加わっている庄内藩（盛岡）と戦った戦争をいいます。しかし先にも話したように松江藩の出兵は九月十七日です。会津藩の降伏が九月二十二日ですから戦の大勢は決まっています。

七月のことですが、朝廷から、戦費の拠出か出兵かと詰問《きつもん》されたとき、松江藩でははじめお金

を拠出すると回答し、薩長から、

「松江藩のごときは金銭をもって出征に代えるものなり」とさげすまれました。そうしたなか、今度は戦が大方片付いた頃の出兵ですから、傲慢な薩摩や長州から侮蔑《ぶべつ》の目でみられたのです。命がけでたたかってきた薩長の兵からみれば、そうした感情も理解できますが、受ける松江藩兵にとっては悔《くや》しい思いをされたことでしょう。

秋田戦争での松江藩兵の足どりを追っていきましょう。『松江藩事跡《じせき》』（以下「事跡」という）によると、明治元年（一八六八）九月十一日、朝廷から呼び出しがあり、松江藩の増田健蔵《けんぞう》さまが出向いて次の命令書を受け取っています。

「その藩兵隊三百人、至急秋田表へ出張致すべき旨申し達し候こと。ただし、艦の儀は御弁（用意）下され、松江表へ御廻し下され候間、早々用意待合のこと」

その頃の通信機関は飛脚《ひきゃく》です。それは大変な騒ぎでした。次のような達しがあります。

「兵庫より渡海船差し回し申すべく、兵庫へ罷《まか》り下り、同所軍務官へ諸事伺《しょじうかが》い出候こと」

また、出兵の通達にも混乱が伺えます。九月十二日に堺より飛脚がきて、

「何分七月御備え組み替えられし故、元の何部隊が当たるのか名称だに不明」

などとありますから、松江藩の兵制改革が十分徹底してなかったようです。個々の兵士の方も用意に大変だったでしょう。「事跡」には次のような記述もあります。

「秋田表へ運送の弾薬、熊沢九郎右衛門、兵庫に下り左の高送付。

煩包　二十五万発　雷管《らいかん》　二十万発」

さらにピストル三十挺を六百両で買い上げ、これらの運送費が五百両かかったなどの記述もあります。

秋田出兵には、十五歳の太田与一郎という方が『羽州出兵記録』（以下「記録」という）を残しておられます。十五歳とはおもえぬ達筆ですが、これにより話をすすめますと、九月十五日、京都より飛脚がきて、総勢四百人出兵の命があり、太田さまは早速上役《うわやく》の小頭を訪ね、十六日にはお家で別れの盃をあげておられます。

出兵は九月十七日、総勢四六九人とあります。朝六ツ時といいますから六時頃、二の丸に集合、官軍の印である錦の御旗や肩章《けんしょう》などをいただき、定安さまは世子の方とお見送りなさっています。本庄までは徒歩、そこから船便で美保関へ、十八日にアメリカ製の軍艦飛龍丸《ひりゅうまる》に乗船、十九日に出航、隊長は家老の神谷兵庫《かみやひょうご》さまでした。

秋田の土崎《つちさき》港に着いたのは九月二十二日の昼頃、台風がきていたのでしょうか、激しい風雨のなか荷揚げに苦労したことが記《しる》されてあります。秋田は政府軍の拠点になっていて、松江藩は、早速秋田に参りますが、ただちに進軍を命じられます。この時三派に分けられたようです。一隊は南部藩（盛岡）へ、一隊は庄内藩（鶴岡）へ、輜重兵《しちょうへい》は秋田に残ります。「記録」には、「この頃京地へ何等報知もなく、遠隔の地ゆえ事実も不明、日誌もちりぢりで」などとありますから、確かな情報は得られなかったようです。

「記録」を書いた太田さまは南部藩《なんぶはん》（盛岡）へ回られたようで、「記録」は南部藩（盛岡）へ進行した記術が主体となっていますので、これによって話をすすめましょう。

南部藩（盛岡）に向かった兵士の方は、二十五日に八郎潟《はちろうがた》沿いの一日市に泊まり、二十六日は桧木山に、そこから米代川《よねしろがわ》を遡《さかのぼ》って二十七日は小繋《こつなぎ》に泊まり、二十八日は板沢《いたさわ》に泊、二十九日に指定された目的地の十二所《じゅうにしょ》に着きます。十二所は藩境で十和田湖の南の花輪《はなわ》盆地に接しており、大館《おおだて》市《し》から四里（十五キロ）ほど米代川を登ったところにあります。

秋田藩は八月九日に、南部藩（盛岡）と米代川を挟んで対峙《たいじ》しますが、兵力は南部藩がまさり、十二所を守っていた秋田兵は一時間も持ちこたえられず、砦《とりで》や民家に火を放って退却、「記録」には次のように記されています。

「二十九日、十二所へ着、しかるに当所放火のため人家なく、軽井沢と申す人家（のある所まで）十町ばかり後戻りし止宿《ししゅく》す」

松江藩が入った折は泊まる人家すらなく大館近くまで後退して宿をとったようです。南部藩の降伏は九月二十四日ですから、松江藩兵が着いた二十九日は、すでに南部藩との戦は終わっていたことになります。

十月四日から移動をはじめ、早朝軽井沢を発ち、その日は花輪《はなわ》に泊、六日田山《たやま》泊、七日新町、八日大更《おおぶけ》、九日に盛岡に入り、城の接収に加わっています。なお「記録」には、

「十月十五日。奥羽賊徒ことごとく謝罪降伏候につき、諸軍解兵、東京へ凱旋仰せだされ……」
とありますから、他藩の兵は凱旋《がいせん》の途についたのですが、松江藩兵は足留めされ、仙台へ行くよう命じられます。この時に松江藩の三つに分かれていた隊が統合されたのでしょう。十八日に盛岡を発ち、二十五日に仙台に着いています。任務は総督の護衛とのことです。

一方庄内（鶴岡）に向かった兵士の方は、二百五十人と記されていますが、こちらは太田さまの残された「記録」によって話をすすめましょう。秋田郊外の激しい戦闘のあった長浜を経て、二十五日に亀田《かめだ》へ入ります。亀田藩ははじめ政府軍に加担しますが、途中同盟側に寝返ったもの、秋田と庄内の中ほどにあり苦慮の末の決断だったのでしょう。悲惨な戦場となり町は焼け野原となり、住民の方は山中に逃げていたが、そこで出産、生活の手だてを失い途方に暮れている女の方にお金を渡したとあります。

二十六日は亀田に泊、その夜は暴風、しかも敵地なので不安な一夜を過ごし、二十七日は城跡に捨て置かれた武器などを撤収《てっしゅう》したとあります。

二十八日に亀田を発ち、本庄に向かいます。庄内藩は会津藩とともに列藩同盟の中核で装備も近代化され最後まで抵抗しました。しかし、会津が落ちると、九月十七日に降伏を決議します。

九月二十八日に本庄に入りますが、敵味方の死体や負傷者が多く、それらを秋田へ送る作業にあたり、二十九日は暴風雨のなか太田さまは不寝番をしておられます。

十月一日に本庄を発ち、南にくだって平沢《ひらさわ》まですすみますが、雨風が激しく、「大海のごとし」とありますから、難渋されたようで、川を渡るとき北川又太郎さまが溺死《できし》しておられます。記録には「戦争の趣、昼夜の別これなく、進軍の令あり」とありますから、無謀な進軍を命じられたようです。その夜は汐越《しおこし》で泊、二日には亡くなられた北川さまを近くのお寺に埋葬《まいそう》し、五両を納めておられます。その日は吹浦に泊、この地は庄内藩の領で、城主の酒井忠篤《ただあつ》さまは謹慎中とか、夜酒肴がでたとありますから、松江藩の兵士も官軍として処遇されたようです。三日に酒田へ向かい、その日は酒田の入口の藤塚で泊。

ここで急用があり、参謀の方が秋田（久保田）まで呼び戻されています。太田さまも随行なさったようで、この間道中駕籠《かご》を用い、寒風で難儀したとも記されています。五日に秋田に着き、八日に引き返しておられ、ご用向きは明らかでありませんが、九条鎮撫総督の護衛を命ぜられたのでしょう。

十月二十五日には政府から毛布が各人に一枚支給され、二十六日には、総督府が福島へ参られるので出動、尾花沢《おばなざわ》に向かい、二十七日に天童《てんどう》に着いておられます。天童藩は織田信長の系譜につながるもの、戊辰戦争では官軍の先導役をつとめましたが、同盟派の庄内藩の攻撃を受け城は落ち、町は焼かれ修羅場《しゅらば》となったところです。

この頃、軍務局から松江藩の三隊は合流して酒田に向かうよう命ぜられています。そこで仙台にいた隊と、庄内の征討に当たった隊と秋田に駐屯していた輜重隊《しちょうたい》が合流して酒田に集合、これが十一月五日のこと、そうして翌年の九月まで酒田に駐屯させられているのです。

主力の薩長の方などは早々に引き揚げ、名誉の凱旋《がいせん》を果たし、恩賞が少ない、武士として取り立ててもらう約束が違うと反乱が起き、長州藩などではあわや滅亡の瀬戸ぎわまで追いつめられます。

松江藩の兵士の方が出立なさったのが九月でした。まだ暑さが残る時期でしたから、寒さに対する十分な用意もなかったと思います。列藩同盟の方は、戦さを冬場に持ち込めば寒さに弱い南の薩長兵は困るといっていましたが、まさに松江藩の兵士の方がそれに遭遇《そうぐう》します。『公伝』には、次のような記述があります。

「（十月）十七日朝廷より、我が東北駐屯の総軍三百八十六人に対し、毛布各一枚宛てを給し防寒の用に供《きょう》せしむ」

また「事跡」によりますと、

「正月二十一日、酒田出兵先より監察坂本丈平、旧臘《きゅうろう》（十二月）二十五日出立、早駆《はやがけ》にて本日まかり帰りしが、旧目付の帰藩、何事か上聞に達する件ありしが、かねて出先の情態内申のご命令ありて帰りしか、他《ほか》に異事《ことなること》承《うけたまわ》ることこれなく、御目代監察のことなれば、このこと記すのみ」

と、お帰りの事実だけ記すとありますが、多分坂本さまは酒田での兵士の方の窮状《きゅうじょう》を訴え、余りの悲惨な状況と、新政府の酷《ひど》い仕打ちのため公表されなかったのでしょう。

そうした事情を反映してか、同日酒田駐屯の方の昇進の辞令がだされ、坂本さまも新先手組頭

に発令されています。『公伝』の年譜には、
「酒田在陣の監察兼参謀坂本丈平、先に公用を以《もっ》て松江に帰り、この日さらに出陣す。公乃《すなわ》ち慰《い》言《げん》を隊長以下に伝達し酒肴を賜う」

このように坂本さまは即刻酒田に引き返しておられます。多分、ご自分だけ北国の過酷な闘いから逃れ、国許に残ることを潔《いさぎ》よしとされなかったのでしょう。この訴えのためか、二月十二日には納戸役の平岡さまが定安さまの親書を持って酒田に参られ、ねぎらっておられます。

『公伝』には、酒田での駐屯の様子を記した記述は多くありませんが、次のような記事があります。

兵員が小銃を扱っていたとき、空管だとおもって引き金を引いたところ、実弾が入っていて、女性の両股を一人は片股を打ち抜きお役御免、責任者の岩佐健助という方もお役御免、上官の方も謹慎の処分を受けておられます。なおこの処分は家族にもおよび禁足処分が出されています。「記事」では相撲の折の事件だと記してあります。士気を引き締めるためか、慰《い》安《あん》のための対抗相撲だったようですが、どこか厭《えん》戦《せん》気分が感じられます。

松江藩兵の酒田での用務は九条さまの警護となっていますが、その九条さまは間もなく東京に帰られ用務はなくなったのに、なかなか帰国を命じられません。日課は市内の見回りや調練もおこなわれていたようです。

十二月の二十七日には毛布一枚、一月二十八日に足袋一足、折々酒肴が下賜されていますが、

北国の寒さのなか難渋《なんじゅう》されたことでしょう。何分出立が九月でしたから十分な冬の支度はなかったとおもいます。

南部藩（盛岡）方面の事情を記した「事跡」は、この辺りで途切れていますので、十月中旬以降は、太田さまの「記録」に沿って話をつづけましょう。

十一月十二日には、さきに亡くなられた北川又太郎さまの四十九日の法要を近くのお寺で営なんでおられます。

とびますが明治二年（一八六九）七月二十一日には政府から酒肴料《しゅこうりょう》として、五百両が下賜され、各自に一両二朱《しゅ》ずつ分配されたとあります。陣払いの命が降りたのは八月二十四日でした。帰路は最上川《もがみがわ》を上り、天童から山形に入り、二本松から白河《しらかわ》で記述は終わっています。

『公伝』の年譜によりますと、九月十六日に東京に着き、明治二年（一八六九）九月二十二日のところに次のような記述があります。

「我が凱旋軍が東京を発するにいどみ、二十四日夜、木挽町《こびきまち》酔月楼において宴会を開き、頭役および公用人相会せしに、席上酒酣（たけなわ）なる頃、渡部勘之助その場に堪えずとて脱出し、つづいて公用人増田健蔵また大いに酩酊《めいてい》して楼を下り、まさに帰宅せんとして、途上刺客《しかく》のため暗殺せられし者なり」

これを読むと、増田さまは酔って帰る途中刺客に襲われ命を落とされたようです。賊は幕臣の残党だったのかもしれません。増田さまは堺町で武器の手配などで名が記されていた方です。

松江到着は十月二十五日、二十二日には管内に、

「凱旋軍帰郷の途上、御旗に対して、決して不敬の行為を成すべからず」

との触れが出ていますから、藩も凱旋軍に気を使っておられたようです。二十四日には定安さまと世子さまが津田村まで出迎え、午後二時、凱旋軍は二ノ丸に整列、軍令式を挙行、このとき定安さまから慰労金として五百両が支給されました。『公伝』には次のように記されています。

「要するに、我が秋田出兵のごとき、表面上その事赫々《かっかく》たらずといえども、明治維新の大業上、暗々の裡《うち》に翼成《よくさん》の功ありしを認めずんばあらざるなり」

この記述を読むかぎり、松江藩にとって秋田への出兵は苦々しいものであったようです。それは長期間の滞在のうえ、徒労《とろう》な作戦を強いられ、さらに多くの戦費を費やした無為な出兵だったことを物語るのでしょう。

そうした意味において華々《はなばな》しい凱旋とはかけはなれたものだったようです。ただ、このことが歴史の流れのなかでは幸いしたのかもしれません。華々しく凱旋した長州と薩摩の後日談《ごじつだん》としてそのことに触れておきましょう。


長州藩士で直接戦闘にあたられたのは奇兵隊など農商民の方でした。この方たちは農家の二男や三男が多く、帰っても農家には入れません。末は武士に取り立てられることを夢見て戦場に赴き、戦はこの人たちが中心に闘われました。そして勝てば論功行賞がいただけると思っておられ

ましたが、凱旋してみると占領した石見や小倉の地は新政府に献上され、その上二千人の隊士のうち半分にあたる千人を常備兵として新政府に採用するという兵制の改革が待っていました。その採用の基準も曖昧《あいまい》で不満が充満します。戊辰戦争を指揮された木戸孝允《たかよし》（桂小五郎）さまや山縣有朋《ありとも》さまは中央政府で活躍され、藩兵や農民兵の解雇をすすめておられます。

丁度その年は凶作で、解雇された千人余の方が、凶作に悩む農民の方たちと山口城を包囲し、藩主たちを孤立させます。説得に帰った木戸さまも命からがら城を抜け出すという始末です。戦が終われば、もう農民兵は徴兵制《ちょうへいせい》をすすめる新政府にとっては厄介なものになったのです。

山陰でも、明治三年に浜田で米屋や酒屋などが打ち壊される騒動が起きていますが、これを扇《せん》動《どう》したのは長州の除隊兵だったということです。

ただ、長州の場合は、藩主の毛利さまが中央政府で活躍される木戸さまや伊藤さまを支持なさいましたのでこの難局を治めることができました。

ところが薩摩の場合は、藩の実権をにぎっている島津久光《ひさみつ》さまが新政府の政策をすすめる大久保さまや西郷さまを徹底的に嫌っておられ、そうした事情でのちに西南戦争という大事件に発展するのです。

松江から秋田へ出兵された兵士の方は、名誉の凱旋ではなかったかもしれませんが、戦に勝った長州や薩摩のような騒動に発展しなかったのは幸いといっていいでしょう。

しかし、幕末における鎮撫使の来訪、隠岐騒動、秋田への出兵などに莫大な藩費を使い、藩の財政は瀕死《ひんし》の状態です。次に余り語られていない維新時の藩の財政を中心に、松江藩の終焉《しゅうえん》について話しましょう。

## 二　版籍奉還

新政府は慶応四年三月に「五カ条の誓文《せいもん》」を公布しますが、その一条が有名な「広く会議を興し」となっています。しかし、原案は「諸侯会議を興し」で、その精神は人民ではなく諸侯の意見を聞くということでした。その趣旨により新政府は諸侯会議をもち、明治元年の暮れ朝廷から次のような指示がきます。

「明治二年三月十日を限り、大小侯伯《こうはく》を東京に召集し、広く会議を開き、専《もっぱ》ら輿論公議に基づき、国是《こくぜ》の大基礎を立てらるる英慮《えいりょ》なるにより、諸侯伯は勉めて冗費《じょうひ》をはぶき、軽装にて上京すべし」

その頃、天皇はまだ京都におられ定安さまは十四日に参内しておられます。その頃の国の経済を大雑把《おおざっぱ》に話しますと次のようになります。勿論お米が経済の基本でした。

全国の総石高　　　　　　　　三〇〇〇万石

新政府が管轄する府県の石高　　八〇〇万石

諸藩が管理する石高　　　　　二二〇〇万石

つまり、全国の石高の四分の三が旧藩主の支配下にあり、新政府が管理する八〇〇万石は旧徳川氏の領地や戊辰戦争で諸藩から浜田藩など占領地から巻き上げたものです。

こうした状況下で諸藩が握っている石高を新政府は配下に置こうとする、版（人民）籍（土地）奉還の機運が充満してきます。奉還の願を最初にだしたのは薩長土肥の四藩で、明治二年一月二十日に願いを提出し、松江藩はそれから十日遅れた一月三十日に提出しています。この建白書《けんぱくしょ》は、歴史的なものですから、概要をお繋ぎしましょう。はじめは、

「臣（定安）、戇愚《とうぐ》（おろか）庸劣《ようれつ》、礼法知らず。敢えて猥《みだ》に言上し、天下の大政を論ず、罪、万死にあたる。伏案するに、今般の王政復古、天下統一、万機一に帰す、実に七百年以来の盛業、万世治化の基を開くというべし」

といった文言ではじまっています。慇懃《いんぎん》というか丁重《ていちょう》な書き出しです。これも戊辰戦争に乗り遅れ、鎮撫使にひどい目にあった故でしょう。ここに「七百年の盛業」とありますが、七百年遡《さかのぼ》ると平清盛が太政大臣に就いた年になります。建白書の核心の部分は次のように述べてあります。

「……もし、臣の受任する所の版籍を朝廷に収め、更に宜《よろ》しきに従いて之を処し給わば、何の大幸か之に如《しく》むや。仰ぎ願わくば聖明《せいめい》（天子）、之を裁せよ。　臣（定安）
誠惶誠恐《せいこうせいきょう》頓首昧死上言」

二十四日に鳥取藩が、二十七日には佐《さ》土《ど》原藩《わらはん》が、二十八日には福井、熊本、大垣藩が、松江藩が三十日に、そうして五月三日までに二百六十二の藩から、版籍奉還の願いが提出されました。

このように各藩が奉還を急いだのは、新政府の施策に乗り遅れまいとするとともに、藩財政の逼《ひっ》

迫《ぱく》によるところが大きかったと思います。

この間の諸藩のあわて振りは想像に余りあります。提出された文書が似通っているところから、先の四藩の上表文《じょうひょうぶん》が各藩に回覧されたようです。

松江藩には二月四日には太政官から次のような達書がきています。

「版籍奉還の建言これあり、叡感《えいかん》浅からず。なお東京に再幸の上、会議を経、公論を竭《けつ》して何分の御沙汰あるべし。版籍は取り調べて呈供《ていきょう》すべし」

新政府は国状をつかみたいのです。これに対して、松江藩は次のように報告しています。

石高　一二万四二三八石
戸数　六万七九五四軒
人員　二九万五八一七人

明治維新の原動力になった山口藩では早くから封地（版）と人民（籍）を国家が支配しなくてはならない、そういう思いはあり幕長戦争で占領した石見と豊前は、慶応四年の正月に朝廷に献上されていきます。（これまで長州藩としていましたが、文久三年に拠点を山口に移し山口藩と改称していますので、以後山口藩とします）
新政府は、藩主から土地と人民を巻き上げることを模索しますが、懐柔《かいじゅう》策も忘れません。藩主には階位《かいい》がそれぞれ贈られ、定安さまも二月五日に、「出雲守」に遷任され、つづいて三月二十日には世子瑤彩麿さまを嫡子とすることが許されて「但馬守《たじまのかみ》」に任じられ、名を「直應《なおたか》」と改め、従五位下に叙《じょ》せられています。

直應さまは丘父斉貴さまの実子で、定安さまが養子に入られてのちにお生まれになられた方です。蛇足《だそく》ですが実のご長男の安敦《やすあつ》さまは宿老大橋家の養子に出しておられます。その経過は鎮撫使のところで話しました。

九月に明治に改元しますが、その翌月、政府は各藩がばらばらの職制では統括できないと「藩《はん》治職制《ちしょくせい》」を公布し、あわせて従来の門閥を中心とした家老や用人などを廃止し、執政や参政とし、人材の登用を図るよう指示がありました。

『公伝』の年譜（明治二年）によりますと、

「十一月十一日　藩治職制に基き、従来の仕置役、同添役を、執政《しっせい》、参政《さんよ》と改称し」

とあります。この政府の指示により定安さまは明治二年三月に「出雲藩治職制」を発し、議行局、神祠《しんぎ》局、民生局、会計局、学事局、軍事局、刑法局、監察局の八局を設置しておられますが、これらは新政府の部局にならったものです。

このあと、松江藩では明治三年、軍制がフランス式になること、フランス人のアレキサンドル・ベリーゼとワレット・フレデリックという二人の外人を雇い、アレキサンドルさまは医者で語学、医学、化学、鉱物学を、ワレットさまは軍人で砲術や軍事を教えておられました。これらの措置は、定安さまは地方官としての任務を忠実に履行《りこう》し、国家を守る一翼を担う気概《きがい》をもたれた誠実な一面を物語るものです。

新政府は明治二年二月に、太政官を東京へ移され、定安さまへも上京の命がくだり、支藩の広瀬、母里の藩主を伴って十八日松江を発、美保関から海路上京、二十二日に横浜に着き、四月一日には他の諸侯とご一緒に、江戸城に参上し天皇から天盃《てんぱい》をいただき、翌二日には松江藩の職制を太政官に次のように報告しておられます。

執政　朝日千助　小田均一郎　乙部誠一郎
　　　神谷浩之助　平賀縫殿　黒川卓郎
参政　香西太郎右衛門　斉藤修一郎　石原市之進
　　　大野権右衛門　乙部勘解由　仙石城之助
　　　黒沢三右衛門　赤木眞澄　松原　操
　　　雨森謙三郎

この方たちは、大方藩政当時の重臣の方乃至《ないし》は親族の方ばかりです。ただこの中にわたしの夫雨森謙三郎さまの名があり、『公伝』には、夫のことが次のように記されています。

「慶応二年に至るや、かねて藩儒《はんじゅ》にして世務に通じる雨森謙三郎（精翁）を選んで修道館儒学総教授とし、自己および世子の侍講たらしめたり、つづいて同年十月五日、自ら松江を発し上京するや、日月《じつげつ》の伴侶《はんりょ》たらしむべく同人を伴い、ともに時事を談じ、またしばしば彼を他藩列へ使者として差し遣《つか》わしたり。」

これをみますと、変動の激しいこの頃、雨森謙三郎さまは日夜定安さまのお側にあって、時局への相談に預かっておられたのです。こののち新政府は集議院《しゅうぎいん》を設け、藩を代表して意見を述べる公議人を選任しますが、松江藩からは雨森謙三郎さまが選ばれております。いかに定安さまの信頼が厚かったかお分かりと思います。集議院では幹事も務めていますから人望もあったのでしょう。ただ、惜しいのは儒学を学んでいましたから、時流が欧米化するなかでしだいに影が薄くなり、病を理由に退き、出雲に帰って平田村上ケ分に塾を開いております。塾の名は「亦楽《えきらく》舎《しゃ》」と名づけ、明治十一年の文部省年報には亦楽舎が松江中学と記されています。

雨森謙三郎さまについては、この物語の終わりにわたくしのことと併せてお話しますが、武家の二男に生まれ、部屋住みの身分で、お家に奉公に上がっていた農家生まれのわたくしを妻（当初は妾《めかけ》）になさった方です。一生部屋住みで終わる方が、藩を代表して国政の場で発言なさるまで出世されたことは、ご自身の研鑽《けんさん》と人柄によるものであります。

明治二年五月二十二日には、上局会議（藩主を集めての会議）が招集され、次の二点が諮問《しもん》されます。

・蝦夷《えぞ》地開拓
・皇道復興

定安さまは、蝦夷地開拓については賛意《さんい》を表しておられ、このご意志がのちに松江藩が北海道開拓に尽力するきっかけになったと思います。つづいて二十五日に開かれた上局会議では、次の三点が諮問されています。

・外国との交渉
・知藩事任命
・理財の方法

これらの諮問の回答は、後日文書ですることになっており、定安さまは、外交については我が国の国体を守り、西洋のよいところを学ぶこと、版籍奉還は藩知事としての任務を全うすることを述べ、財政は藩ならびに国家の窮乏は極まっているなか、「国債のことは不案内」で、これといった手だても考えられず、ただ政府のご指導を仰ぎたい、そのように申されています。六月十七日には、太政官より、

「自今、公卿《くげ》諸侯の称を廃し、これが総称を華族《かぞく》とせる」

との達しがでています。つづいて六月十八日には再度朝廷に呼び出しがあり、そこで版籍奉還を許すことが告げられ、定安さまは「松江藩知事《はんちじ》」の辞令をいただいておられます。

二十四日には、

「(これらの)政体につき下問す。各自所見を申し出よ」

その頃の政府の実情は旧藩の寄合いで脆弱《ぜいじゃく》な体制ですが、旧藩に対しては強引な態度で、文句があるならいってみろと、そんな高慢《こうまん》さが伺えます。松江藩からは二十七日に次のような回答が

だされています。

「御下問の趣、謹みて拝承奉り候。逐条熟考仕り候ところ、簡易明当、聊（いささか）も申上げ候ほどの見込みご座なく候」

この回答は定安さまにとって苦々しいものであったに違いありません。時勢の赴《おもむ》くところに従わざるをえなかったのでしょう。

ここで維新当時の「知事」について触れておきましょう。慶応四年四月といいますから、まだ明治にならない頃、新政府は旧幕府が管轄していた京都などを府とし、戊辰戦争で取り上げた領地や幕府の直轄地などを県、旧藩地は旧藩主が統治するとして、それぞれ知府事、知県事、知藩事を置く「府藩県《ふはんけん》三知体制」をとることを定めました。それにしたがって定安さまは「松江知藩事」となられたのです。しかし領土を安堵されたのではなく、中央政府から命じられた地方官という立場です。

明治二年五月末に再び召集があって、次の十項目にわたって命令書が下付されます。これらは政府の諸藩への介入の手はじめ、廃藩への布石でしょう。

・支配地の石高
・諸々の物産、諸税
・公の費用
・職制、職員

・藩士および卒の員数、その扶持米《ふちまい》の額
・社寺の領地、その扶持米
・現石の十分の一をもって家禄と定めること
・支配地の地図
・一門以下兵士に至るまで総て士族と称すこと
・家禄相応に家令、家扶《かふ》（家令の補助）、家従の人員
なお藩には知事一人、大小正権以下の参事をおくこととの指示があります。『公伝』には次のように記されています。

「……公、召しに応じて他の諸侯と共に参内す。先ず版籍奉還の願意を允許《いんきょ》することを告げ、次に公を以て松江藩知事に任ずる朱印《しゅいん》辞令書を下付せり。而して我藩従来の旧領地は、原石十四万五千三百四十石なるを以て、その十分の一、即ち一万四千五百三十四石を以て、家禄として支給する旨を達せられたり」

この削減によって家臣の方の禄が再配分されました。何分十分の一の減額は大変なことです。

七月三日に再度よびだされ、天皇臨席のもとに、

「先般来、会議いずれも大儀、なお帰藩の上、職掌《しょくしょう》を尽し、励精《れいせい》すべし」

との勅語を賜わり、つづいて三条実美《さねとみ》公から、

「先達て来のご下問の件々、ご参酌の上、追々施行これあるべく候。この度帰藩仰せ付けられ候

あいだ、右ご主意を奉戴《ほうたい》し、職任に尽す旨、御沙汰に候こと」

これまで指示したことを、藩に帰り早速作業に掛かれという趣旨であります。諸侯の方々は天皇の前にすすみ、天盃をいただかれます。その天皇の背後には、かつての藩士であった維新の重臣が控えています。定安さまはこれらの重い宿題を抱え、七月十八日に東京を発ち、明治二年八月九日に松江に帰っておられます。翌十日には藩士の方を城内に集め、

「今般、政府改正の職制に基づき、諸官を人選して、各々その職に就《つ》かしむ。一同協心戮力《りくりょく》して余を助け、以てその任を完せしめよ」注―戮力は力を合わせること。

と、このように告げておられます。明治元年は大変な凶作で、加えて維新の出費がかさみ、さらに政府からは拠出を求められ、財政は火の車です。定安さまは藩士に倹約を求められ、自らも居宅を乙部さま、世子の方やご家族も朝日さまや有沢さまの屋敷に移され、三ノ丸は公廨《くがい》（庁舎）として使用、公私の別を明らかにしておられます。このため乙部さまは石橋惣門の下屋敷に、朝日さまは黒田村の別荘に移っておられます。また、家中へは、

「当今の時勢となりては、衆議に諮るべき要あるを以て、各人忌憚《きたん》なく意見を上言せよ」

と目安箱《めやすばこ》を設けられますが、趣旨にそぐわない投書があり、次のようなお触れがでています。

「目下、私怨《しえん》を以て妄《みだ》りに人を讒誣《ざんぶ》し、或いは自己の犯罪を曲庇《きょくひ》して無実と主張するなど、濫用《らんよう》の弊《へい》少なからず。この如きは、この機関を設けし主旨に反す。自今、宜しく誠意を以て上言し、且つ、その確実を証明するため、己が姓名を署して押印すべし。もしこれに違背せる書は、悉く

これを焼棄《しょうき》すべし」

政府に集議院が設けられたことはお話しましたが、松江藩でも集議院を設置し、議員には、儒学、兵学、洋学など各界からえらばれています。

藩政の執務は、知事のもとに大参事、権大参事、小参事、権小参事を置きこれらの方が藩政を総括し、別に民生局、会計局、軍務局、刑法局、修道館、議事所、監察所、海陸軍さらに租税部、出納部、物産部、営繕《えいぜんぶ》部などが設けられています。明治二年十一月八日には次のような幹部の方の発令がありました。

大参事に任ず　吉田小右衛門

権大参事に任ず　神谷彦左衛門　富谷門蔵

小参事に任ず　高橋伴蔵　市川虎市

松本信夫

そうして、重臣だった乙部誠さまは大参事心得、松原操造さまには小参事心得が発令され、その日、定安さまは、かつての重臣の朝日千助、神谷《かみや》浩之助、黒川卓郎さまたちを私邸に招き、長年の苦労を謝し、太刀一腰を授け禄米の加増を申し渡しておられます。

また、この時期に藩祖の直政に従って大阪の陣で功績があり、その後断絶《だんぜつ》していた十二の家名の再興を指示しておられます。随分古い話を蒸《む》し返されたものです。

『公伝』には、この頃の藩政を、「複雑なる二重の関係を有せしものなり」とあります。その意味がよく分かりませんが、新旧の職制が入り乱れていたのでしょう。

先にも話しましたが、明治の初年はまれにみる凶作がつづき米価は高騰します。米一俵の値段が元治《げんじ》元年（一八六四）に七十八銭だったのが、慶応年間にはいると一円台に、明治二年（一八六九）には三円四十三銭に跳ね上がり、明治五年には八十銭に暴落、農民の方も町民の方も困惑し暴動を誘発します。そのうえ政治は安定しません。こうしたなか定安さまのご苦労はつづきます。

## 三　藩債（藩札）の処理

維新のはじめの頃の新政府の金庫は空《から》っぽだったといいます。そこで明治二年五月に太政官《だじょうかん》札《さつ》という紙幣を三千二百五十万両、つづいて五千万両を発行しましたが、政府に信用がなく、粗末な紙に印刷したので贋札《にせさつ》が横行するなど流通の用をなしません。そこで発行を打ち切り、明治五年を限りとして金札に交換する。もしその期限に残額が生じた場合は、一か月五朱の利息を加え、毎年七月に支払うとしました。

政府は太政官札の失敗を反省し、信用の裏打ちとなる金貨を確保し、新札の発行を用意します。六月六日に諸侯を招集、次のような達をだしています。

「今回、改めて政府は新貨を発行し、この新貨（金札）を全国に流通させるため、一万石につき二千五百両の割合で各藩に下付する」

この金額が松江藩に要求された一万六千両なのでしょう。松江藩ではそのお金の支払いができません。そこで太政官に対して次のような伺いをたてます。

「我が藩の拝借金札、年賦上納として、一万六千両を納入すべきも、藩の経済困窮し、且つ本年度の凶作により、到底支払難きをもって、明年まで延期を許されんことを請う」

この願を政府は認めません。それどころか、

「今回、新貨幣を交換するにあたって、藩札の発行は厳禁する。また、従来発行した藩札については、来る三年二月までに大蔵省に報告すべし。なお、維新以後製造した紙幣は自今通用を停止する」

この通達により、松江藩からも藩札の残高が報告されています。煩雑《はんざつ》ですが維新時の松江藩の財政を知るうえで貴重なものと思いますので、藩札の整理の状況を掲げておきましょう。『公伝』では四項目に分かれています。

一項目目は、幕府の許可をいただいて藩札を発行したのは、延宝二年（一六七四）だが、同六年に城下の火災で資料が紛失し詳細不明とあります。

二項目目は、享保《きょうほう》十五年（一七三〇）から十五年おきに藩札を発行したとあり、次の数字があげてあります。

銀　一匁札　　二三一七貫

二分〃　　七〇〃
三分〃　　一一三〃
　計　　二五〇〇〃
銀札一匁を銭一六〇文と交換して四〇万貫
三項目目は、文政七年（一八二四）～慶応三年（一八六七）まで、
銀　一匁札　一万二七二六貫
二分〃　　二二六〃
三分〃　　二一八〃
計　一万三一七〇〃
　銀札一匁を銭一六〇文と交換　二一〇万七三三八貫は民間に通用した。
四項目目は、臨時に発行したとして
　銭一貫文札　一五八万五〇六九貫
　五百文〃　六六万九五四〇〃
　　計　二二五万四六〇九〃
総計　四七六万一九四七〃
注－2,107,338＋2,254,609＝4,361,947となり標記と合わないがママ。
これらの札を、銭十二貫を一両と交換して三九万六八二八両となる。

四項目は松江藩の幕末諸々の費用にあてたものでしょう。この四十万両に近い金額は、のちに政府が買い取ることになります。この措置で庶民の方の不安は防げたのです。もしもこの旧藩札の買い上げがなかったら、不平士族と庶民が結託して大暴動が発生したことでしょう。

これらのしわ寄せは藩士の給禄の削減に向かいます。勿論藩士の禄の削減は松江藩に限ったことではありません。その頃の政府の収入の大方は禄の支払いで消えているのですから、政府も真剣です。

政府はこの問題に取り組む前提として、各藩でまちまちであった職制を、華族《かぞく》（藩主）、士族、卒族に統一し単純化しています。その指示にしたがい松江藩でも明治二年九月に次のように改められます。

「従来の格式の名称を廃し、等列に改め、旧士を一等より五等までとし、各等に上下を付す。旧来の家老を一等列上とし、家老格を一等列の下とし、中老を二等列の上、同格を二等列下に、旧番頭《ばんかしら》を三等列の上、奥列を三等下、旧者頭《ものがしら》を四等列上……」

そうして政府は旧幕臣の禄を削減します。明治二年十二月二日付けで示された「士族卒禄制表」（旧幕臣）には次のように示されています。

| | | |
|---|---|---|
| 万石未満九千石まで | 現米 | 二百　五十石 |
| 九千石未満八千石まで | 〃 | 二百二十五石 |

（略）

四千石未満三千石まで　〃　百二十石
三千石未満二千石まで　〃　百五石
（略）
三十石以下は旧に仍《よ》る

これをみますと高額の方の削減幅が多くなり、三十石以下は手を着けていませんが、ほとんど食べるだけの禄になりますから、削減の対象にならなかったのです。この政府の処置が各藩の禄削減の基準となり、松江藩も明治三年三月に次のように禄の削減を実行しています。（「旧松江藩有禄士族取調書」による）

一等列　旧家老　百二十石　現米三百表
二等列　旧中老　六十石　同百五十表
三等列上　旧番頭　六十石　同百五十表
三等列下旧奥列より以下五等列下番組士まで
三十二石　同　八十表

このように家老の方の禄高は政府の示した高に準じ、旧家老職を百二十石に格付けています。これを一次の削減としましょう。これほどの削減をしても、華士卒族の禄高は明治五年の国の収入の約八割に及ぶ一六〇七万円だったといいますから、禄の問題は政府の最大の課題になるのです。

第二次の減禄の発端は明治三年九月に公布された太政官布告です。そこにはいくつもの項目がありますが、主なものを掲げましょう。まず、

「十万石の場合、知事家の禄は一万石、この内から陸海軍費九千石を拠出し、残りで公廨《くがい》の入費、士卒の禄を賄え」

というものです。これにもとづき藩から次の布告がだされています。

「これまでの等級給禄とも一切廃止。更に士族一等の給禄三十二石、卒一等給禄十石、これまでの等外は六石八斗に定める」

その頃は一人の給禄で養う人数も多く、八人家族として一人一日二合食べるとしますと、一年で六石五斗七升になり、とてもそれまでの生活は維持できません。等外の方など食べるだけの給米となります。

新政府からの追い打ちはつづきます。九月七日には政府から、

(一)従前《じゅうぜん》の藩債は、知事家禄、士卒の禄、および公廨費等を分配して償却すべし。

(二)従来の藩造の紙幣は交換結了の目的を立つべし。

との通達がきます。両方とも松江藩にとっては不可能なことで、十二月十日に次の嘆願書を政府にだされます。

「明治二年分、年割上納金一万六千両、目下完納しがたきをもって、内一万両を納め、残額六千両の納入を猶予願いたい」

これに対して政府は認めず、十二月二十日までに完納すべしとのきつい沙汰がきます。藩札の発行は禁じ、上納金は待ったなしです。松江藩ではやむなく藩士に拠出を求めることとして、『公伝』には次のように記してあります。

「我が藩にては、同月二十五日藩債償却のため、終に一般より徴収するにいたれり。士族、卒族、職の有無にかかわらず、同三十二石より一石四斗、同十石より二斗、六石八斗より一斗五升を徴収す。ただし施行は明けて四年よりとする。また職米ある者をして、毎月その百分の三を納めしめ、士族、卒族、無職の者より、無勤米を出さしむ」

これがどれほど過酷なものであるか想像してください。士族の方の多くはその誇りと、直面する困窮と、先々に対する不安で極限の状態にあり、婦女子の働きで生計を支えておられたのです。のちの話になりますが、士族の娘の小泉セツさまが、外人教師のラフカディオ・ハーンさまの妾に入られる事情も理解できるのでございます。当時は武家の方は道路に茣蓙《ござ》を敷きその上に骨董品を並べて乞食まがいのことをしていました。

松江藩の財政は、幕末までは比較的裕福でしたが、長州征伐への出陣、鎮撫使の来藩、戊辰戦争での秋田への出兵、京都や堺の警備、隠岐騒動など出費がかさみ、台所は火の車です。そのうえ明治二年は大凶作《だいきょうさく》、オランダの商社からサイゴン米を輸入、その代金を借り入れたという記録もあります。

新政府のこうした締め付けも、廃藩置県の前哨だったかもしれません。困り果てた藩は新政府の禁を犯して藩札を発行し、松江藩も藩札を発行し明治五年三月、咎《とが》められ定安さまが太政官に次のような進退伺《しんたいうか》いをだしておられます。（原文は漢文）

「私儀、明治二年六月に松江藩知事に任じられ、その後赴任の上、管下通用の楮幣《ちょへい》（負債を補うための紙幣）伺うことなく造増《ぞうぞう》仕りおり候よし申し聞き、右の者、容易ならざる儀に候えども、何分同藩旧来の費弊、かつ当年は凶荒《きょうこう》の見込みにつき、一時細民の救育《きゅういく》などの手段にも尽き果て、その情実止むを得ず、まず其の儘に差し置き、精々支消の道あい立つべく尽力《じんりょくつかまつ》仕り候えども、何様数多の楮弊、速やかに償却の筋は立ち兼ね、苦心罷《まか》りあり候ところ、先般ご改正の際に当たり、その儘お届け仕り候よし、実に恐懼《きょうく》に堪えざる次第に候。

よって、進退如何《いかがしか》然るべく心得《こころえ》すべきや、御沙汰待ち奉り候。

誠恐頓首」

この申し出に対して、六月十九日に定安さまは、七十日の閉門《へいもん》を申しつけられましたが、藩によっては更迭《こうてつ》された知藩事の方もおられますから形式だけではなかったのです。

これらの藩札は、明治四年七月二十九日に海外で債権を発行し、その借財を持って政府に買い上げがおこなわれ、松江藩から次のような比率で交換するとの公布がでています。

「旧藩発行の紙幣、漸次金札に交換すべし。但し、当七月十四日、金札松江価格（銭にして三十六貫文）を標準とし、銭一貫文札（壱貫百文の通用）三十二枚と銭八百文。

銭五百文札（五百五十文の通用）六十五枚と銭二百五十文。銀一匁札（二百文の通用）百八十枚、銀三分札（六十文の通用）六百枚。銀二分札（四十文の通用）九百枚を以て金札一両と交換することを得」

さきにも話しましたが、藩札交換が実行されればどれほど市民の動揺が防げたかわかりません。結果からみますと、この藩札の交換が、不平士族と市民の不安の連鎖《れんさ》を断ち、暴動化することなく維新の政策が実行されていきます。政府もこのことを恐れての措置だったと思います。しかしその一方で、国の権力を一本にすること、即ち廃藩置県が浮上してきました。

## 四　廃藩置県

明治四年七月十四日に「廃藩置県《はいはんちけん》」の詔《みことのり》が発布されます。この事件は、藩士がそれまで仕えていた藩主から政権を奪い取ることで、明らかにクーデターです。ここでクーデターの舞台裏について話しましょう。

新政府の指導者の方は、いずれは藩主から政権を奪わねばならないことは考えていました。大勢は藩主を財政的に窮地《きゅうち》に追い込めば、自発的に政権を投げ出すだろう、その機会を待とうとのお考えでした。

そうした機運を無視して、早めに廃藩に踏み切ったのは薩長です。言いだしは長州藩士の野村靖《やすし》と鳥尾小弥太《とりおこやた》さまといわれています。二人は、

「（幕府は倒したが、人と土地を旧藩主が握っていてはいかん、）封建を廃し、郡県制を敷かねばならぬ」

と、この論議に兵制の統一を考えていた山縣有朋《ありとも》さまが同調し、井上馨さまが加わり、木戸孝允《たかよし》さまを口説かれたようです。木戸さまは、薩摩の西郷さまが同意されればということで、山縣さまが西郷さまの説得にあたりますと、西郷さまは即座に、

「それはよろしい、木戸はどうか」

これが七月六日のことです。八日に木戸さまと西郷さまが直談《じきだん》しておられ、廃藩置県の大筋が決まり、十日から極秘で廃藩への手だてが練られます。これらの方たちは第二の戊辰《ぼしん》戦争を考えておられ、井上馨さまが、

「戦《いくさ》になる事態も予想されるが」

と申されると、西郷さまは、即座に、

「兵は我々が引き受ける」

と即答され決行がきまり、七月十二日に太政大臣の三条さまと右大臣の岩倉さまに報告、それも明治天皇が、「狐疑《こぎ》」することなく「ご聖断」を下されるようにと念が押されています。「狐疑」

とは事に挑んで疑いためらうこと。このとき明治天皇は満で十八歳でした。

明治四年七月十四日早朝、薩摩、長州、佐賀、高知の旧藩主の方が呼び出され、三条右大臣から勅語《ちょくご》が読み上げられますが、四人の方は寝耳《ねみみ》に水であったといいます。

つづいて、名古屋、熊本、鳥取、徳島の旧藩主の方が、午後二時には五十六の旧藩主の方が呼びだされ、廃藩の勅語が奏上されます。

十五日には旧藩主不在の各藩の幹部の方二百余人が呼びだされ、廃藩置県の沙汰を告げられます。松江藩からは大参事の乙部《おとべ》さまが参内しておられます（『公伝』の年譜には十四日となっている）

この日には大臣、納言《なごん》、参議から各省の高官の方が出席して会議が開かれ、議論百出であったといい、大方は廃藩置県に反対するものです。これらの意見を静かに聞いていた西郷さまが、大声をはりあげ、

「この上、もし各藩において異議など起るなら、兵を以て撃ち潰《つぶ》す外ありません」

この一声で議論は鎮静《ちんせい》したといいます。翌八月には旧藩主の反乱に備え、東京、大阪、小倉、東北に鎮台《ちんだい》が置かれます。ところがその小倉鎮台が明治十年に起きた西南《せいなん》戦争では、政府側の拠点となり反乱軍を苦しめ、ついには西郷さまを鹿児島に追い詰め、鹿児島城で討死されますが、これも歴史の皮肉《ひにく》と申しましょう。

ここに藩が廃止され、三府三〇二県が誕生し、十四日をもって松江藩は松江県となり、明治四

年十一月に島根県と改められます。反対派が動く前の電光石火《でんこうせっか》の革命でした。世界の歴史のうえで、クーデターは数々ありますが、こうした無血クーデターは稀《まれ》なことで、在日の外交官の方も驚いていたようです。

『公伝』には、廃藩置県に対する論評も、その時の松江藩内の動揺についても記述がありません。このことは何を物語るのでしょう。ただ、松江藩の親戚にあたる福井藩にその様子が残されていますので、これをもって当時の松江藩の状況を想像してください。

北陸《ほくりく》の福井に廃藩置県の情報が伝わったのは四日後の七月十八日でした。雇《やと》い教師（外人）の方の記録には、

「静かな町を大地震のように揺れ動かし、役人たちの大方は顔が青ざめ、侍たちは刀を帯に差し、大股《おおまた》で玄関を飛び出していた」

とあります。過激な方は新政府に出仕している由利公正《ゆりきみまさ》さまなどを殺すと叫んでいる方もいたようです。しかし、それらの動揺は一時的なもので、暴動に結びつくことはありませんでした。外人教師の方は、その頃福井にいた五百人の役人が五十人になる、そのことはよいことで、町の人たちもそのことに気づいていたのではないか、そういっておられます。なかには、

「これで日本の国もあなたたちの国の仲間入りができる」

と冷静に語ってくれた若者もいたと記しています。旧藩主の松平茂昭《もちあき》さまのお別れの様子も次のように記されています。

「列席した大広間は、部屋を仕切っていた襖《ふすま》がすべてとりはずされ、裃《かみしも》をつけた二四六〇余人の旧藩士卒が並んでいた。刀の柄を両手で握りしめているこの日の士卒の姿は、一人一人の表情が遠くを見つめているように思え、その目は過去をさかのぼり、不確実な未来を探ろうとつとめていた」

と書き残しておられます。松江藩でも大同小異であったことでしょう。

この変革で最大の被害者は旧藩主です。その極端な例を二つあげておきましょう。一つは山口藩です。

山口藩から政府に出仕し、この革命を主導した木戸孝允さまにとっても、仕えていた殿さまから政権を取り上げることは、心の重い事件だったのです。その心境を十四日の日記をもっておつなぎしましょう。

「山口知藩事（元徳）には五十六藩の中に在りて、斉《ひと》しく平伏拝聴、実に我れ海岳《かいがく》もおよばず高恩を蒙《こうむ》りし君なり。感情胸を塞ぎ、知らずして涕涙《ているい》下がる」

高座で詔勅を読み上げる三条実美さまの側に木戸さまは参議として座っておられ、一段低いところで元藩主の元徳《もとのり》さまは平伏されているのです。元藩主の毛利敬親《たかちか》さまはこの春逝去《せいきょ》され、世子の元徳さまが知藩事を継がれたばかりです。噂では木戸さまは密かに廃藩のことを元徳さまに伝えられていたと申します。山口藩では政府に出仕された方と旧藩主の方に信頼関係があったことがうかがえます。

これと逆なのが薩摩藩です。薩摩の旧藩主の島津久光《ひさみつ》さまは、新政府に出仕している西郷さまや大久保さまに対して不信の念を抱いておられ、廃藩の知らせを聞いた久光さまは、錦江湾《きんこうわん》に花火を打ち上げ鬱憤《うっぷん》を晴らされたそうです。そうした久光さまのお気持ちが西郷さまの立場を苦しめ、ついには西南戦争の遠因《えんいん》にもなるのです。

廃藩にともなって浮上するのが、藩の始末です。まず藩主や藩士の方の身分、さらに財政でしょう。これらについて話をすすめましょう。

## 五　秩禄の処分

この話に入るまえに「家禄《かろく》・賞典禄《しょうてんろく》」について話しておきましょう。

家禄は藩主から給されるもので世襲です。もとは藩主にことあるとき戦場に馳《は》せ参じるためのものです。版籍が奉還され、国が兵を統括《とうかつ》すると、藩士は無用のものとなります。

賞典禄は戊辰戦争での功労者に支払われるものです。この支給は西郷さまの二千石を筆頭に戊辰戦争を戦った指揮官などが対象になり、松江藩士の方の名もあります。さらに戦争に協力した鹿児島、山口、高知、鳥取など旧藩主の方にも支給されます。これに加えて公卿《くげ》さまたちへの禄もあります。

これらの支出に堪えかねた政府は、明治五年に卒《そつ》（下級武士）の方、一万八〇〇〇〇人を解雇し平民に編入しています。

政府の財政を預かる人たちにとっては、封建制度のもとでの約束など維新とともに解消しているとの認識で、歳入は産業振興や国土の建設などに使うべきだとの考えが主流でしたから、禄《ろく》への支出は溝に捨てるように思われたことでしょう。

士族にもう一つ、自立という問題があります。政府はこのために士族が他の職業に就くことを奨励し、就農を希望する方に政府が所有する林野を開放したりしますが、効果があがりません。そこで考えられたのが禄を事業資金に活用するという案です。

そこで明治六年十二月に秩禄公債《ちつろくこうさい》が発行されます。その時の太政官布告によりますと、
一、永世禄は禄高の六年分　終身禄は四年分
　年限禄は、その年数に応じて一年から四年分
一、支払は、半分は現金、半分は公債
とあります。禄米《ろくまい》の値段は、明治六年の府県の相場で換算されることになりました。もっとも一度に市場に出回ると混乱するので、はじめは百石以内とされましたが、翌年に解除され、その場合は五十石まで現金で残りは公債ということになっています。

この措置は、士族の生業《せいぎょう》を支援することが本旨なので、公債の発行には、それに見合う計画が条件だったようです。島根県でも七年一月に「家禄奉還御用係《かろくほうかん》」を置き、翌月には井関県権令《ごんりょう》の名で次のような文書が布達されています。（権は副）

「藩政時代には、藩臣としてそれぞれ職分があり、それに対して家禄という給禄もあった。しかし、現在では徴兵制度もでき、軍団の士卒であった常職もなくなった。その今、農工商に自営の道を講ずるのも、新しい国の民として常識ではあるまいか……。故に朝廷は深くその情況をご賢《けん》察《さつ》あらせられ、内外経費多端《たたん》の折柄をもいとわず、家禄を奉還し自営志願のものへは、資本金を下賜する。しかりといえども、みだりに一己《いっこ》の所見をもって工商となり、あるいは少しの浮利《ふり》にはしり、或いは眼前の僥倖《ぎょうこう》を求めば、元来不慣れの業ゆえ、たちまち損亡をうけ、ついには資本水泡《すいほう》に付し、一家の破産を招く恐れあり……」

（僥倖は偶然の幸運）

これらの文を読みますと、士族の方への資金の付与《ふよ》に危惧《きぐ》の念をもっておられたようです。本県では出願の採用については、次の基準を設けて慎重に対応されました。

一、従来、農商に従事した経験のある者

二、農商に就く覚悟で、すでに家屋の模様替えなどの手当てをしている者

三、資金の利子で生活をたてる確固とした計算をしている者

四、農商の営業なくても、田畑、山林、宅地があり、蓄財もあって家禄を計算外にしても生計の立つ者。

こうした配慮はありましたが、真面目に営業に取り組んでも、慣れない仕事で破産し、また思わぬ大金を手にして遊蕩《ゆうとう》に耽《ふけ》る方もありました。明治八年頃、天神さんの境内辺りの酒楼などは

不夜城《ふやじょう》となり、弦《げん》の音が絶え間なかったといいます。

そうして、この公債発行は失敗に終わり、明治八年八月に廃止されます。失敗したとはいえ、家禄・賞典禄の始末は避けてはとおれません。政府は新たな公債の発行を模索します。

藩政の時代は禄《ろく》は現物（米）で支給されていました。米だと大変な労力と相場の上げ下げがあり安定しません。しかも明治四年には地租《ちそ》が改正され金納となります。こうした情勢のなかで、財政を預かる大蔵省から、現物支給の廃止論が強まり、明治七年十一月に大蔵卿の大隈重信さまは、

「地租改正で租税は金納になったのに、家禄・賞典禄だけが現物支給は不可であり、金禄に改定すべきだ」

と主張され、その機運が醸成《じょうせい》されます。

明治五年は地租の収入が二〇〇五万円だったのに、禄の支払いは約八割の一六〇七万円、地租の納入が軌道にのった明治六年でも、地租の六〇六〇万円に対して三割に近い一八〇四万円が禄への支払いです。

明治八年九月に次のような内容の太政官布告がでます。

「家禄・賞典禄は本年度から、現石での支給は止め、地方ごとに明治五年〜七年の三ヵ年の平均の米価の金禄で支給する」

その頃、明治政府は三十年返済の外債を募って二千四百七十五万円の金で、削減された家禄を

金《かね》で算出し、これを債券にして、国と家禄・賞典禄とのかかわりを絶とうとしたものです。いわゆる禄の国債化《こくさいか》で、士族は利息による生活者となります。

そうして明治八年に過去三年間の米の相場で換算した額を公債で支給することになります。債券の償還期間は三十年で、翌明治九年に発行され、これが金禄公債と呼ばれるものです。発行された総額は一億七四六三万円で、受給者は三一万三五二七人、平均しますと一人五五七円になります。

しかし、二二〇石以上（主に旧藩主）は全体の〇・一七％でありながら、額では一七％を占め、平均六万円になるのに、受給者の八三％を占める二六万余の方の年額は四一五円となります。その額に年率を掛けます。年率は五％から一〇％とし高額の方に低く定めてありますが、先の年額四一五円の方は七％で年収二九円になります。勿論、一定の額は償還されていたでしょう。

島根県の「士族賞典金禄調帳《しぞくしょうてんきんろしらべちょう》」によりますと、「明治五年より同七年まで、三ケ年平均米一石に付、金　三円九十五銭七厘五毛二」と記されております。

ここに杉原さまの請書がありますので参考に掲げておきましょう。杉原さまの禄米は丁度十石でしたから例としてはよいと思います。三円九十五銭七厘五毛二の十倍になります。

「
御請証《おんうけしょ》

従前家禄米　　十石

一、御改定家禄金　三十九円五十七銭五厘

右は明治八年、第百三十八号をもって、家禄米同年より米額の呼称を廃し、出雲国貢納石代相場、明治五年より七年までの三ケ年平均をもって、前書の通り金禄に改定下賜《かし》候旨、御達の趣、謹んで承知仕り候。

出雲国意宇郡雑賀町《いうぐんさいかまち》一五七八番地

明治九年九月　　士族　　杉原織右衛門

島根県令　佐藤信寛殿　」

また、元の家老大橋茂右衛門さまのものもあります。

旧松江藩士大橋茂右衛門

「一、元現米三十二石　家禄金百二十六円六十四銭一厘（32×39.575＝126円6400）

内三石六斗　この金十四円二十四銭六厘　禄税引」

禄税が差し引かれていますね。杉原さまはさきに掲げた表から、年利七％で年利は二円八銭となり、大橋さまは年利六％で七円六〇銭になります。その頃の大工の日給が四十五銭だったといいます。ところがこれらの金禄は、その後に起きた西南戦争での貨幣の急増や物価の高騰で価値が下がります。

旧士族の方の不満は充満し、松江でも暗殺事件や贋札《にせふだ》事件が相次ぎ、明治三年には紙屋町の米商人が殺害され、同じ頃大草町の物産方計吏《けいり》、さらに会計局の大幹事が暗殺されています。

明治十一年のことですが、時の権力者参議兼内務卿の大久保利通《としみち》さまが東京の赤坂紀尾井町《きおいちょう》で惨殺《ざんさつ》されます。襲ったのは六人で、その中に島根県士族浅井寿篤という方が加わっておられます。その紀尾井町は松江藩の藩邸近くで、六人の方は、

「今日、吾ら同志、途上にて国賊を誅戮《ちゅうりく》したり。故に来りて自首し、政府の処分を仰がんとす」

といって自首されています。大久保さまの最期《さいご》は見るも無残な姿で、首には三本の脇差が鍔《つば》までズブリと突き立てられていたといいます。この犯人の中に旧松江藩の士族の方がいたことは衝撃です。余り語られていませんが松江藩でも不平士族が横行していたのです。

士族の中には新政府に書記や教員、警官などで雇用された方もいますが、それは一部で、またその採用をめぐって不満が生じます。山口藩では萩に新政府に取立られなかった方は、大言壮語《たいげんそうご》するばかりで、落ちこぼれの不平分子の方が多く、これがのちに前原一誠《いっせい》さまが起こされた萩の反乱に結びつきます。

# 終章

## 一　ご家族

ここで定安さまのお子さま方について触れておきましょう。

第一子は長女の直姫さま、安政四年（一八五七）に江戸赤坂でお生まれ、生母は鶴岡さまで、利姫と改名されましたが翌年にご逝去《せいきょ》。

第二子は次女幸姫さまで、安政六年（一八五九）八月に松江でお生まれ、生母は鶴岡さま。しかし元治《げんじ》元年（一八六四）にご逝去。

第三子は、ご長男の恵之丞《けいのじょう》さまで江戸邸でお生まれ、生母は榊原さま。文久三年（一八六三）十月ご逝去。

第四子は、文久二年（一八六二）四月に、二男新之丞《しんのじょう》さまが松江でお生まれ、のちに安敦《やすあつ》と改名して大橋家にご養子に入っておられます。生母は鶴岡さま。ご長男恵之丞さまが早逝されているので、ご長男として幕府に届けられています。

第五子は、三女実姫さまで、文久二年（一八六二）十月松江で生まれ、生母は榊原さま。慶応二年ご逝去。

註　文久二年（一八六二）熙姫さまとご結婚。

第六子は、四女峰姫さまで、元治元年（一八六四）松江で生まれ、生母は鶴岡さま。

第七子は、三男陽之進さまで、慶応元年（一八六五）松江で生まれ、生母は鶴岡さま。のちに優之丞《ゆうのじょう》と改められ、直亮《なおあき》と改名、松平家十三代を継いでおられます。

第八子は、五女喜代姫さまで、慶応二年十二月松江でお生まれ、生母は鶴岡さま。のちに敦姫と改名、津山侯の嫡子と婚約が整っていましたが三歳でご逝去。

第九子は、六女綾姫さまで、慶応四年（一八六八）松江でお生まれ、生母は鶴岡さま。のちに都嬉姫と改名されましたがその年ご逝去。

第十子は、七女皐姫さまで、明治二年二月松江で生まれ、生母は榊原さま。明治二年にご逝去。

第十一子は、四男篤郎《あつろう》さまで松江に生まれ、生母は鶴岡さま。のちの直平《なおひら》さまで広瀬藩の直己《なおおき》侯へご養子に入っておられます。

第十二子は、五男長君さまで根岸に生まれ、生母は榊原さま。

第十三子は、八女鑑姫さま、明治八年八月松江に生まれ、生母は榊原さま。

第十四子は、九女雅姫さまで、明治二年松江に生まれ、生母は鶴岡さま。

第十五子は、十女鉞姫さまで、明治八年根岸に生まれ、生母は榊原さま。

つまり、定安さまは十五人のお子さまに恵まれていますが、早逝《そうせい》なさった方がおられ、痛ましく思います。

明治四年（一八七一）という年は定安さまにとっても大変なものでした。この年の定安さまの行動をまとめておきましょう。この年のはじめに松江城を廃することを太政官に申請し、一月十九日上京、途中実家の津山に立ち寄り、祖先のお墓に参っておられ、身辺に変化がうごめいていることを察しておられたのでしょう。二月三日に赤坂の上邸に入られ、二十日には東京府の貫属《かんぞく》に命じられ、これで東京府民となられたのです。四月二日には、「適宜《てきぎ》、帰任すべし」との達しがあり、一度松江に帰られます。身辺の整理でしょうか。この留守の間に廃藩置県の詔《みことのり》が発せられるのです。その頃、水面下で廃藩置県が論議されていたので、旧藩主の方の在京を政府は危ぶまれたのかもしれません。

五月八日に東京を発ち、二十一日に松江に着き、二十二日には外人教師のワレットとアレキサンドルさまに解雇の辞令を渡しておられます。

七月十四日廃藩置県の詔が出て、東京に呼び出しがあり、九月七日に松江を発っておられます。このときが松江との決別となります。『公伝』にはこの間のことが詳しく述べてありますが、その一部を紹介しましょう。

八月十五日には美保関神社、日御碕《ひのみさき》神社、鰐淵寺《がくえんじ》に刀や弓矢、馬具などを寄進し、師範の桃文《もも》之助さまなどに記念品を下され、わたしの夫雨森謙三郎さまも掛幅《かけふく》などをいただいています。

二十一日には、東照宮、白潟《しらかた》天満宮、末次《すえつぐ》熊野社などに参られお初穂《はつほ》を納め、この日に旧中老の方、二十七日には旧家老の方、二十八日には大小参事などをお呼びになり、秘蔵《ひぞう》の品を渡し、離別の宴《えん》を開いておられます。

その折りの告別の言葉が残っていますので、その一つを掲げておきましょう。

「この度、帰京を仰せだされ候については、いずれも寸志申し出、満足に思う。然るところ追々時勢変遷《へんせん》、給禄《きゅうろく》も減じ、この先如何に変遷するも計り難く、銘々《めいめい》の覚悟も専一《せんいつ》の儀、この方（定安）より何かと安堵《あんど》いたし候よう仕向け方もこれあるところ、打ち続き入費も多く、その儀あたわず、一同このところ気使い居り候なか、（餞別を）受納致すも心痛に思い、再三考慮も致し候ところ、折角の志にて差出し候もの、不受納致し候は反《かえ》って不本意に存じ、気毒ながらこの度のこと故、申出受納致し、幾久しく、芳志《ほうし》は忘却致すまじく候。ついては致方もこれあるところ、何も心にそぐわず、いささか受納《じゅのう》の印に粗末ながら所持の品を贈る」

版籍奉還から藩の禄は削減《さくげん》され、藩士の方への手当てもままならず、この節餞別など受け取れないがと、定安さまの心中は切ないものがあります。旧藩士の方からの餞別はこうして受け取られましたが、一般の方からの志は次のように断っておられます。

「……然るところ、この度、差向き旅費のところは手も合い候あいだ、先ずこの度は受納致さず候。この後とても管内少民どもまで、いずれも安穏《あんのん》に暮らし候よう思願《しがん》し候あいだ、もし貧困の者などこれある節は、申し合わせ、救遺《きゅうい》候よう呉《くれ》たく、さよう候らえばこの度貰い受け候よりも一段悦《よろこ》ばしく存ずることに候。
右の仔細《しさい》よくよくわきまえ悪しからず、くれぐれも芳志《ほうし》の段は忘れ申さず候。」

『公伝』には、「この一文、いかに公が仁慈《じんじ》に富み、ことに旧管内の下民に対し、同情の篤《あつ》かりしを卜知《ぼくち》すべきなり」また「廃藩後の（旧藩士の）境遇《きょうぐう》を思い、これに同情を寄せしものなり。これ前述の如く、藩内士庶一同《ししょいちどう》が公との永別に際し、あたかも慈母《じぼ》を喪《も》へる如く哀惜《あいせき》の情を寄せしものなり」と記しています。

## 二　離郷

明治四年（一八七一）九月七日、いよいよ定安さまは松江を発ち、東京に向かわれます。「家《か》令《れい》以下十七人随行《ずいこう》す」とありますから、松平家を管理する人たちもご一緒だったようです。この日、国境の吉佐（安来）まで、定安さまに別れを惜しむ二千人の方がお見送りしました。

定安さまも感激されたのでしょう。その途上で次の七言絶句《しちごんぜっく》を供の方に示されています。（読み―桑原文次郎）

何圖今日去家郷　何ぞ図《はか》らん今日《こんにち》　家郷《かきょう》を去《さ》らんとは
空與臣民擧別觴　空《むな》しく臣民と（擧）別《わか》れの觴《さかずき》を挙ぐ
忍見祖先舗徳地　忍《しの》びて見る　祖先徳《そせんとく》を舗《し》くの地《ち》
輿中同首涙千行　輿《よ》中にて首《こうべ》を回《めぐ》らせば涙千行《なみだせんぎょう》

訳　どうして今日《きょう》（こうして）わがふるさとを立ち去ることなど考えたことがあっただろうか。

全く考えもしないことだ。

（本当に）淋しいことだ。（こうして今）家来たちと別れの盃をかわすことになろうとは。

（その淋しさに）堪え忍びながら、わが祖先の方が、その人徳をもって、あまねく及ぼし治められた土地を見ている。

（帰って行く）輿《こし》の中で振り返ってみると、（いろいろなことが思われ）涙が（次々と）流れおちるのだ。


また、お別れを惜しんで寄せられた家臣の方の漢詩や歌は、四十数首にのぼったといいます。

定安さまは、九月十九日に東京に着き、神楽坂《かぐらざか》の新邸に入られました。定安さまが東京に落着かれますと、旧家臣の方が「共誠会《きょうせいかい》」を組織し交誼《こうぎ》を重ねておられます。


ここで東京の邸宅のことに触れておきましょう。松江藩は赤坂の上・中・下屋敷、また青山、今井、谷中《やなか》、麹町《こうじまち》、目白《めじろ》に屋敷を持っていましたが、明治二年に政府から官、私邸それぞれ一つと定められ、藩では赤坂の地を官邸とし青山、今井、谷中を私邸とし、その他は政府に差し出しておられます。それ以外に大崎、畑ヶ谷、砂村、平井村など、また京都にも藩地がありましたがこれらも売却処分されています。

松江城周辺も処分がすすめられました。明治四年正月、定安さまは松江城の廃止を次の理由をもって太政官に申請しておられます。

「時勢の大変遷とともに、兵制一変し、火器類《かきるい》すこぶる精妙を極め、かつ昔時《せきじ》、大いに必要なりし城郭《じょうかく》も、今やほとんど贅物《ぜいぶつ》となれる観あり、故に一先ずこれを廃止す」

ここにお城は松平家の手を離れ、第五師団（広島）が管理することになり、明治八年には楼《ろう》閣《かく》・櫓《やぐら》や石垣などが壊され、天守閣のみが残ることになります。ある方の申されるには、松江藩に旧資料が少ないのは、広島師団へ移されたためだともいいます。

天守閣も破壊寸前のところ有志の方が存続に尽力され姿をとどめることができたことは、特筆すべきことです。


注―松江城の入り口に「松江城保存につくした人たち」という、次の案内板がある。

「明治四年（一八七一）四月、松江城の廃城が決まり、明治八年（一八七五）に利用できる釘や鎹《かすがい》など金物が目的の入札が始まりました。木材は燃やし石材は壊されるしかありませんでした。

この危機を救ったのが元松江藩士高城権八《たかぎごんぱち》と出雲郡出東村（現斐川町坂田）の豪農勝部本右衛門《もとうえもん》家の方たちでした。高城は銅山方の役人、勝部家は当時銅山経営していたので本右衛門栄忠《しげただ》と息子の景浜《かげはま》は高城と公私にわたる親しい間柄でありました。

その頃松江城を管理していたのは陸軍広島鎮台でした。入札に来県していた責任者の斎藤大尉と会い、入札額と同額を納めるから、せめて天守閣だけでも残してほしいと懇願しました。天守閣の入札額は百八十円だったと伝えられています。

こうして高城権八と勝部本右衛門の努力で松江城の天守閣は残り、全国に現存する十二天守閣の一つとして今も、全国に威風をただよわせて、松江の町を守っています。」

明治二十二年には、当主の松平直亮さまより払い下げが求められ、旧松江城の一帯は松平家の所有となりますが、昭和二年に次のように県や市にご寄附なさっています。

一、松江市への寄付
　天守閣　建坪　七十四坪六合
　宅地　一五〇三坪二合
　山林原野　一八町四反四畝一〇歩一合一勺

一、島根県への寄付
　畑地　一町七反三畝七歩

一、松江神社への寄付
　宅地　二六坪九合五勺
　山林原野　一町二反二畝一七歩
　建物一棟　二六坪

一、城山稲荷神社への寄付
　宅地　八三坪五勺
　山林　四反九畝六歩

明治五年東京に移住されたお疲れでしょうか、奥さまの熙姫さまが九月十二日に逝去されました。享年二十三歳とのことです。熙姫さまはお子さまに恵まれないままだったようです。

上京された定安さまは華族《かぞく》に列せられ、明治四年十月、在京の華族の方が参内して、天皇から次の勅語をいただいておられます。

「……ことに華族は、四民の上に立ち、衆人の標的とも相成るべき儀に付き、今般一同、輦轂《れんこく》のもと（天子の膝元）へ召し寄せられ、親しく中外開化の進歩を察し、見聞を広め知識を研き、国家御用に充《あ》て候御趣意に候条、各奮発勉励《ふんぱつべんれい》致すべきこと」

こうして華族は国家の藩塀《はんぺい》（帝を守護すること）として位置づけられ、相応の規律が求められました。その内規によりますと、

「華族の品行および家政について、厳重に取締を行い、その過失あるいは体面を汚す時は、たとえ法令に触れなくともこれを懲戒《ちょうかい》する」

とあります。なぜこのことに触れたかといいますと、定安さまがお譲りになった十一代の直應《なおたか》さまに、華族としての品位を傷つける事態がおきたからです。因《ちな》みに申し添えますと、直應さまの室は伏見家の出で貴子さまといいます。

定安さまは上京の翌年（明治五年）、三月七日に病を理由に引退を申し出られ、世子直應さまに相続なさっています。明治八年十月に華族会館に天皇をお迎えして総会があり、その折定安さまは「直應公の近況すこぶる憂慮するところあり」との風聞《ふうぶん》を耳にされ、明治十二年六月、直應さ

まから華族を辞し、民籍に編入したいとの願書がだされます。この理由については明らかでありませんが、噂では女性問題にからんで金銭上のことではないかといわれています。

定安さまは、先ず事の次第を松江在住の役員の方に知らせ、翌明治十三年正月には親戚にあたります元福井藩主の松平春嶽さまがお見えになって、

「一族と協議したが、止むを得ぬ事情で、直應君の意のままにしたらどうか」

そのように仰せられます。定安さまは、ご親戚筋の意見に同意しかね、松江の旧家臣の方に意見を求められます。十九日旧家老の六家より「直應さまの民籍編入は不同意」との方針が示され、家臣の方が直應さまの宅に参り諌止《かんし》しておられます。

定安さまは一貫して直應さまの民籍編入を阻止《そし》したいお考えで、家臣の方もその意向を汲んで、二十七日には、家令の田中さまが定安さまの親書を持参して松江に帰り、三十日には松江から送られた旧藩士の方の建言書を直應さまに届け翻意《ほんい》を促しておられます。

二月五日には、松江から旧家臣の総代として旧家老の大野義就《よしなり》さま他二名の方が上京し、松江での総意を述べ、また直應さまにお会いし説得にあたられますが、

「このことは、多年の宿志《しゅくし》であるから、どなたが説得されても翻《ひるがえ》すことはない」

そう申されます。この間、定安さまは旧幕臣の勝海舟さま松平春嶽さまをはじめ、親戚筋を訪ね、また事件にかかわった堀田家や清崎家にも足を運び善処にあたられましたが、各家からも直應さまの素行や債務などからやむなしとの意見だったようです。翌明治十四年直應さまから位記

返上の願いがだされました。

「位記返上

直應儀、去る明治十年十一月、精神病に罹《かか》り、奉仕の目途これなきに付、隠居願奉り候後、保養まかり在り候ところ、昨年来毎度発病仕《つかまつ》り、別紙容体書の体にて全治の程覚束なく、よってこの儘まかり在り候ては、深く恐れ入り奉り候あいだ、位記返上仕りたく、宗族親族連署を以てこの段願奉り候なり」

明治十四年三月八日

第二部華族従五位　松平直應

同　　　従四位　松平定安

同親族　正四位　松平確堂《かくどう》（元津山藩主）

同宗族　正二位　松平慶永（春嶽）

先にも話しましたが、直應さまは先代で岳父斉貴さまのご長男で、定安さまが養子に入られてからお生まれになられた方です。定安さまの心労《しんろう》も大変なものであったと思います。

明治十四年十一月に定安さまが再度十二代当主をお継ぎになっております。

ここで定安さまのそののちの業績の一部に触れておきましょう。明治十年には第七十九国立銀行（松江銀行）の設立に尽力し、この年に楽山《らくざん》の地を島根県に寄付しておられ、十四年には松江士族授産《じゅさん》費として三千円を県に寄付し、士族の子女の機織《はたおり》や紡績への就職の道を開いておられます。

また、ご家族も明治二年に四男の篤郎《あつろう》さまが広瀬家と養子の縁組がととのっています。

正室熙姫《ひろひめ》さまのご逝去や直應《なおたか》さまの不始末など心労が重なったのでしょうか、その頃から定安さまは持病の腫《む》みがひどくなり公務に支障ができ、引退を考えられるようになり、三男の優之《ゆうの》丞《じょう》さまを後継に指名しておられます。

ご隠居にあたっては、まず一族の方にご相談され、総代の松平慶永《よしなが》（春嶽《しゅんがく》）さまから次のような書面をいただいておられます。

「近来、御多病につき、ご隠居、かつまたご相続人のこと、一族において差指し決め候ようご依頼により、早速一同協議仕り、左のとおりお答に及び候。

一、ご隠居の儀、一族において異存これなき候こと。

一、ご相続人の儀、一族において、優之丞殿ご至当の儀と決定致し候こと。

日付は、明治十五年十一月七日となっています。優之丞さまが十三代当主の直亮さまで、『松平定安公傳』を編纂なさった方です。つづいて十日には、松江の旧六家に次のように通知しておられます。

「秋冷相募《しゅうれいあいつの》り候ところ、各位ご堅固、欣喜《きんき》の至り。然るところ、拙者多年自家内外の苦心により、近日に至り持病あい増し、困難致し候に付、今般退隠《たいいん》加養、衛生保持致したく、就いては相続の儀、一族協議の上三男優之丞、当年十八年（歳）に罷りなり候あいだ、同人をして相続人に取り決め、日ならず隠居家督出願の都合にこれあり、右ご報道致し候あいだ、宜しくお含み致され候也」

藩主を退かれても旧藩士の方に気を使っておられる姿が浮かびます。廃藩後といえども、当主の相続には手続きが必要だったのですね。なお後見人には、母里家の松平直哉《なおとし》さまを指定なさっています。

明治十五年十一月十一日に次のような診断書を添え、隠居願を華族会にだしておられます。

「右二十年前、脚気《かっけ》症に罹り、次いで気管支加答児症《きかんしかたるしょう》を合併するを以て、種々治癒《ちゆ》に赴くも、爾《じ》後《ご》毎年寒暑の気候に至れば、屡々《しばしば》発作《ほっさ》す。方今に至り心臓僧帽弁不全《そうぼうべんふぜん》閉鎖、兼気管支拡張症《きかんしかくちょうしょう》を発し、動もすれば咳喇喀痰《がいそうかくたん》、心悸亢盛《しんきこうしん》、呼吸短息、食欲欠損、夜間不眠等の症を起こす。依って種々治療を施し候えども、全治に至り難く、猶《なお》一層摂生専務しかるべしと診断致し候也」

ようやく肩の荷を降ろされ、安息の日々を得られましたのに、その翌月の一日、突如発病、危《き》篤《とく》に見舞われました。医師の方の治療のかいもなく、この日、午後五時三十分息を引き取られました。享年四十八の波乱に満ちた生涯でした。

診断書には次のように記してあります。

「十二月一日午前九時二十分、俄然発病、直ちに昏睡《こんすい》、人事不詳、鼾声《いびき》等の症を発して嘔吐《おうと》三回、食物及び粘液を吐き出す。体温三十八度、脈九十八……」

葬儀は六日に天徳寺で行われ、諡《おくりな》は、

「松江院殿俊譽濟世定安大居士」

大正十三年には階位追贈《かいいついぞう》の沙汰があり、「従《じゅう》三位」を授与されています。

『定安公紀』が語る定安公の功績を記してわたくしの、長いお話を終わることにしましょう。

「公、幼にして倹素に習い、よく下情に通じ、長じて出雲の大封を承るに及び、自ら持する謹厳にして、驕奢《きょうしゃ》逸楽を好まず、起居眠食必ず常度あり。かつ漢学を好み、常に儒臣《じゅしん》をして経史《きょうし》を講読せしめ、かたわら乗馬を嗜《たしな》み、しばしば近侍と共に軽装して城下に馳駆《ちく》し、具《つぶ》さに藩士の貧富及び家居の状況を視察す。

これに加え、天朝と幕府とに対し、覲礼《ごんれい》を恪《つつし》み、公務を重し、勤勉倦《う》まざること終始一の如く、また寛慈にしてよく臣民の疾苦《しっく》を体認せり。これ公の特性のしからしむる所にして、真に守成《しゅせい》の君徳を備えたり。

またその政《まつりごと》をなすや、習兵所《しゅうへいじょ》を開き、もって演武を盛んにし、修道館を設け、もって学事を奨め、汽艦を購いもって海防に供し、その他言路を洞通《どうつう》し、人材を登庸し、篤行を旌表《せいひょう》し、窮民を賑恤《しんじゅつ》せるなどの美学、屈指する暇あらず。

しかも徳川氏の末造、強敵と国境に対峙《たいじ》し、維新の際勅使の嫌疑《けんぎ》をこうむりて、重臣まさに死に就かんとせしことあり、隠島事件の多年結びて解けざるあり。これらは公の治国中の最大の難局にして、公親《みずか》らその衝に当たり、至誠これに処し、もって幸いに危禍《きか》を免《まぬが》るゝを得しが、その焦心《しょうしん》、苦慮、もって名状すべからざる者ありしなり……」

# あとがき（松平直亮―松平農場）

『贈従三位松平定安公傳』は松平直亮《なおあき》の名で昭和九年に発行され、筆者は足立栗園と明記してある。足立栗園と云う方は資料がなく紹介することができないが、松平直亮については若干資料が残されているので紹介し「あとがき」に代えよう。

松平直亮は定安の三男。一八七三に生れ、長男の安敦は本文で記したように、家老の大橋茂《も》右衛門《えもん》（筑後《ちくご》）家に養子に出し、直亮も大坂の豪商大眉五兵衛（天王寺屋五兵衛・両替商）養子となる。

松平直亮（1865〜1940）
（松江歴史館提供）

一八七七年十一月松平家を継いでおられた義兄の直應（先代斉貴《なりたけ》の長男）が隠居し実父の定安が松平家を再継承したが、嗣子《しし》が不在のため、養子先を離縁して、一八八〇年十月に復籍し、一八八二年十一月松平家の家督を相続した。その過程では定安も悩んだものと思われる。その折「直亮」と改名、伯爵を叙爵《じょしゃく》した。

本文でも紹介したが、新政府は北の守りを重視し北海道の開拓を重要政策とした。直亮も新政府の方針に沿って松平農園を設立し経営に当たっている。それは寒さとのたたかいでもあった。私は昭和三十年の当初北海道の原野の開拓に携わったことがあり、アイヌの人と暮らした経験がある。それはあばら家に住み、粗末な食べ物で、原生林を拓くと云う苛酷な労働であった。その集団の中にも日本人がいた。彼らは日本人を「ヤマト」と呼んでいたように思う。彼らは夜明けと共に仕事にかかり粗末な朝食をすまして仕事に出る。大抵は立木の掘り起こしだ、大変な労力がいる。昭和の世ですらこうした状況である。まして明治の初年は想像を絶するものであったろう。研修が終わって写真を送ったが住所不明で送り返された。あの集団は遊牧民のように仕事を求めて流浪していると聞く。

大正10年（1921）記念写真（松江歴史館提供）

　明治政府は多くの屯田兵《とんでんへい》を送り込んでいる。確かな記憶ではないが、道南に八雲と云う町がある。地の人は八雲つまり出雲から来て開拓したのだと云うことを耳にしたことがある。

　松平家は明治二十七年（一八九四）に国から北海道上川郡鷹栖《たかす》村（現旭市東鷹栖）の山林一七六六町歩（一七五〇ヘクタール）を譲り受けて、翌年から富山県等から入植者を入れ開墾を開始した。当初は湿地帯であることや水害などにより収穫が皆無であった。そこで元北海道庁殖民課

松平農場入口（松江歴史館提供）

長内田瀞《きよし》を管理人として招聘《しょうへい》したことにより事業が進展し、小作戸数三一六を数える大農場となり十四年で貸与地一三三七ヘクタールの開墾を完了した。これにより国や北海道庁から模範農場として高く評価された。旭市東鷹栖は札幌市より北である。苦労のほどがしのばれる。新政府は屯田兵を送り込んでいるが、当時のロシアからの国防も考えたのであろう。

昭和初期に政府が自作農創設の方針を打ち出すと、松平直亮は昭和一二年（一九三七）、全農地を小作農に譲渡した。小作争議が全国的に多発している中、松平農場はいち早く農地を小作農らに解放した。その功績は、現在でも語り継がれている。

直亮は郷土出身の若者の勉学にも心を寄せ、日本弘道会副会長、出雲育英会を発足させ、その会頭に就任、多額の資金を出資している。その恩恵に預かった者に、若槻礼次郎（のちの総理大臣）、岸清一（弁護士）などがいる。

先の大戦前夜の昭和十五年（一九四〇）生涯を閉じている。

―完―

# 番外
# トセ（雨森精翁）のこと

## 一　出生

長い物語を聞いて下さりありがとうございます。語りますわたくしのことを最後に述べさせて頂きましょう。

わたくしは、飯石郡の百姓の家の生まれで、雨森《あめのもり》謙三郎の妻でございます。のちに謙三郎さまは藩公定安の実母、雨森の姓を戴いて雨森謙三郎と改名なさり、晩年平田で塾をお開きになるとき精翁と号され一般には雨森精翁と呼ばれています。雨森精翁さまは妹《せの》尾《お》家の三男としてお生まれ、長男の方が若くして亡くなられたので次男と言うことになります。

雨森精翁
明治15年（1882）還暦記念

謙三郎さまは儒学を学ばれ、のちに藩主の定安さまのお引き立てをいただき、定安さまの実のお母さまのお家が絶えていましたので、祀りごとを頼まれ姓もいただき雨森を名乗るようになりました。いかにお殿さまからの信頼が厚かったかお分かりいただけると思います。

ついでながら、名の「精翁」についてもこの際触れさせていただきましょう。謙三郎さまは若い時に江戸に留学なさいました。江戸では佐藤一斎《いっさい》さまや安積艮斎《あつみこんさい》さまなど当時では一流の先生の門に入っておられます。佐藤さまは幕府の昌平黌《しょうへいこう》の教授なさっておられますが、謙三郎さまはその佐藤さまから才を見いだされ、佐藤さまから、

「自分の名の一斎は、『世経』のなかにある『惟れ精、惟れ一、允《まこと》に厥《そ》の中を執《と》れ』というなかから『一』をとった。君は『精』をとったらよい」

とすすめられ『精斎』となさいました。並の師弟の間柄ではなかったのです。

ただ、年を重ねられて雲州平田に移られ塾を開かれた時「斎」を「翁」に変えておられます。そのような経過はありますが、まぎらわしさを避けて、特別な場合を除いて名は謙三郎または精翁でとおさせていただきます。

では、わたくしのことからお話に入りましょう。

わたくしは、天保《てんぽう》元年（一八三〇）六月、飯石郡下熊谷（三刀屋町給下《きゅうした》）の百姓善助の三女として生まれ、物ごころがついた頃松江藩士の妹尾右衛門規佑さまのお屋敷に奉公にあがりました。

謙三郎さまの家は代々学者の方が多く、祖父の津田武平太という方は足軽から立身出世なさって文化十四年（一八一七）には百三十石の用人役にまで登られ直接、藩の政務にかかわっておられます。

文政四年（一八二一）には八代藩主斉恒《なりつね》さまの世子鶴太郎さま（のちの九代斉貴《なりたけ》）の傳役《もりやく》を仰せつかっておられますから、藩公からの信任が篤《あつ》かったのでしょう。その斉恒さまは三十二歳でお亡くなりになり、当時八歳でありました鶴太郎（斉貴）さまが九代目の藩主をお継ぎになりますが、鶴太郎さまは生来病弱でありましたので、老臣の方は斉恒さまの喪を秘して、念のため鶴太郎さまの弟を親戚筋の津山藩から養子に迎え、これを幕府に届け出てそのお許しを得て斉恒《なりつね》さまの死を公表なさいました。この方が本論で紹介した定安さまの兄（津山藩）の信進《のぶゆき》さまです。信進さまは駒次郎《こまじろう》と名づけられます。松江藩では代々控えの方を駒次郎と呼ばれています。その駒次郎さまの学友として謙三郎さまが召しだされております。

八歳で藩主におつきになった斉貴さまの、表向きの後見役は塩見さまや朝日さまが務めておられましたが、傳役の武平太さまの責任は一層重くなります。幼くしてお父さまを失われた斉貴さまは、武平太さまを慈父のように慕われ、役を退かれてからもお伽役《とぎやく》として任命され、よくお城からお駕籠《かご》の迎えがきていたというお話です。

謙三郎さまのお父さまの清左衛門さまは武平太さまの次男で、この方が妹尾家に養子に入り、妹尾家の六代目を継いでおられます。これが文化五年（一八〇八）のこと、そして文政五年（一八二二）に三男として謙三郎さまがお生まれになっていますが、長男の方が早逝《そうせい》され、次男の右衛門さまが妹尾家をついでおられます。

謙三郎さまには二人のお姉さまがおられ、長女の万寿さまは幼い頃からご殿に上がられ、安政二年（一八五五）の『雲藩職制』には、

「万寿—側女中—八両—女二人扶持—十八匁五分」

と記されています。

## 二　部屋住み

その頃は封建制の世の中で家長が一切の権限を持ち、次男以下の方は養子に出るか分家するか、さもないと一生部屋住みということになります。

分家となりますと、ご親戚の了解を得たり、何より藩からのお許しがなくてはなりません。分家は「たわけ」といって蔑《さげず》まされていました。分家などは普通は考えられないことです。

部屋住みとなりますと、長男の庇護《ひご》の元におかれ、勿論表だった結婚などできません。

謙三郎さまは次男でしたから部屋住みで、兄の右衛門さまのもとで暮らしておられました。ただ大変学問がお好きで暇さえあれば本を読んでおられ、お父さまがお兄さまに素読《そどく》を教えておられたところ、かたわらにいた謙三郎さまがお兄さまより先に覚えられたのでみな驚いた、そんな話も残っています。

お兄さまとは四歳違いますから謙三郎さまはせいぜい三歳頃のことだろうとのことです。いわゆる神童《しんどう》だったのでしょう。

十歳の折り藩校の明教館《めいきょうかん》に入学なさっています。明教館の授業は謙三郎さまにとっては物足りないものだったようで、十三歳の折田村寧我《ねいが》さまが開いておられる学半舎に学んでおられ、十七歳のときには藩から大坂へ留学を命じられておられます。

藩の儒家《じゅか》でないお家からの留学はそれまで例がなかったといいます。それも四年というのですから期待も大きかったのでしょう。学ばれたのは中国の古い書物で三礼といって「周礼《しゅらい》」「儀礼」「礼記《らいき》」のなかの特に「礼記」を研究なさったようです。非常にすぐれておられて、それまでは藩邸から通っておられましたが、のちに塾に移り塾長に推されておられます。

余り勉強に熱中なさったからか、体調を崩され松江に帰っておられますが、お体がよくなりますと、今度は江戸への留学を命ぜられ、天保十三年（一八四二）三月憧れの幕府が経営する昌平黌《しょうへいこう》に入られました。

授業料は月が一分で、一分は一両の半分ですから年に六両となります。当時は十両あれば江戸で一家が一年暮らせたといいますからかなりの額です。勿論授業料は藩から支給されていました。天保十三年（一八四二）のこと、幕府は大部の書物（中国の古典）を十万石以上の大名に校訂《こうてい》出版を命じ、松江藩では南史八十巻と北史百巻を担当することになりました。このお仕事のために謙三郎さまは江戸から呼び戻されています。昌平黌には在学一年足らずであったといいますか

松江市立内中原小学校の校庭の南東の隅に老松に囲まれた『老雨先生養正塾址』という石碑。

ら残念のほどが忍ばれます。

松江藩でこのお仕事にたずさわれた方は、明教館教授の原田易定、儒官の桃世文、桃文之助、園山齢助、井上蟠団弥、それに謙三郎さまです。謙三郎さまは弱冠二十一歳、これは明教館の教授の原田さまをはじめ、藩の儒官の方にとっては面白くないことで、のちに謙三郎さまが塾を開かれる時には姑息《こそく》な嫌がらせがあったと聞いています。

それでも身分は部屋住みのままです。部屋住みのまま南史や北史の校訂にあたられたのです。ただ、謙三郎さまが江戸からお帰りになりますと、それを待ちかねたように教えを乞《こ》う方がまいられ、嘉永《かえい》四年（一八五一）に内中原の妹尾家の屋敷に藩の許しを得て、正式に養正塾《ようせいじゅく》を開かれました。

## 三　女中奉公

その頃、わたくしは妹尾家は格式が高く、行儀見習いにはよいからとすすめる方があり、妹尾家に女中として入りました。

謙三郎さまは塾を開いておられ、大勢の塾生の方がまいっておられます。謙三郎さまは格式にとらわれない方でしたから、塾生の方も武家の方は勿論、商家や農家の方など学問を志す方はすべて受け入れ、その数は千人を越えていたようです。

謙三郎さまの講義は、一字一句を解釈していくというより、大局をつかんで理解をすすめるというものでどなたにも分かり易く大変な人気でした。

わたしども家事を手伝っている女中も、襖《ふすま》の陰からお話を聞くこともありました。そのようなことがありましても、謙三郎さまは悪い顔などなさいません。それどころか女中たちにも勉強をしろとすすめられ、時には手習いなども教えて下さいました。

謙三郎さまたちが手掛けておられました南史八十巻、北史百巻計二十四冊三帙《ちつ》は、嘉永元年（一八四八）に完成し、九月に幕府に献上なさっています。

注　帙とは書冊の損傷を防ぐためのもので、二十四冊を三つに纏めたもの

いずれにしても大変なお仕事で、ご褒美に銀二枚を頂いておられ、嘉永三年（一八五〇）にはお城に呼び出しがあり、二人扶持を頂戴しておられます。この時、謙三郎さまは二十九歳、やっと藩の儒者として認められたことになりますが、藩校の職員になることは見送られています。

でも、部屋住みの身で藩士の仲間に入られたのですからたいしたものです。わたしども女中にはただまぶしいばかりの存在でした。

わたしが暇をみて手習いをしていますと、いつの間にか謙三郎さまが側にきて、

「トセは利口《りこう》だなァ、おなごでも勉強するといい、次はこれを手本にしなさい」と、ご自分で書かれた手本を置いて行かれます。わたしはただ夢中で筆を取っていました。そして謙三郎さまは、

「これはよくできた」

と声を掛けてくださいます。こうしたことはわたしにとりまして無上の喜びでした。ある時など、やさしい本を出されて一緒に声をだして読みました。

「もっと、おなかに力を入れて」

などと申されます。そんな日々がつづいています折り、奥さまからお呼び出しを受けました。女中で直々《じきじき》奥の部屋へ呼びつけられることなど特別なことです。そこで奥さまから意外なことを申し付けられました。

「トセ、お前は明日から家《いえ》のことはいいですから、謙三郎さまの身の回りの世話をしなさい」

突然のことで、わたしが呆気《あっけ》にとられていますと、

「謙三郎さまは、もう立派なお武家さまです。本来なら内儀をとられて身の回りの世話をするところですが、部屋住みの身ではそれは許されません。そこであなたがそれをして下さい。住まいは離れを使いなさい。」

そして、

「いいですね、内儀ではありません。妾《めかけ》でもありません。ただ、謙三郎さまのお世話をするので

す。」


急に突き放され投げ出された思いでした。動揺しているわたしを見て、

「分からないことがありましたら、わたしに尋ねなさい」

そう言い残して部屋を出ていかれました。そう申されてもわたしには分からないことばかりです。なぜか悲しくなり、涙が頬を流れました。

謙三郎さまは立派な方、藩士となられましたなら、いずれ良家《りょうけ》から奥方さまがまいられましょう。その時わたしは、と思うと暗闇に突き落とされる思いでした。わたしは百姓の娘、奥さまのいわれるまま、謙三郎さまのお世話をするとなりますと、生涯日陰者《しょうがいひかげもの》として過ごさねばなりません。相談する人もいません。その夜、わたしは、

「お母さん」

と、そう叫んで涙を流しました。

翌日、謙三郎さまの部屋に上がりますと、

「世話になるのう、いや世話といってもたいしたことではない。暇ができるだろうから読み書きを勉強するがいい。義姉《あね》さまにもそう申してある」

そう言って出て行かれました。わたしは一人取り残され部屋の真ん中に座っていました。なぜか胸が熱くなり涙がながれました。それは謙三郎さまの優しさに触れた涙で、昨夜流した涙とは

出雲市立平田小学校にある
雨森精翁の胸像

また違ったものでした。

その夜、わたしは不安で一杯でした。

「お父さま、お母さま、トセは、トセは」

そう何度、繰り返したことでしょう。しかし、帰ってこられた謙三郎さまは、出掛けにわたしに差し出した本を手にとって、

「読んでいないではないか、そうか、落ち着かないのだな。今日は早く休むがいい、わたしは暫く書き物をする。隣の部屋で休むがいい」

わたしは眠られぬ夜を過ごしました。謙三郎さまも落ち着かないのか、行燈《あんどん》の灯は夜明けまで消えませんでした。

その日から謙三郎さまの身の回りのお世話をする暮らしが続きます。女中として働いていた頃より暇ができたので、読み書きに時間を費やすことが多くなりました。わたしの読み書きがすすむと謙三郎さまは我がことのようによろこばれます。

世間では身の回りの世話をするということは、旦那さまに肌を許すことをいいます。このお話がありました時、謙三郎さまのいいなりになることを覚悟したのですが、そのようなことを思ったことを恥ずかしく思っていました。

## 四　祝儀

しかし、それが一年、二年と続きますと、新しい不安が芽生《めば》えます。謙三郎さまはわたしを女としてみて頂いているのだろうか。わたしに何か欠けているものがあるのではなかろうか、そのような思いがいたします。里からは年期は過ぎているのだから帰るように催促《さいそく》があります。ある時、わたしは思い切ってそのことを申し上げました。すると謙三郎さまは、

「言い交わした方でも、いるのか」

と、わたしはかぶりを横に振りました。

「それでは、このままわたしの側にいてくれ、自分はまだ部屋住みの身で妻を娶《めと》ることができない。奉公を重ねて行けば藩士に取り立てて下さるのではと思っている。その時はトセ、わたしはお前を妻にする。そう思ってトセ、お前に読み書きの勉強に精をだしてもらっている。しかし、その時が何時になるかは分からない。そう言ってそなたを今のままで引き留めておくことは許されまい。トセ、二人で祝言をあげよう」

そう申されます。二人は盃を交わしました。

「トセ、いつまでもわたしの側にいて、わたしを支えてくれ」

わたしは謙三郎さまの腕にしっかりと抱きしめられました。

間もなく長男の千太郎《せんたろう》が生まれました。安政五年（一八五八）のこと、わたしは二十八歳、謙三郎さまは三十六歳の働き盛りで、内中原の養正塾は盛況を極めていました。

ところが、武家のしきたりとは理解できないものです。男子が出生しますと妹尾家《せのおけ》に置くことができないと申されます。

謙三郎さまは、嘉永《かえい》三年（一八五〇）には三人扶持、安政《あんせい》三年（一八五六）には五人扶持を頂いておられましたが、身分は百五十石取りの兄上の妹尾右衛門さまの部屋住みなのです。

千太郎は生まれて間もなく三刀屋のわたしの実家に返され、わたしの弟善之助《ぜんのすけ》の子として育てることになりました。里では広太郎《こうたろう》と名付けられ、地下《じげ》では「こた、こた」と呼ばれていたといいます。わたくしは「ひろ、ひろ」と呼んでいましたが。


千太郎が生まれる前の年でしたから、安政《あんせい》四年（一八五七）十一月、謙三郎さまは京都勤番を命じられ、応接方心得を拝命なさって京都へ発たれました。翌元治《げんじ》元年（一八六四）二月には御《ご》内用取次役《ないようとりつぎやく》に命ぜられています。この役席は藩を代表する外交官です。桂小五郎さまや西郷吉之助さま、大久保利通さまなどもこうしたそれぞれの藩の役席でした。

安政《あんせい》四年（一八五七）といいますと、ハリスさまが下田に滞在して、幕府に通商条約の締結《ていけつ》を強要なさった頃で、政治の中心は京都に移り風雲《ふううん》急を告げていました。

取次役に就任になって間もなくのこと、謙三郎さまは上司の赤木文左衛門さまについて、宗家《そうけ》であり幕府の参与でもありました福井藩の松平慶永《よしなが》（春嶽《しゅんがく》）さまに拝謁《はいえつ》なさいました。

丁度その頃、春嶽さまは片腕といいましょうか、懐刀といいましょうか智慧袋の橋本左内《さない》さまが安政の大獄の網にかかり処刑され、左内さまに代わる参謀の方を求めておられたのかもしれませんが、謙三郎さまを一瞥《いちべつ》して謙三郎さまの才を見抜かれ、五百石で召し抱えるから福井藩に来ないかと勧誘《かんゆう》なさいました。その折謙三郎さまは、

「何分、田舎者でございまして」

と婉曲《えんきょく》にお断りなさっています。ただ、そのことが藩主の定安さまの耳に入り、それから十日ばかりたった二月十九日、謙三郎さまに、

「知行《ちぎょう》百石を与え、士分に列する」

との命を下され、併せてその前年に亡くなられた定安さまの生母、雨森於千雄《おちお》さま方の祭祀を引き受け、雨森の姓を継ぐことになられたのです。

ここに謙三郎さまは、百石役組外《くみはずれ》として藩士に列し、独立して家を持つことが許されれました。

「組外」とは事務官のことで、「組」とは戦闘部隊のことでつまり事務官になったため組から外れたという意味で、れっきとした藩士です。

これは喜ばしいことではありますが、これを機にわたしはいよいよ日陰者《ひかげもの》になるのではという一抹《いちまつ》の不安はありましたが、唯々《ただただ》謙三郎さまをご信頼申し上げていました。

普通の方なら知行百石の藩士に取り立てられたのですから、百姓生まれのわたしなど捨て置い

て、どなたか良家の方と縁組なさるか、養子の口も多々あることで、そちらを選ばれるか、そうした例は数々ございます。

## 五　長男のこと

しかし、謙三郎さまはそのようなことはなさいませんでした。この時謙三郎さまが先ず手を付けられたのが我が子、千太郎を嫡子《ちゃくし》にすることで、早速、次のような願い《ねが》書《しょ》を藩に提出して下さいました。（読み下しています。）

「私儀　当年四十三歳ニマカリ候トコロ　召使ノ下女ニ男子出生ツカマツリ候エドモ　相続ツカマツル身分ニ御座ナク　ヨッテ郷方《さとかた》ヘツカワシ置キ候トコロ　春　新知百石下シ置カレ　格式役組外仰セツケラレ　名字雨森ト相改メルベク旨　仰セ渡サレ　有難ク存ジ奉リ候。

右男子当年七才ニマカリ成リ　千太郎ト号マカリアリ　往々《ゆくゆく》稼業相、相続ツカマツル者ト存ジ奉リ候アイダ　嫡子ニツカマツリ度ク　願奉リ候。

コレ等ノ趣《おもむき》　御家中ヘ仰セ達シ下サルベク候。以上

九月十二日」

謙三郎さまは、黙ってこの願書をわたしにお見せになりました。

「右男子当年七才ニマカリ成リ　千太郎ト号マカリアリ　往々《ゆくゆく》稼業相、相続ツカマツル者ト存ジ

奉リ候アイダ　嫡子ニツカマツリ度ク　願奉リ候。」

わたしは幾度も読み返しました。ぽろぽろと涙がこぼれます。

「千太郎をお呼びできますね」

わたしは、この願書を書き写し神棚に捧げ、深々と頭を下げ謙三郎さまの前に手をつきました。間もなくお許しがでて、千太郎がこの屋敷に帰り、わたしは側室として藩から公認されました。

（身分は妾。）

この千太郎は、名を千之助と改め、父謙三郎さまが教授をなさっている修道館に入学し、藩公の前で四書を素読するなど、謙三郎さまに似て将来が嘱望《しょくぼう》されていましたが、慶応四年（一八六八）に十歳を数えてこの世を去ってしまいました。

その頃、松江藩ではフランス人のワレットという方が、洋式の軍事訓練の指導をしておられましたが、月に一度、楽団《がくだん》を先頭に町を行進なさいます。その派手な洋風の軍服が子供たちの憧れの的《まと》でした。年頃に達していた千之助も父に洋服を誂《あつら》えるように頼んでいました。その軍服が葬儀の日に届きました。千之助の死をしらずに届けたものでしょう。その軍服が、わたしに新たな涙を誘ったのでございます。

千之助の死去を知らせたのですが、江戸にいる謙三郎さまはその知らせに三日三晩食事もとられず、夜も眠られず悲嘆にくれられたそうです。

千太郎の亡骸《なきがら》は、伯父の善之助と姉婿の陶山由太郎に担がれて寺町の慈雲寺《じうんじ》に埋葬しました。

慈雲寺は妹尾家の代々のお墓があり前庭には定安さまの生母雨森於知雄さまのお墓があります。

千之助の戒名は、

「知賢院観妙童子」

で、謙三郎さまが執筆しました。

申し遅れましたがわたくしには二人の娘がいて、謙三郎さまは自分の後を継ぐ男の子を望んでおられました。千之助の死から二年後のこと、わたくしは懐妊《かいにん》しました。謙三郎さまは千之助の再生を望んで男子の出生を念じていましたが、女子の出産で願いをかなえられず残念な思いをしました。千之助の「千」にちなんで「釧《せん》」と名付けました。千之助の訃報《ふほう》を聞いても、謙三郎さまはなかなか帰国のお許しがでません。謙三郎さまはその頃全国から二百二十八人が選ばれ、公儀所法則改正委員など勤められ公儀人の中でも信望を得ておられましたが体調を崩され公儀人を辞しておられます。松江藩の格式は番頭《ばんがしら》まで登られ、役料百五十俵の支給を受け明治二年三月には家老に相当する仕置に昇進しておられます。

やっと帰ったのが明治三年八月でした。わたくしにはお仕事のことは存じ上げないのですが、新政府がすすめる廃刀論などに反対だったようです。だから新政府がとる欧化《おうか》政策に嫌気がさしたのではないかとも思われます。

やっとお許しが出て松江に帰ったのが明治三年八月でした。謙三郎さま四十八歳を数えていました。松江では妹尾家の法吉村の鶯谷《うぐいすだに》に居を移しました。謙三郎さまは明治三年、願い出て隠

雨森家の墓があった慈雲寺（松江市）住職に尋ねると千太郎の過去帖はあるが、雨森家の墓はない。精翁は晩年日御碕神社の宮司や厳島神社権宮司を仰せ付かっているから神道になり墓はないと云う。

居いたしますが、隠居は五十歳にならないと許しが出ないと云うことで当時四十八歳でしたが、五十歳とサバを読んで申請しました。勿論、それを受け取るお役人の方も百も承知で受け取られました。隠居名は「鶯山《ようざん》」でした。

でも、わたくしは妾のままでした。晴れて妻と呼ばれるのは壬申《じんしん》の戸籍（明治五年）が制定されてからです。

その頃、平田村の鰐淵寺《がくえんじ》の住職村田寂順《じゃくじゅん》師と交際していましたが、平田まで行くのは早船と云って、朝の八時に乗って夕方着くと云った塩《あん》梅《ばい》で、人々は早船ではなく「遅船」だとの評判でした。そうしたことから、いっそのこと平田に来ないかと村田師にすすめられ平田に転宅しました。

明治五年九月には神仏教導職に就き、翌年三月には日御碕神社の宮司《ぐうじ》に、明治七年二月には厳《いつく》島《しま》神社の権《ごん》宮司に就任するなど、やっと平田にお帰りになったのが明治八年四月のことでした。

平田にお帰りになりますと、大勢の方が教えを乞いに参られます。その十月に「亦楽舎《えきらくしゃ》」をお開きになりました。

明治十五年五月、門下生が還暦のお祝いを計画、百数十人の集まりで、盛大に取り行われましたが、それから体調を崩され、九月十六日に六十一歳の波乱に満ちた生涯を閉じられました。

雨森家は娘に養子を迎え、跡を継がせています。わたくしは寮母などをして余生を送りました。

わたくしは、謙三郎さまが誠実な方ということは承知《しょうち》していましたが、それにもまして藩公の定安さまがご誠実な方であり、恐れ多いことながら公と謙三郎さまは誠実という太い絆で結ばれていることを思い知らされるのでございます。

完

著者紹介

**寺井敏夫**（てらいとしお）

1934年島根県益田市に生まれる。1956年島根県立農科大学農林経済科卒業。

元島根経済連常務理事。元島根県共済連専務理事。元ホテル玉泉社長。山陰文藝会員。

著書に「小説・治水の偉人　清原太兵衛」、「同　大梶七兵衛」、「隠岐の嵐—隠岐騒動ものがたり」、「巣鴨に消ゆ—BC級戦犯福原勲と妻美志子」、「殉難の碑—幕末浜田藩ものがたり」、「出雲古代史考　須佐之男一族」、「小説 小泉セツ」などがある。

松江市母衣町に在住。

**新松平定安公伝**

令和元年（二〇一九）八月十日　発行

著者　寺井 敏夫
発行　山陰文藝協会
印刷　今井印刷株式会社
製本　日宝綜合製本株式会社